Collection fondée par F
Agrégé des Lettres

Le Chien
des Baskerville

Conan
Doyle

Roman

Édition présentée,
annotée et commentée
par Dominique TROUVÉ,
agrégée de lettres modernes

Direction de la collection : Carine GIRAC-MARINIER
Direction éditoriale : Jacques FLORENT
Édition : Marie-Hélène CHRISTENSEN
Lecture-correction : service lecture-correction LAROUSSE
Direction artistique : Uli MEINDL
Couverture et maquette intérieure : Serge CORTESI, Sophie RIVOIRE, Uli MEINDL
Mise en page : Monique BARNAUD, JOUVE Saran
Responsable de fabrication : Marlène DELBEKEN

© Éditions Larousse 2011
ISBN : 978-2-03-585087-4

SOMMAIRE

Avant d'aborder l'œuvre

- 6 Fiche d'identité de l'auteur
- 7 Pour ou contre Conan Doyle ?
- 8 Repères chronologiques
- 10 Fiche d'identité du *Chien des Baskerville*
- 11 Pour ou contre *Le Chien des Baskerville* ?
- 12 Pour mieux lire l'œuvre

20 Le Chien des Baskerville

Conan Doyle

214 Avez-vous bien lu ?

Pour approfondir

- 222 Thèmes et prolongements
- 232 Textes et images
- 246 Vers le brevet
- 252 Outils de lecture
- 254 Bibliographie et filmographie

AVANT D'ABORDER L'ŒUVRE

Fiche d'identité de l'auteur

Conan Doyle

Nom : Arthur Conan Doyle.

Naissance : 22 mai 1859 à Édimbourg.

Famille : originaire de Normandie, émigrée en Irlande au XVIe siècle. Sa mère se nomme Marie Foley. Son père, Charles Doyle, est fonctionnaire et dessinateur amateur. Conan est le nom de son parrain. Arthur est le cadet d'une famille de sept enfants.

Études : scolarité à Édimbourg puis dans le Lancashire dans une *public school* tenue par des jésuites. Il fait des études de médecine et rencontre le professeur Joseph Bell réputé pour ses diagnostics et ses facultés de déduction.

Voyages : à vingt ans, il part sur les mers arctiques à bord d'un baleinier. Il voyage ensuite en Afrique occidentale. En 1899, il prend la direction d'un hôpital de campagne au Cap. Il est correspondant de guerre sur le front en France pendant la Première Guerre mondiale.

Début de carrière : jeune médecin chargé de famille, il se met à écrire pour gagner de l'argent. Il trouve difficilement un éditeur pour la première apparition de Sherlock Holmes dans *Une étude en rouge* qui paraît en 1887 et qui n'a aucun succès.

Succès de Sherlock Holmes : en 1891, le *Strand Magazine* publie une série de nouvelles dont Sherlock Holmes, associé à son ami Watson, est le héros. Doyle devient vite riche et célèbre.

Un écrivain polyvalent : Doyle tue son héros en 1893 dans *Le Dernier Problème*. Il publie d'autres ouvrages : romans historiques, pièces de théâtre, articles sur les phénomènes paranormaux.

Retour de Sherlock Holmes : en 1901, *Le Chien des Baskerville* paraît dans le *Strand Magazine*. Mais le héros n'est pas ressuscité. Il s'agit d'un récit antérieur à sa mort. En 1903, Doyle le ressuscite dans *La Maison vide*.

Mort : Conan Doyle meurt le 7 juillet 1930 à 71 ans. Il souffre d'angine de poitrine et il est affaibli par une tournée en Europe sur le spiritisme.

Pour ou contre
Conan Doyle ?

Avant d'aborder l'œuvre

Pour

Christophe GELLY :

« Rares sont les auteurs de romans policiers qui comptèrent autant dans l'histoire littéraire d'un genre et qui surent créer un personnage aussi emblématique que celui de Sherlock Holmes, dont la simple silhouette suffit aujourd'hui à représenter de façon stylisée la figure du Grand Détective. »

Le Chien des Baskerville : poétique du roman policier chez Conan Doyle, Champ anglophone, 2005.

« L'ensemble des récits consacrés à Sherlock Holmes constitue l'un des plus beaux monuments de la littérature policière [...]. Le cycle est une peinture d'une étonnante vérité de l'Angleterre victorienne. »

Encyclopaedia Universalis.

André VANONCINI :

« Le génie de Doyle a été de créer un personnage de pur enquêteur, sans passions ni arrière-plan familial, un homme au-dessus de la mêlée, et pourtant un personnage admirablement typé. »

Le Roman policier, PUF, « Que sais-je ? », 1993.

Contre

« M. Doyle a estimé qu'il ne souhaitait pas voir Sherlock Holmes abuser de son hospitalité, et que le public s'était lassé de lui. Ni nous-même ni le public ne partageons cette opinion ; mais nous regrettons de dire que c'est celle de M. Doyle. »

Magazine *Tit-Bits*, 6 janvier 1894, cité par Pierre Nordon, *Tout ce que vous avez voulu savoir sur Sherlock Holmes sans jamais l'avoir rencontré*, Paris, Le Livre de Poche, « Biblio Essais », 1994.

Repères chronologiques

| Vie et œuvre d'Arthur Conan Doyle | Événements politiques et culturels |

1859
Naissance d'Arthur Conan Doyle le 22 mai.

1870-1876
Études chez les jésuites.

1880
Il s'engage sur un baleinier.

1879-1882
Études de médecine.
Rencontre avec le professeur Joseph Bell.

1885
Épouse Louise Hawkins.

1887
Une étude en rouge paraît après avoir été refusée par plusieurs éditeurs. L'œuvre n'a aucun succès.

1889
Parution d'un roman historique, *Micah Clarke*.
Un éditeur de New York demande à Conan Doyle d'écrire des livres à paraître dans une revue.
Doyle écrit *Le Signe des quatre*.

1891
Le *Strand Magazine* publie *Un scandale en Bohême* avec le personnage de Sherlock Holmes. D'autres nouvelles suivent. Grand succès. Doyle se consacre à la littérature.

1893
Parution du *Problème final* où Doyle tue son personnage.

1899
Pendant la guerre des Boers, il prend la direction au Cap d'un hôpital de campagne.

1859
Darwin, *De l'origine des espèces*.

1866
Émile Gaboriau, *L'Affaire Lerouge* avec l'inspecteur Lecoq.

1870
En France, guerre contre la Prusse et défaite de Sedan.

1871
La Commune de Paris.

1870-1880
En Angleterre, développement la presse.
Les Irlandais réclament leur indépendance.

1884-1885
Réforme électorale, l'Angleterre devient démocratique.

1885
Maupassant, *Bel-Ami*.
Zola, *Germinal*.

1886
Stevenson, *L'Étrange Cas du Dr Jekyll et Mr Hyde*.
Rodin, *Le Baiser*.

1888
Crimes de Jack l'Éventreur dans le faubourg de Whitechapel à Londres.

1889
Exposition universelle à Paris.
La tour Eiffel.

1891
Wilde, *Le Portrait de Dorian Gray*.

1894
Condamnation de Dreyfus en France.
Kipling, *Le Livre de la jungle*.

Repères chronologiques

Vie et œuvre d'Arthur Conan Doyle

1901-1902
Publication du *Chien des Baskerville* dans le *Strand Magazine*.

1902
Doyle devient sir Arthur Conan Doyle.

1903
Un hebdomadaire américain lui offre 45 000 dollars pour ressusciter son héros. Sherlock Holmes réapparaît dans *La Maison vide*.

1916-1924
Doyle défend la cause du spiritisme avec des livres, des articles, des conférences dans le monde entier.

1924
Publication de *Souvenirs et aventures*.

1928
Doyle préside le Congrès spirite international de Londres.

1930
Mort d'Arthur Conan Doyle le 7 juillet.

Événements politiques et culturels

1899-1902
Guerre des Boers qui oppose la Grande-Bretagne aux républiques d'Orange et du Transvaal à la population d'origine hollandaise. Vaincus, les Boers sont intégrés à l'Afrique du Sud.

1901
Mort de la reine Victoria qui règne depuis 1837.

1905
Maurice Leblanc, *L'Arrestation d'Arsène Lupin*.

1907
Gaston Leroux, *Le Mystère de la chambre jaune*.

1914
Le Royaume-Uni prend part à la guerre.

1926
Grève générale en Angleterre.

1929
La Grande Dépression frappe durement l'Angleterre.

Avant d'aborder l'œuvre

Avant d'aborder l'œuvre

Fiche d'identité de l'œuvre

Le Chien des Baskerville

Auteur : Arthur Conan Doyle, médecin, écrivain, voyageur. Il a 42 ans. En 1901, il a déjà écrit plusieurs récits mettant en scène son héros, Sherlock Holmes.

Genre : roman policier à énigme.

Forme : romanesque. Récit à la première personne par un personnage-narrateur.

Structure : l'histoire est divisée en 15 chapitres.

— Chapitre I à V : présentation de l'affaire des Baskerville à Sherlock Holmes.

— Chapitres VI à XI : Watson mène l'enquête et surveille la victime potentielle dans le Devonshire.

— Chapitres XII à XIV : Sherlock Holmes intervient et dénoue l'affaire.

— Chapitre XV : récit rétrospectif complet de l'affaire des Baskerville.

Principaux personnages : Sherlock Holmes, détective à l'intelligence déductive remarquable ; le Dr Watson, son ami et fervent admirateur ; sir Charles Baskerville, gentleman du Devonshire, mort d'une crise cardiaque ; sir Henry, son neveu et héritier ; le Dr Mortimer, ami de la famille ; Stapleton, sa sœur, Frankland, voisins des Baskerville ; le couple Barrimore, domestiques du château ; le chien, animal démoniaque et tueur légendaire des Baskerville depuis plusieurs générations.

Sujet : sir Henry Baskerville arrive à Londres. Il revient du Canada pour hériter de son oncle. Il est suivi à travers la ville par un mystérieux barbu et reçoit une lettre anonyme l'incitant à rester éloigné des terres de ses ancêtres. La mort de sir Charles est nimbée de mystère. Les traces d'un chien énorme marquent l'allée où il a été retrouvé sans vie. La légende rapporte qu'un chien venu de l'enfer tue les Baskerville de génération en génération. Le détective Sherlock Holmes est chargé de l'affaire et il se fait aider par son ami le Dr Watson qui est en même temps le narrateur de cette histoire.

Pour ou contre Le Chien des Baskerville ?

Avant d'aborder l'œuvre

Pour

LAFFONT-BOMPIANI :

« Ce long récit, l'un des plus célèbres de la série des aventures de Sherlock Holmes, se signale par une analyse plus poussée de l'atmosphère du crime et de la psychologie des personnages. »

Le Nouveau Dictionnaire des œuvres, 1994, Éditions collection Bouquins.

Contre

James McCEARNEY :

« En tant qu'énigme, le livre, malgré quelques prouesses de déduction, n'est guère satisfaisant pour l'esprit, et cela d'autant plus que le faible nombre de personnages exclut tout suspense véritable quant à l'identité du coupable. »

Arthur Conan Doyle, Éditions La Table ronde, collection Essais littéraires, 1988.

Pierre BAYARD :

« Il y a [...] un double mystère dans *Le Chien des Baskerville*. Le premier concerne l'identité de l'auteur du meurtre, le second porte sur les circonstances de la création du livre et les raisons pour lesquelles Conan Doyle y a laissé subsister autant d'invraisemblances, donnant parfois le sentiment de se désintéresser de l'intrigue. »

L'Affaire du chien des Baskerville, Les Éditions de Minuit, 2010.

Avant d'aborder l'œuvre

Pour mieux lire l'œuvre

❖ Au temps d'Arthur Conan Doyle

Sherlock Holmes, une figure de légende

Lorsque Conan Doyle se voit refuser par plusieurs éditeurs *Une étude en rouge*, il est loin de se douter de la fortune future de son héros Sherlock Holmes. Le livre passe inaperçu lorsqu'il paraît en 1887. Le jeune médecin avait pourtant compté sur la mode du roman policier pour gagner l'argent nécessaire aux besoins de sa famille. Heureusement, un éditeur new-yorkais plus clairvoyant lui demande d'écrire des textes pour le *Lippincott's Magazine*. *Le Signe des Quatre* est publié à cette occasion. Le succès n'est pas encore là, mais Conan Doyle a compris le rôle de la presse. Aussi, quand sort le premier numéro du *Strand Magazine*, en 1891, il propose au journal la nouvelle intitulée *Un scandale en Bohême*. Le succès est immense et immédiat. Le *Strand* double son tirage et publie deux séries de six nouvelles. Doyle réclame une somme élevée pour renouveler son contrat en 1892, espérant qu'elle lui sera refusée, mais le journal accepte. L'écrivain décide d'en finir avec son héros à l'issue de cette deuxième série : « Je le tuerai ou c'est lui qui me tuera », confie-t-il à quelques amis. En le mettant à mort en 1893, il pense s'en débarrasser définitivement. Sherlock Holmes est donc tué dans *Le Problème final*. Il est précipité avec son ennemi, le professeur Moriarty, dans les chutes du Reichenbach.

Cet assassinat littéraire est une véritable catastrophe nationale. Les agents de la City portent un crêpe noir en signe de deuil, des parlementaires interpellent le gouvernement à la Chambre et des centaines d'ouvriers se mettent en grève. Conan Doyle ne cède pas aux pressions. « J'ai une telle overdose de lui, comme un pâté de foie gras dont j'aurais trop mangé, que l'évocation même de son nom me donne la nausée », écrit-il à un ami.

En 1901 pourtant, il publie *Le Chien des Baskerville*, mais il prend soin de mentionner que le récit est antérieur à la mort de son héros. Il ne

Pour mieux lire l'œuvre

résiste pas cependant lorsqu'un hebdomadaire américain lui offre une somme fabuleuse pour ressusciter Sherlock Holmes. Le héros réapparaît ainsi dans *La Maison vide*.
Conan Doyle a publié cinquante-six nouvelles et quatre romans avec Sherlock Holmes pour héros.

Le phénomène Sherlock Holmes

Du temps même de Conan Doyle, le personnage de Sherlock Holmes est devenu un mythe. Beaucoup de lecteurs ont la ferme conviction qu'il existe bel et bien. L'écrivain reçoit d'ailleurs du courrier à lui transmettre : offres de service ou invitations à résoudre une énigme avec parfois des propositions de rémunération considérables. Un général français demande un jour sérieusement à l'écrivain si le fameux détective sert dans l'armée britannique et le gouvernement d'Istanbul s'inquiète de sa présence en Turquie car il pourrait être un espion redoutable. Conan Doyle est parfois même assimilé à son personnage. On lui en attribue aussi les pouvoirs. Il est facile de comprendre dès lors l'agacement de l'écrivain dont le héros de fiction trouble la sérénité. Pourtant, dans ses Mémoires publiés peu avant sa mort, il affirme que Holmes fut « un bon ami sous bien des rapports ». Pour comprendre les raisons d'un tel engouement pour ce personnage de détective génial, il faut analyser le contexte de son apparition.

L'Angleterre victorienne

Quand la reine Victoria monte sur le trône en 1837, elle a 18 ans. Elle règne jusqu'à sa mort en 1901. C'est une ère de prospérité pour l'Angleterre, alors toute-puissante dans le monde du fait de ses colonies. En 1851, Londres est la plus grande métropole mondiale et des villes comme Glasgow, Manchester, Liverpool se développent considérablement grâce à l'industrie. L'Angleterre extrait du charbon et produit la moitié de la fonte mondiale. Les cotonnades anglaises sont vendues partout. Les chemins de fer, les chantiers

Pour mieux lire l'œuvre

navals sont très puissants. La marine marchande anglaise contrôle les mers.

L'extension des faubourgs industriels dans les villes engendre le plus souvent une grande pauvreté. Avec elle apparaît une criminalité qui terrifie la population. « Jack l'Éventreur » sévit à Londres en tuant sept prostituées entre août et novembre 1888. Les cadavres sont savamment mutilés. La police, malgré tous ses efforts, ne découvrira jamais l'assassin. Le public est en même temps fasciné et horrifié par ces meurtres.

Le règne de Victoria est aussi marqué par le progrès de l'esprit rationaliste. Une police scientifique voit le jour. Conan Doyle a expliqué que le personnage de Sherlock Holmes lui avait été inspiré par les méthodes d'un de ses professeurs, le Dr Bell (1837-1911), dont les facultés de déduction étaient exceptionnelles.

Enfin, cette époque de prospérité permet le développement de l'alphabétisation. Les lecteurs se diversifient et une presse populaire apparaît avec un nouveau public, intéressé par les histoires à suspense et le crime.

L'essentiel

Le succès de Sherlock Holmes a vite dépassé et agacé son créateur. Conan Doyle et ses contemporains considéraient le roman policier comme de la sous-littérature. L'engouement pour ce nouveau genre romanesque naît avec l'Angleterre victorienne, le développement des villes, de la criminalité et la naissance d'un nouvel esprit scientifique.

Pour mieux lire l'œuvre

❖ L'œuvre aujourd'hui

Le succès des romans policiers aujourd'hui

Le roman policier est né dans la seconde moitié du XIXe siècle avec *Double Assassinat dans la rue Morgue* d'Edgar Poe, publié en 1841 dans le *Graham's Magazine*. Conan Doyle a ensuite contribué à son développement. Depuis, ce nouveau genre littéraire longtemps méprisé a trouvé ses lettres de noblesse. Actuellement, un roman vendu sur quatre est un polar. Des dictionnaires, des festivals, des revues lui sont consacrés. Il faut dire que le roman policier s'est beaucoup diversifié. On trouve des policiers historiques, ethniques, fantastiques, des thrillers... et des romans à énigme. Dans le monde entier apparaissent de nouveaux auteurs, le genre sort des frontières des trois pays d'origine : Angleterre, France, États-Unis. Les écrivains nordiques en particulier ont un franc succès avec *Millenium* de Stieg Larsson et *La Princesse des glaces* de Camilla Läckberg. La littérature pour la jeunesse n'échappe pas à la mode avec des romans pour tous les âges.

Séries télé et BD policières sont à la mode

Le succès du polar a pour conséquence l'intérêt pour les séries télé et les BD policières.
Les résultats de l'Audimat sont sans appel : aujourd'hui ces séries retiennent tout spécialement les téléspectateurs. C'est sans doute pourquoi elles se multiplient sur la plupart des chaînes : *NCIS, Enquêtes spéciales, les Experts, FBI : portés disparus,* pour ne citer que les plus connues. On peut même estimer que la télévision s'est particulièrement bien adaptée à ces récits. Les séries télé qui attirent le spectateur n'hésitent pas en effet à se montrer réalistes et parfois très sombres. Par ailleurs, la brièveté des épisodes requiert une action vive et des explications rapides qui maintiennent l'intérêt. L'histoire est également assez simple, elle se déroule dans un lieu

Pour mieux lire l'œuvre

unique et avec peu de personnages. Elle met enfin de plus en plus en scène différents groupes d'âge, des hommes et des femmes pour que chacun puisse s'identifier. Tel est grossièrement le schéma de la réussite.

Pour conclure sur les séries, il est intéressant à propos de Conan Doyle de porter une attention particulière à la série *Dr House*, dont le héros doit beaucoup au personnage de Sherlock Holmes, lequel, rappelons-le, a été inspiré à l'écrivain par la sûreté de diagnostic et la méthode inductive de son professeur, le Dr Bell. Le Dr House, dont le cynisme rappelle le caractère froid et l'ironie du détective anglais, mène de la même façon des enquêtes pour traquer la maladie meurtrière. Aidé de son équipe, il trouve des suspects, se lance sur leur piste, les élimine les uns après les autres et découvre finalement le coupable. Seuls les cas les plus difficiles lui sont donnés à élucider, tout comme à Holmes auquel on fait appel pour des énigmes particulièrement incompréhensibles.

La BD s'est aussi emparée avec bonheur des polars. Jacques Tardy, par exemple, a adapté plusieurs romans de Léo Malet, parmi lesquels *Brouillard au pont de Tolbiac*. L'image a pour intérêt entre autres de montrer ce que le texte suggère : un décor précis, un sentiment sur un visage. Tardy a choisi le noir, le gris et le blanc pour servir la dramatisation du récit. Les ombres, la blancheur des visages et des bulles sont mises en valeur. On peut ainsi parler de transposition plutôt que d'adaptation car le dessinateur apporte sa propre interprétation. Tardy fait par exemple du personnage de Nestor Burma un homme au physique peu attrayant : les oreilles décollées, le nez cassé de boxeur, les grosses mains ne correspondent pas à l'idée que Léo Malet se faisait du détective.

Il existe en outre de nombreuses BD aux histoires originales, chacune traitant à sa manière le personnage de l'enquêteur. Dans le genre parodique, Pétillon fait de Jack Palmer un privé indolent et lamentable.

Pour mieux lire l'œuvre

Pourquoi un tel engouement aujourd'hui ?

Le roman policier est à la mode et les écrivains ne peuvent y échapper. Il a remplacé le roman historique et l'autofiction, plébiscités par les lecteurs il y a quelques années. Il est vraisemblable qu'il convient à notre époque où la violence, très présente dans les médias, donnée comme un enjeu politique essentiel, est largement montrée et par conséquent redoutée par une majorité de la population. Le roman policier, en effet, a pour univers un monde sombre et dangereux. C'est celui de la nuit, celui de la lande et du brouillard, où se déroulent les meurtres. Il met en scène un monde secret, celui des marginaux, comme le forçat du *Chien des Baskerville*. On y voit la face cachée des individus, les passions honteuses, les folies. Il est l'envers du monde « normal », celui de la légalité, de la société lisse et unie. La mort est également omniprésente dans le policier. Il faut l'affronter, tenter de l'éviter, mais elle triomphe toujours, c'est le propre du genre. Ainsi, il rappelle l'aspect négatif et parfois très sombre de la société dans laquelle nous vivons. Il donne une vision tragique du monde qui intéresse le lecteur contemporain. Dans un certain sens, le policier permet aussi de prendre ses distances et il peut rassurer, du moins quand le dénouement marque le triomphe de l'ordre et de la loi.

On peut évoquer une seconde raison à cet engouement. Le monde contemporain est soumis à de nombreuses règles, il est formaté, rigoureusement ordonné. Or le roman policier met en scène, comme nous l'avons vu, le dérèglement de la société, l'inhumanité, le Mal, la violence inouïe. Il permet ainsi au lecteur d'évacuer ses pulsions, de transgresser les lois à travers la fiction tout en demeurant un citoyen honnête et respectueux de l'ordre. Il est l'équivalent pour les adultes du traditionnel conte de fées où les ogres, les sorcières et les loups dévorent les enfants : les petits y trouvent un exutoire à leurs violences et à leurs peurs.

Le roman policier s'interroge enfin sur l'identité. Le thème est souvent repris, comme il l'est dans *Le Chien des Baskerville*. Les person-

Pour mieux lire l'œuvre

nages se déguisent, prennent de fausses identités. On se demande qui est chacun et ce qu'il cache. Il faut rapprocher les personnages du roman policier d'Œdipe qui, en recherchant son identité, trouve un criminel qui a tué son père et épousé sa mère. Cette quête de soi et la découverte de la vérité sur l'autre, idée traitée par la psychanalyse, est aussi un thème très moderne.

L'essentiel

Aujourd'hui, le roman policier est un genre littéraire reconnu et apprécié. Les séries policières font aussi la fortune des médias. La BD s'est également emparée de ces histoires avec son propre langage, celui de l'image et des bulles. Plusieurs raisons expliquent l'attirance de nos contemporains pour ces histoires sombres et effrayantes. Elles sont un exutoire à nos pulsions négatives et à nos peurs.

Le Chien des Baskerville

Conan
Doyle

Roman (1901)

Le Chien des Baskerville

I

M. Sherlock Holmes

Ce matin-là, M. Sherlock Holmes qui, sauf les cas assez fréquents où il passait les nuits[1], se levait tard, était assis devant la table de la salle à manger. Je me tenais près de la cheminée, examinant la canne que notre visiteur de la veille avait oubliée. C'était un joli bâton, solide, terminé par une boule – ce qu'on est convenu d'appeler « une permission de minuit ».

Immédiatement au-dessous de la pomme, un cercle d'or, large de deux centimètres, portait l'inscription et la date suivantes :
« À M. James Mortimer, ses amis du C. C. H. – 1884 ».

Cette canne, digne, grave, rassurante, ressemblait à celles dont se servent les médecins « vieux jeu ».

« Eh bien, Watson, me dit Holmes, quelles conclusions en tirez-vous ? »

Holmes me tournait le dos et rien ne pouvait lui indiquer mon genre d'occupation.

« Comment savez-vous ce que je fais ? Je crois vraiment que vous avez des yeux derrière la tête.

– Non ; mais j'ai, en face de moi, une cafetière en argent, polie[2] comme un miroir. Allons, Watson, communiquez-moi les réflexions que vous suggère l'examen de cette canne. Nous avons eu la malchance de manquer hier son propriétaire et, puisque nous ignorons le but de sa visite, ce morceau de bois acquiert une certaine importance.

– Je pense, répondis-je, suivant de mon mieux la méthode de mon compagnon, que le docteur Mortimer doit être quelque vieux médecin, très occupé et très estimé, puisque ceux qui le connaissent lui ont donné ce témoignage de sympathie.

– Bien, approuva Holmes... très bien !

---

1. **Il passait les nuits :** il faisait des nuits blanches.
2. **Polie :** lisse et brillante.

Chapitre I

— Je pense également qu'il y a de grandes probabilités pour que le docteur Mortimer soit un médecin de campagne qui visite la plupart du temps ses malades à pied.

— Pourquoi ?

— Parce que cette canne, fort jolie quand elle était neuve, m'apparaît tellement usée que je ne la vois pas entre les mains d'un médecin de ville. L'usure du bout en fer témoigne de longs services.

— Parfaitement exact ! approuva Holmes.

— Et puis, il y a encore ces mots : « Ses amis du C. C. H. ». Je devine qu'il s'agit d'une société de chasse... Le docteur aura soigné quelques-uns de ses membres qui, en reconnaissance, lui auront offert ce petit cadeau.

— En vérité, Watson, vous vous surpassez, fit Holmes, en reculant sa chaise pour allumer une cigarette. Je dois avouer que, dans tous les rapports que vous avez bien voulu rédiger sur mes humbles travaux, vous ne vous êtes pas assez rendu justice. Vous n'êtes peut-être pas lumineux[1] par vous-même ; mais je vous tiens pour un excellent conducteur de lumière. Il existe des gens qui, sans avoir du génie, possèdent le talent de le stimuler chez autrui. Je confesse, mon cher ami, que je suis votre obligé. »

Auparavant, Holmes ne m'avait jamais parlé ainsi. Ces paroles me firent le plus grand plaisir, car, jusqu'alors, son indifférence, aussi bien pour mon admiration que pour mes efforts tentés en vue de vulgariser[2] ses méthodes, m'avait vexé. De plus, j'étais fier de m'être assimilé son système au point de mériter son approbation quand il m'arrivait de l'appliquer.

Holmes me prit la canne des mains et l'examina à son tour pendant quelques minutes. Puis, soudainement intéressé, il posa sa cigarette, se rapprocha de la fenêtre et la regarda de nouveau avec une loupe.

« Intéressant, quoique élémentaire, fit-il, en retournant s'asseoir sur le canapé, dans son coin de prédilection[3]. J'aperçois sur

---

1. **Lumineux :** brillant.
2. **Vulgariser :** mettre à la portée de tous.
3. **Coin de prédilection :** coin favori.

Le Chien des Baskerville

cette canne une ou deux indications qui nous conduisent à des inductions[1].

— Quelque chose m'aurait-il échappé ? dis-je d'un air important. Je ne crois pas avoir négligé de détail essentiel.

— Je crains, mon cher Watson, que la plupart de vos conclusions ne soient erronées[2]. Quand je prétendais que vous me stimuliez, cela signifiait qu'en relevant vos erreurs j'étais accidentellement amené à découvrir la vérité... Oh ! dans l'espèce[3], vous ne vous trompez pas complètement. L'homme est certainement un médecin de campagne... et il marche beaucoup.

— J'avais donc raison.

— Oui, pour cela.

— Mais c'est tout ?

— Non, non, mon cher Watson... pas tout – tant s'en faut. J'estime, par exemple, qu'un cadeau fait à un docteur s'explique mieux venant d'un hôpital que d'une société de chasse. Aussi, lorsque les initiales « C. C. » sont placées avant celle désignant cet hôpital, les mots « Charing Cross » s'imposent tout naturellement.

— Peut-être.

— Des probabilités sont en faveur de mon explication. Et, si nous acceptons cette hypothèse, nous avons une nouvelle base qui nous permet de reconstituer la personnalité de notre visiteur inconnu.

— Alors, en supposant que C. C. H. signifie « Charing Cross Hospital », quelles autres conséquences en déduirons-nous ?

— Vous ne les trouvez pas ?... Vous connaissez ma méthode... Appliquez-la !

— La seule conclusion évidente est que notre homme pratiquait la médecine à la ville avant de l'exercer à la campagne.

— Nous devons aller plus loin dans nos suppositions. Suivez cette piste. À quelle occasion est-il le plus probable qu'on ait offert ce cadeau ? Quand les amis du docteur Mortimer se seraient-ils cotisés pour lui donner un souvenir ? Certainement au moment

---

1. **Qui nous conduisent à des inductions :** qui nous permettent de remonter d'un fait précis à une idée générale.
2. **Erronées :** fausses.
3. **Dans l'espèce :** en fait.

Chapitre I

où il quittait l'hôpital pour s'établir... Nous savons qu'il y a eu un cadeau... Nous croyons qu'il y a eu passage d'un service d'hôpital à l'exercice de la médecine dans une commune rurale. Dans ce cas, est-il téméraire d'avancer que ce cadeau a eu lieu à l'occasion de ce changement de situation ?

— Cela semble très plausible[1].

— Maintenant vous remarquerez que le docteur Mortimer ne devait pas appartenir au service régulier de l'hôpital. On n'accorde ces emplois qu'aux premiers médecins de Londres – et ceux-là ne vont jamais exercer à la campagne. Qu'était-il alors ? Un médecin auxiliaire[2]... Il est parti, il y a cinq ans... lisez la date sur la canne. Ainsi votre médecin, grave, entre deux âges, s'évanouit en fumée, mon cher Watson, et, à sa place, nous voyons apparaître un garçon de trente ans, aimable, modeste, distrait et possesseur d'un chien que je dépeindrai vaguement plus grand qu'un terrier et plus petit qu'un mastiff[3]. »

Je souris d'un air incrédule, tandis que Holmes se renversait sur le canapé, en lançant au plafond quelques bouffées de fumée.

« Je ne puis contrôler cette dernière assertion[4], dis-je ; mais rien n'est plus facile que de nous procurer certains renseignements sur l'âge et les antécédents professionnels de notre inconnu. »

Je pris sur un rayon de la bibliothèque l'annuaire médical et je courus à la lettre M. J'y trouvai plusieurs Mortimer. Un seul pouvait être notre visiteur.

Je lus à haute voix :

— « Mortimer, James, M. R. C. S.[5] 1882 ; Grimpen, Dartmoor, Devon. Interne de 1882 à 1884 à l'hôpital de Charing Cross. Lauréat du prix Jackson pour une étude de pathologie[6] comparée, intitulée : "L'hérédité est-elle une maladie ?" Membre correspon-

---

1. **Plausible :** vraisemblable.
2. **Auxiliaire :** qui aide, qui assiste.
3. **Mastiff :** race de chiens que l'on dit descendre des molosses romains qui combattaient les grands fauves dans les arènes et étaient utilisés comme chiens de guerre.
4. **Assertion :** affirmation.
5. **M.R.C.S. :** Member of Royal College Surgeons, membre du Collège royal des chirurgiens.
6. **Étude de pathologie :** étude d'une maladie.

Le Chien des Baskerville

dant de la Société pathologique suédoise. Auteur de "Quelques caprices de l'atavisme[1]" (*The Lancet*, 1882), "Progressons-nous ?" (*Journal de Pathologie*, 1883). Médecin autorisé pour les paroisses de Grimpen, Thornsley et High Barrow. »

— Hé ! Watson, il n'est nullement question de société de chasse, fit Holmes avec un sourire narquois[2] ; mais bien d'un médecin de campagne, ainsi que vous l'aviez finement pronostiqué, d'ailleurs. Mes déductions se confirment. Quant aux qualificatifs dont je me suis servi, j'ai dit, si je me souviens bien : aimable, modeste et distrait. Or, on ne fait de cadeaux qu'aux gens aimables ; un modeste seul abandonne Londres pour se retirer à la campagne et il n'y a qu'un distrait pour laisser sa canne au lieu de sa carte de visite, après une attente d'une heure dans notre salon.

— Et le chien ? repris-je.

— Le chien porte ordinairement la canne de son maître. Comme elle est lourde, il la tient par le milieu, fortement. Regardez la marque de ses crocs ! Elle vous indiquera que la mâchoire est trop large pour que le chien appartienne à la race des terriers et trop étroite pour qu'on le range dans celle des mastiffs. C'est peut-être… oui, parbleu ! c'est un épagneul ! »

Tout en parlant, Holmes s'était levé et arpentait[3] la pièce. Il s'arrêta devant la fenêtre. Sa voix avait un tel accent de conviction que la surprise me fit lever la tête.

« Comment, mon cher ami, dis-je, pouvez-vous affirmer cela ?

— Pour la raison bien simple que j'aperçois le chien à notre porte et que voilà le coup de sonnette de son maître… Restez, Watson ; le docteur Mortimer est un de vos confrères, votre présence me sera peut-être utile… Que vient demander le docteur Mortimer, homme de science, à Sherlock Holmes, le spécialiste en matière criminelle ?… Entrez ! »

M'attendant à voir le type du médecin de campagne que j'avais dépeint, l'apparition de notre visiteur me causa une vive surprise. Le docteur Mortimer était grand, mince, avec un long nez crochu qui débordait entre deux yeux gris, perçants, rapprochés l'un de

---

1. **Atavisme :** hérédité.
2. **Narquois :** moqueur.
3. **Arpentait :** parcourait à grands pas.

Chapitre I

l'autre et étincelants derrière des lunettes d'or. Il portait le costume traditionnel – mais quelque peu négligé – adopté par ceux de sa profession ; sa redingote[1] était de couleur sombre et son pantalon frangé. Quoique jeune, son dos se voûtait déjà : il marchait la tête penchée en avant et son visage respirait un air de grande bonhomie[2].

En entrant, il aperçut sa canne dans les mains de Holmes et il se précipita avec une expression joyeuse :

« Quel bonheur ! fit-il. Je ne me souvenais plus où je l'avais laissée... Je ne voudrais pas perdre cette canne pour tout l'or du monde.

— Un cadeau, n'est-ce pas ? interrogea Holmes.

— Oui monsieur.

— De l'hôpital de Charing Cross ?

— De quelques amis que j'y comptais... à l'occasion de mon mariage.

— Ah ! fichtre ! c'est ennuyeux », répliqua Holmes, en secouant la tête.

Le docteur Mortimer, légèrement étonné, cligna les yeux.

« Qu'y a-t-il d'ennuyeux ?

— Vous avez dérangé nos petites déductions... Vous dites : votre mariage ?

— Oui. Pour me marier, j'ai quitté l'hôpital... Je désirais me créer un intérieur.

— Allons, fit Holmes, après tout, nous ne nous sommes pas trompés de beaucoup... Et maintenant, docteur Mortimer...

— Non, monsieur ! Monsieur Mortimer, tout bonnement !... Un humble M. R. C. S.

— Et, évidemment, un homme d'un esprit pratique.

— Oh ! un simple minus habens[3], un ramasseur de coquilles sur le rivage du grand océan inconnu de la science. C'est à monsieur Sherlock Holmes que je parle ?...

— Oui ; et voici mon ami, le docteur Watson.

---

1. **Redingote :** veste croisée.
2. **Bonhomie :** bonté.
3. **Minus habens :** individu incapable.

Le Chien des Baskerville

— Très heureux de faire votre connaissance, monsieur. J'ai souvent entendu prononcer votre nom avec celui de votre ami. Vous m'intéressez vivement, monsieur Holmes. J'ai rarement vu un crâne aussi dolichocéphalique[1] que le vôtre, ni des bosses supra-orbitales[2] aussi développées. Voulez-vous me permettre de promener mon doigt sur votre suture pariétale[3] ? Un moulage de votre crâne, monsieur, en attendant la pièce originale, ferait l'ornement d'un musée d'anthropologie[4]. Loin de moi toute pensée macabre ! Mais je convoite votre crâne. »

Holmes montra une chaise à cet étrange visiteur.

« Vous êtes un enthousiaste de votre profession, comme je le suis de la mienne, dit-il. Je devine à votre index que vous fumez la cigarette... ne vous gênez pas pour en allumer une. »

Notre homme sortit de sa poche du papier et du tabac, et roula une cigarette avec une surprenante dextérité. Il avait de longs doigts, aussi agiles et aussi mobiles que les antennes d'un insecte.

Holmes demeurait silencieux ; mais ses regards, obstinément fixés sur notre singulier compagnon, me prouvaient à quel point celui-ci l'intéressait.

Enfin Holmes parla.

« Je présume, monsieur, dit-il, que ce n'est pas seulement pour examiner mon crâne que vous m'avez fait l'honneur de venir me voir hier et de revenir aujourd'hui ?

— Non, monsieur, non... bien que je me réjouisse de cet examen. Je suis venu, monsieur Holmes, parce que je reconnais que je ne suis pas un homme pratique et ensuite parce que les circonstances m'ont placé en face d'un problème aussi grave que mystérieux. Je vous considère comme le second parmi les plus habiles experts de l'Europe...

— Vraiment ! Puis-je vous demander le nom de celui que vous mettez en première ligne ? fit Holmes avec un peu d'amertume[5].

---

1. **Dolichocéphalique :** dont la boîte crânienne est allongée.
2. **Supra-orbitales :** situées au-dessus des orbites.
3. **Suture pariétale :** articulation fixe entre deux os du sommet du crâne.
4. **Anthropologie :** étude des caractéristiques anatomiques et biologiques de l'homme.
5. **Amertume :** tristesse et rancœur.

Chapitre II

— L'œuvre de M. Bertillon doit fort impressionner l'esprit de tout homme amoureux de précision scientifique.
— Alors, pourquoi ne le consultez-vous pas ?
— J'ai parlé de précision scientifique. Mais, en ce qui concerne la science pratique, il n'y a que vous... J'espère, monsieur, que je n'ai pas involontairement...
— Un peu, interrompit Holmes. Il me semble, docteur, que, laissant ceci de côté, vous feriez bien de m'expliquer exactement le problème pour la solution duquel vous réclamez mon assistance. »

II

La malédiction des Baskerville

« J'ai dans ma poche un manuscrit, commença le docteur.
— Je l'ai aperçu quand vous êtes entré, dit Holmes.
— Il est très vieux.
— Du XVIIIe siècle – à moins qu'il ne soit faux.
— Comment le savez-vous ?
— Pendant que vous parliez, j'en ai entrevu cinq ou six centimètres. Il serait un piètre[1] expert celui qui, après cela, ne pourrait préciser la date d'un document à une dizaine d'années près. Avez-vous lu ma petite monographie[2] sur ce sujet ?... Je place le vôtre en 1730.
— Il est exactement de 1742, répondit Mortimer, en sortant le manuscrit de sa poche. Ces papiers m'ont été confiés par sir Charles Baskerville, dont la mort tragique a causé dernièrement un si grand émoi dans le Devonshire[3]. J'étais à la fois son médecin et son ami. D'un esprit supérieur, pénétrant, pratique, il se montrait aussi peu imaginatif que je le suis beaucoup moi-même. Cependant il ajoutait très sérieusement foi au récit contenu dans

---

1. **Piètre :** minable.
2. **Monographie :** étude complète d'un sujet.
3. **Devonshire :** comté du sud-ouest de l'Angleterre.

Le Chien des Baskerville

ce document, et cette foi le préparait admirablement au genre de mort qui l'a frappé. »

Holmes prit le manuscrit et le déplia sur son genou.

« Vous remarquerez, Watson, me dit-il, que les «s» sont indifféremment longs et courts. C'est une des quelques indications qui m'ont permis de préciser la date. »

Par-dessus son épaule, je regardai le papier jauni et l'écriture presque effacée. En tête, on avait écrit : « Baskerville Hall », et, au-dessous, en gros chiffres mal formés : « 1742 ».

« Je vois qu'il s'agit de sortilège, fit Holmes.

— Oui ; c'est la narration d'une légende qui court sur la famille de Baskerville.

— Je croyais que vous désiriez me consulter sur un fait plus moderne et plus précis ?

— Très moderne... Et sur un point précis, urgent, qu'il faut élucider dans les vingt-quatre heures. Mais ce manuscrit est court et intimement lié à l'affaire. Avec votre permission, je vais vous le lire. »

Holmes s'enfonça dans son fauteuil, joignit les mains et ferma les yeux, dans une attitude résignée.

Le docteur Mortimer exposa le document à la lumière et lut d'une voix claire et sonore le curieux récit suivant :

« On a parlé souvent du chien des Baskerville. Comme je descends en ligne directe de Hugo Baskerville et que je tiens cette histoire de mon père, qui la tenait lui-même du sien, je l'ai écrite avec une conviction sincère en sa véracité[1]. Je voudrais que mes descendants crussent que la même justice qui punit le péché sait aussi le pardonner miséricordieusement, et qu'il n'existe pas de si terrible malédiction que ne puissent racheter le repentir et les prières. Je voudrais que, pour leur salut, mes petits enfants apprissent, non pas à redouter les suites du passé, mais à devenir plus circonspects[2] dans l'avenir et à réprouver les détestables passions qui ont valu à notre famille de si douloureuses épreuves.

---

1. **Une conviction sincère en sa véracité :** l'assurance qu'il s'agit d'une histoire vraie.
2. **Circonspects :** prudents.

Chapitre II

Au temps de notre grande révolution, le manoir de Baskerville appartenait à Hugo, de ce nom, homme impie[1] et dissolu[2]. Ses voisins lui auraient pardonné ces défauts, car la contrée n'a jamais produit de saints ; mais sa cruauté et ses débauches étaient devenues proverbiales dans la province.

Il arriva que Hugo s'éprit d'amour (si, dans ce cas, l'emploi de ce mot ne constitue pas une profanation[3]) pour la fille d'un cultivateur voisin. La demoiselle, réservée et de bonne réputation, l'évitait, effrayée par son mauvais renom.

Une veille de Saint-Michel, Hugo, de concert[4] avec cinq ou six de ses compagnons de plaisir, se rendit à la ferme et enleva la jeune fille, en l'absence de son père et de ses frères. Ils la conduisirent au château et l'enfermèrent dans un donjon ; puis ils descendirent pour achever la nuit en faisant ripaille[5], selon leur coutume.

De sa prison, la pauvre enfant frissonnait, au bruit des chants et des blasphèmes[6] qui montaient jusqu'à elle. Dans sa détresse, elle tenta ce qui aurait fait reculer les plus audacieux : à l'aide du lierre qui garnissait le mur, elle se laissa glisser le long de la gouttière et s'enfuit par la lande vers la maison de son père, distante d'environ trois lieues.

Quelque temps après, Hugo quitta ses amis pour monter un peu de nourriture à sa prisonnière. Il trouva la cage vide et l'oiseau envolé. Alors, on l'aurait dit possédé du démon. Dégringolant l'escalier, il entra comme un fou dans la salle à manger, sauta sur la table et jura devant toute la compagnie que, si cette nuit même il pouvait s'emparer de nouveau de la fugitive, il se donnerait au diable corps et âme. Tous les convives le regardaient, ahuris. À ce moment l'un d'eux, plus méchant – ou plus ivre – que les autres, proposa de lancer les chiens sur les traces de la jeune fille.

Hugo sortit du château, ordonna aux valets d'écurie de seller sa jument, aux piqueurs[7] de lâcher la meute et, après avoir jeté

---

1. **Impie :** qui offense la religion.
2. **Dissolu :** débauché.
3. **Profanation :** manque de respect pour quelque chose de sacré.
4. **De concert :** ensemble, avec la complicité de.
5. **En faisant ripaille :** faire ripaille signifie festoyer.
6. **Blasphèmes :** paroles qui outragent Dieu.
7. **Piqueurs :** hommes à cheval chargés de suivre et de diriger une meute de chiens.

Le Chien des Baskerville

aux chiens un mouchoir de la prisonnière, il les mit sur le pied. L'homme, en jurant, les bêtes, en hurlant, dévalèrent vers la plaine, sous la clarté morne de la lune.

Tout ceci s'était accompli si rapidement que, tout d'abord, les convives ne comprirent pas. Mais bientôt la lumière se fit dans leur esprit. Ce fut alors un vacarme infernal ; les uns demandaient leurs pistolets, les autres leur cheval, ceux-ci de nouvelles bouteilles de vin. Enfin, le calme rétabli, la poursuite commença. Les chevaux couraient ventre à terre sur la route que la jeune fille avait dû prendre pour rentrer directement chez elle.

Les amis de Hugo galopaient depuis deux kilomètres, quand ils rencontrèrent un berger qui faisait paître son troupeau sur la lande. En passant, ils lui crièrent s'il avait vu la bête de chasse. On raconte que la peur empêcha l'homme de répondre immédiatement. Cependant il finit par dire qu'il avait aperçu l'infortunée jeune fille poursuivie par les chiens.

— J'ai vu plus que cela, ajouta-t-il ; j'ai vu galoper en silence, sur les talons du sire de Baskerville, un grand chien noir, que je prie le ciel de ne jamais découpler[1] sur moi. »

Les ivrognes envoyèrent le berger à tous les diables et continuèrent leur course.

Mais le sang se figea bientôt dans leurs veines. Le galop d'un cheval résonna sur la lande et la jument de Hugo, toute blanche d'écume, passa près d'eux, les rênes flottantes, la selle vide.

Dominés par la peur, les cavaliers se serrèrent les uns contre les autres ; mais ils ne cessèrent pas la poursuite, quoique chacun, s'il eût été seul, eût volontiers tourné bride.

Ils arrivèrent enfin sur les chiens. La meute était réputée pour sa vaillance et ses bonnes qualités de race ; cependant les chiens hurlaient lugubrement autour d'un buisson poussé sur le bord d'un profond ravin. Quelques-uns faisaient mine de s'éloigner, tandis que d'autres, le poil hérissé, les yeux en fureur, regardaient en bas, dans la vallée.

La compagnie, complètement dégrisée[2], s'arrêta. Personne n'osant avancer, les trois plus audacieux descendirent le ravin.

---

1. **Découpler :** lancer.
2. **Dégrisée :** ici, dont la fougue s'est éteinte.

Chapitre II

La lune éclairait faiblement l'étroite vallée formée par le fond de la gorge. Au milieu, la pauvre jeune fille gisait inanimée, à l'endroit où elle était tombée, morte de fatigue ou de peur. Ce ne fut ni son cadavre, ni celui de Hugo, étendu sans mouvement à quelques pas de là, qui effraya le plus les trois sacripants[1]. Ce fut une horrible bête, noire, de grande taille, ressemblant à un chien, mais à un chien ayant des proportions jusqu'alors inconnues.

La bête tenait ses crocs enfoncés dans la gorge de Hugo. Au moment où les trois hommes s'approchaient, elle arracha un lambeau de chair du cou de Baskerville et tourna vers eux ses prunelles de feu et sa gueule rouge de sang... Le trio, secoué par la peur, s'enfuit en criant.

On prétend que l'un des trois hommes mourut dans la nuit ; les deux autres restèrent frappés de folie jusqu'à leur mort.

C'est ainsi, mes enfants, que l'on raconte la première apparition du chien qui, depuis cette époque, a, dit-on, si cruellement éprouvé notre famille. J'ai écrit cette histoire, parce que les amplifications et les suppositions inspirent toujours plus de terreur que les choses parfaitement définies.

Plusieurs membres de la famille, on ne peut le nier, ont péri de mort violente, subite et mystérieuse. Aussi devons-nous nous confier à l'infinie bonté de la Providence qui punit rarement l'innocent au-delà de la troisième ou de la quatrième génération, ainsi qu'il est dit dans l'Écriture sainte.

Je vous recommande à cette Providence, mes chers enfants, et je vous conseille d'éviter, par mesure de prudence, de traverser la lande aux heures obscures où l'esprit du mal chemine. »

(De Hugo Baskerville à ses fils Roger et John, sous la recommandation expresse de n'en rien dire à leur sœur Élisabeth.)

Lorsque le docteur Mortimer eut achevé sa lecture, il remonta ses lunettes sur son front et regarda Sherlock Holmes. Ce dernier bâilla, jeta le bout de sa cigarette dans le feu et demanda laconiquement[2] :

---

1. **Sacripants :** vauriens.
2. **Laconiquement :** en peu de mots.

Le Chien des Baskerville

« Eh bien ?
— Vous ne trouvez pas ce récit intéressant ?
— Si ; pour un amateur de contes de fées. »
Mortimer sortit de sa poche un journal soigneusement plié.

« Maintenant, monsieur Holmes, fit-il, je vais vous lire quelque chose de plus récent. C'est un numéro de la *Devon County Chronicle*, publié le 14 mai de cette année et contenant les détails de la mort de sir Charles Baskerville, survenue quelques jours avant cette date. »

Mon ami prit une attitude moins indifférente. Le docteur rajusta ses lunettes et commença :

« La mort récente de sir Charles Baskerville, désigné comme le candidat probable du parti libéral aux prochaines élections du Mid-Devon, a attristé tout le comté. Quoique sir Charles n'ait résidé à Baskerville Hall que peu de temps, l'amabilité de ses manières et sa grande générosité lui avaient gagné l'affection et le respect de tous ceux qui le connaissaient.

En ces temps de « nouveaux riches[1] », il est réconfortant de voir des rejetons d'anciennes familles ayant traversé de mauvais jours reconstituer leur fortune et restaurer l'antique grandeur de leur maison.

On sait que sir Charles avait gagné beaucoup d'argent dans l'Afrique du Sud. Plus sage que ceux qui poursuivent leurs spéculations jusqu'à ce que la chance tourne contre eux, il avait réalisé ses bénéfices et était revenu en Angleterre. Il habitait Baskerville depuis deux ans et nourrissait le grandiose projet de reconstruire le château et d'améliorer le domaine, projet que la mort vient d'interrompre. N'ayant pas d'enfants, il voulait que tout le pays profitât de sa fortune, et ils sont nombreux ceux qui déplorent sa fin prématurée. Nous avons souvent relaté dans ces colonnes ses dons généreux à toutes les œuvres charitables du comté.

L'enquête n'a pu préciser les circonstances qui ont entouré la mort de sir Charles Baskerville ; mais, au moins, elle a dissipé certaines rumeurs engendrées par la superstition publique.

---

1. **Nouveaux riches :** en français dans le texte.

Chapitre II

Sir Charles était veuf ; il passait pour quelque peu excentrique. Malgré sa fortune considérable, il vivait très simplement. Son personnel domestique consistait en un couple, nommé Barrymore : le mari servant de valet de chambre et la femme, de bonne à tout faire.

Leur témoignage, confirmé par celui de plusieurs amis, tend à montrer que, depuis quelque temps, la santé de sir Charles était fort ébranlée. Il souffrait de troubles cardiaques se manifestant par des altérations du teint, de la suffocation et des accès de dépression nerveuse. Le docteur Mortimer, ami et médecin du défunt, a témoigné dans le même sens.

Les faits sont d'une grande simplicité. Tous les soirs, avant de se coucher, sir Charles avait l'habitude de se promener dans la fameuse allée des Ifs de Baskerville Hall. La déposition des époux Barrymore l'a pleinement établi.

Le 4 mai, sir Charles fit part de son intention bien arrêtée de partir le lendemain pour Londres. Il donna l'ordre à Barrymore de préparer ses bagages. Le soir, il sortit pour sa promenade nocturne, pendant laquelle il fumait toujours un cigare.

On ne le vit pas revenir.

À minuit, Barrymore, trouvant encore ouverte la porte du château, s'alarma et, allumant une lanterne, il se mit à la recherche de son maître.

Il avait plu dans la journée ; les pas de sir Charles s'étaient imprimés dans l'allée. Au milieu de cette allée, une porte conduit sur la lande. Des empreintes plus profondes indiquaient que sir Charles avait stationné à cet endroit. Ensuite il avait dû reprendre sa marche, car on ne retrouva son cadavre que beaucoup plus loin.

Il est un point de la déclaration de Barrymore qui reste encore inexplicable : il paraîtrait que la forme des empreintes s'était modifiée à partir du moment où sir Charles Baskerville avait repris sa promenade. Il semble n'avoir plus marché que sur la pointe des pieds.

Un certain Murphy – un bohémien – se trouvait à cette heure tout près de là, sur la lande ; mais, d'après son propre aveu, il était complètement ivre. Il déclare cependant avoir entendu des cris, sans pouvoir indiquer d'où ils venaient. On n'a découvert sur le

Le Chien des Baskerville

corps de sir Charles aucune trace de violence, quoique le rapport du médecin mentionne une convulsion anormale de la face — convulsion telle que le docteur Mortimer s'est refusé tout d'abord à reconnaître dans le cadavre le corps de son ami. On a remarqué fréquemment ce symptôme dans les cas de dyspnée[1] et de mort occasionnée par l'usure du cœur. L'autopsie a corroboré ce diagnostic, et le jury du coroner[2] a rendu un verdict conforme aux conclusions du rapport médical.

Nous applaudissons à ce résultat. Il est, en effet, de la plus haute importance que l'héritier de sir Charles s'établisse au château et continue l'œuvre de son prédécesseur si tristement interrompue. Si la décision prosaïque du coroner n'avait pas définitivement détruit les histoires romanesques murmurées dans le public à propos de cette mort, on n'aurait pu louer Baskerville Hall.

L'héritier du défunt — s'il vit encore — est M. Henry Baskerville, fils du plus jeune frère de sir Charles. Les dernières lettres du jeune homme étaient datées d'Amérique ; on a télégraphié dans toutes les directions pour le prévenir de l'héritage qui lui échoit. »

Le docteur Mortimer replia son journal et le replaça dans sa poche.

« Tels sont les faits de notoriété publique[3], monsieur Holmes, dit-il.

— Je vous remercie, dit Sherlock, d'avoir appelé mon attention sur ce cas, certainement intéressant par quelques points... Ainsi donc cet article résume tout ce que le public connaît ?

— Oui.

— Apprenez-moi maintenant ce qu'il ne connaît pas. »

Holmes se renversa de nouveau dans son fauteuil et son visage reprit son expression grave et impassible[4].

« En obtempérant à votre désir, fit le docteur Mortimer, qui commençait déjà à donner les signes d'une violente émotion, je vais vous raconter ce que je n'ai confié à personne. Je me suis tu devant le coroner, parce qu'un homme de science y regarde à

---

1. **Dyspnée :** difficulté pour respirer.
2. **Coroner :** officier de police judiciaire en Angleterre.
3. **Les faits de notoriété publique :** les faits connus de tous.
4. **Impassible :** froid, imperturbable.

Chapitre II

deux fois avant d'endosser une superstition populaire… Moi aussi, je crois qu'il serait impossible de louer Baskerville Hall, si quelque chose venait en augmenter l'horrible réputation. Pour ces deux raisons, j'en ai dit moins que je n'en savais – il ne pouvait en résulter pratiquement rien de bon. Mais, avec vous, je n'ai plus les mêmes motifs de garder le silence. »

Et Mortimer nous fit le récit suivant :

« La lande est presque inhabitée, et ceux qui vivent dans le voisinage les uns des autres sont étroitement liés ensemble. Voilà la raison de mon intimité avec sir Charles Baskerville. À l'exception de M. Frankland, de Lafter Hall, et de M. Stapleton, le naturaliste, il n'y a pas, à plusieurs milles[1] à la ronde, de gens bien élevés.

Sir Charles se plaisait dans la retraite, mais sa maladie opéra entre nous un rapprochement qu'un commun amour de la science cimenta rapidement. Il avait apporté du sud de l'Afrique un grand nombre d'observations scientifiques et nous avons passé ensemble plus d'une bonne soirée à discuter l'anatomie comparée du Bushman et du Hottentot[2].

Pendant les derniers mois de sa vie, je constatai la surexcitation progressive de son système nerveux. La légende que je viens de vous lire l'obsédait à tel point que rien au monde n'aurait pu l'amener à franchir la nuit la grille du château. Quelque incroyable que cela vous paraisse, il était sincèrement convaincu qu'une terrible fatalité pesait sur sa famille, et, malheureusement, les archives de sa maison étaient peu encourageantes.

La pensée d'une présence occulte[3], incessante, le hantait. Bien souvent il me demanda si, au cours de mes sorties nocturnes, je n'avais jamais aperçu d'être fantastique ni entendu d'aboiements de chien. Il renouvela maintes fois cette dernière question – et toujours d'une voix vibrante d'émotion.

Je me souviens parfaitement d'un incident qui a précédé sa mort de quelques semaines. Un soir, j'arrivai au château en voiture. Par hasard, sir Charles se trouvait sur sa porte. J'étais descendu de

---

1. **Milles :** le mille est une unité de mesure anglaise qui vaut 1 609 mètres.
2. **Bushman […] Hottentot :** peuples d'Australie et d'Afrique.
3. **Occulte :** cachée.

mon tilbury[1] et je lui faisais face. Tout à coup ses regards passèrent par-dessus mon épaule et j'y lus aussitôt une expression de terreur. Je me retournai juste à temps pour distinguer confusément, au détour de la route, quelque chose que je pris pour un énorme veau noir.

Cette apparition émut tellement sir Charles qu'il courut à l'endroit où il avait vu l'animal et qu'il le chercha partout des yeux. Mais la bête avait disparu. Cet incident produisit une déplorable impression sur son esprit.

Je passai toute la soirée avec lui, et ce fut pour expliquer l'émotion ressentie qu'il confia à ma garde l'écrit que je vous ai lu. Ce petit épisode n'a d'importance que par la tragédie qui a suivi ; sur le moment, je n'y en attachai aucune et je jugeai puérile l'exaltation de mon ami.

Enfin, sur mes instances, sir Charles se décida à partir pour Londres. Le cœur était atteint, et la constante angoisse qui le poignait – quelque chimérique[2] qu'en fût la cause – avait une répercussion sur sa santé. Je pensais que les distractions de la ville le remettraient promptement[3]. M. Stapleton, consulté, opina dans le même sens[4].

Au dernier instant, la terrible catastrophe se produisit.

La nuit du décès de sir Charles Baskerville, Barrymore, le valet de chambre qui avait fait la lugubre découverte, m'envoya chercher par un homme d'écurie. Je n'étais pas encore couché et, une heure plus tard, j'arrivais au château.

Je contrôlai tous les faits mentionnés dans l'enquête : je suivis la trace des pas dans l'allée des Ifs et je vis à la grille l'endroit où le défunt s'était arrêté. À partir de cet endroit, je remarquai la nouvelle forme des empreintes. Sur le sable fin, il n'y avait d'autres pas que ceux de Barrymore ; puis j'examinai attentivement le cadavre, auquel on n'avait pas encore touché.

Sir Charles était étendu, la face contre terre, les bras en croix, les doigts crispés dans le sol et les traits tellement convulsés sous

---

1. **Tilbury :** voiture à cheval.
2. **Chimérique :** imaginaire.
3. **Promptement :** rapidement.
4. **Opina dans le même sens :** donna un avis similaire.

l'empire d'une violente émotion que j'aurais à peine osé certifier son identité.

Le corps ne portait aucune blessure... Mais la déposition de Barrymore était incomplète. Il a dit qu'auprès du cadavre il n'existait nulle trace de pas... Il n'en avait pas vu... Elles ne m'ont pas échappé, à moi... nettes et fraîches... à quelque distance du lieu de la scène !...

— Des empreintes de pas ?

— Oui, des empreintes de pas.

— D'homme ou de femme ? »

Mortimer nous considéra une seconde d'une façon étrange. Sa voix n'était plus qu'un faible murmure, quand il répondit :

« Monsieur Holmes, j'ai reconnu l'empreinte d'une patte de chien gigantesque ! »

III

Le problème

Je confesse que ces mots me causèrent un frisson. Il y avait dans la voix du docteur Mortimer un tremblement qui prouvait que son propre récit l'avait profondément ému.

Penché en avant, Holmes l'écoutait avec, dans les yeux, cette lueur qui décèle toujours chez lui un vif intérêt.

« Vous avez vu cela ? interrogea-t-il.

— Aussi nettement que je vous vois.

— Et vous n'en avez rien dit ?

— Pourquoi en aurais-je parlé ?

— Comment expliquez-vous que vous soyez le seul à avoir remarqué ces empreintes ?

— Elles commençaient seulement à une vingtaine de mètres du cadavre... personne n'y avait fait attention. Si je n'avais pas connu la légende, il est probable que j'aurais agi comme tout le monde.

— Y a-t-il beaucoup de chiens de berger sur la lande ?

— Beaucoup... Mais celui-là n'était pas un chien de berger.

— Vous dites que vous le jugez de grande taille ?

Le Chien des Baskerville

— Énorme.
— Et qu'il n'avait pas approché le cadavre ?
— Non.
— Quelle nuit faisait-il ?
— Humide et froide.
— Pleuvait-il ?
— Non.
— Décrivez-moi l'allée des Ifs.
— Elle est formée par une double rangée de vieux ifs, hauts de douze pieds[1] et absolument impénétrables. On se promène sur la partie comprise entre les arbustes, large de huit pieds.
— Entre les ifs et cette partie, sablée sans doute, n'y a-t-il rien ?
— Si. Il existe, de chaque côté, une bande de gazon d'environ six pieds.
— La bordure d'ifs, m'avez-vous dit, est coupée par une porte ?
— Oui… qui donne accès sur la lande.
— Il n'y a pas d'autre ouverture ?
— Aucune.
— De telle sorte qu'on n'arrive à l'allée des Ifs que par la maison ou par cette porte ?
— On peut également s'y rendre par une serre construite à l'extrémité de l'allée.
— Sir Charles a-t-il poussé sa promenade jusque-là ?
— Non, cinquante mètres le séparaient encore de cette serre.
— Maintenant, voudriez-vous me dire, docteur Mortimer, — et ce détail a son importance — si les empreintes que vous avez relevées se trouvaient sur le sable de l'allée ou sur le gazon ?
— Je n'ai pu distinguer aucune empreinte sur le gazon.
— Existaient-elles seulement sur le même côté que la porte ?
— Oui, sur le bord de l'allée sablée, du même côté que la porte.
— Vous m'intéressez excessivement… Autre chose, cette porte était-elle fermée ?
— Fermée et cadenassée.
— Quelle est sa hauteur ?
— Quatre pieds.

---

1. **Pieds :** le pied est une unité de longueur ancienne correspondant à la longueur d'un pied humain, c'est-à-dire approximativement 30 cm.

Chapitre III

— Alors, quelqu'un aurait pu la franchir ?
— Facilement.
— Près de la porte, y avait-il des marques particulières ?
— Non.
— Ah !… A-t-on fait des recherches de ce côté ?
— Personne autre que moi.
— Et vous n'avez rien découvert ?
— Sir Charles avait dû piétiner sur place. Évidemment, il était resté en cet endroit cinq ou dix minutes.
— Comment le savez-vous ?
— Parce que, deux fois, les cendres de son cigare se sont détachées.
— Très bien déduit, approuva Holmes. Watson, reprit-il, voici un collègue selon notre cœur... Mais ces marques ?
— Le piétinement les avait rendues confuses. En dehors de l'empreinte des pas de sir Charles, il m'a été impossible d'en distinguer d'autres. »

De sa main, Sherlock Holmes frappa son genou dans un geste d'impatience.

« Encore si j'avais été là ! s'écria-t-il. Le cas m'apparaît d'un intérêt palpitant. Cette page de gravier sur laquelle j'aurais pu lire tant de choses, la pluie et le sabot des paysans curieux l'auront faite indéchiffrable. Ah ! docteur Mortimer, pourquoi ne m'avez-vous pas appelé ? Vous êtes bien coupable !

— Je ne pouvais vous appeler, monsieur Holmes, sans révéler tous ces faits, et je vous ai déjà donné les raisons pour lesquelles je désirais garder le silence. D'ailleurs… d'ailleurs…

— Pourquoi cette hésitation ?

— Dans certain domaine, le détective le plus expérimenté et le plus subtil demeure impuissant.

— Insinuez-vous que ces faits appartiennent au domaine surnaturel ?

— Je ne le dis pas positivement.

— Mais vous le pensez évidemment.

— Depuis le drame, monsieur Holmes, on m'a raconté divers incidents qu'il est malaisé de classer parmi les événements naturels.

— Par exemple ?

Le Chien des Baskerville

— J'ai appris qu'avant la terrible nuit plusieurs personnes ont vu sur la lande un animal dont le signalement se rapportait à celui du démon des Baskerville... L'animal ne rentre dans aucune espèce cataloguée. On convient qu'il avait un aspect épouvantable, fantastique, spectral. J'ai questionné ces gens, un paysan obtus[1], un maréchal-ferrant et un fermier. Aucun n'a varié sur le portrait de la sinistre apparition. Elle incarnait bien exactement le chien vomi par l'enfer, d'après la légende. La terreur règne dans le district en souveraine maîtresse, et il pourrait se vanter d'être téméraire celui qui s'aventurerait la nuit sur la lande.

— Et vous, un homme de science, vous admettez une manifestation surnaturelle ?

— Je ne sais que croire. »

Holmes haussa les épaules.

« Jusqu'ici, dit-il, j'ai borné mes investigations aux choses de ce monde. Dans la limite de mes faibles moyens, j'ai combattu le mal... mais ce serait une tâche bien ambitieuse que de s'attaquer au démon lui-même. Cependant, il vous faut bien admettre la matérialité des empreintes !

— Le chien originel était assez matériel pour déchiqueter le cou d'un homme, et néanmoins il était bien d'essence infernale !

— Je vois que vous avez passé aux partisans du surnaturel[2]... Maintenant, répondez encore à ceci : Puisque vous pensez ainsi, pourquoi êtes-vous venu me consulter ? Vous me demandez en même temps de ne pas rechercher les causes de la mort de sir Charles Baskerville et vous me priez de m'occuper de ces recherches.

— Je ne vous en ai pas prié.

— Alors en quoi puis-je vous aider ?

— En m'indiquant l'attitude que je dois garder vis-à-vis de sir Henry Baskerville, qui arrive à Waterloo Station – ici le docteur Mortimer tira sa montre – dans une heure un quart.

— Est-ce lui qui hérite ?

---

1. **Obtus :** borné, peu intelligent.
2. **Vous avez passé aux partisans du surnaturel :** vous êtes passé dans le clan de ceux qui croient à une hypothèse surnaturelle.

Chapitre III

— Oui. À la mort de sir Charles, nous avons fait une enquête sur ce jeune homme et nous avons appris qu'il se livrait à l'agriculture, au Canada. Les renseignements fournis sur son compte sont excellents à tous égards... Je ne parle pas à cette heure comme le médecin, mais comme l'exécuteur testamentaire[1] de sir Charles Baskerville.

— Il n'y a pas d'autres prétendants à la fortune du défunt, je présume ?

— Pas d'autres, le seul parent dont nous ayons pu retrouver la trace se nomme — ou, mieux, se nommait — Roger Baskerville, il était le troisième frère de sir Charles. Le second frère, mort jeune, n'a eu qu'un fils, Henry ; on considérait le troisième frère, Roger, comme la brebis galeuse de la famille. Il perpétuait[2] l'ancien type des Baskerville et continuait, m'a-t-on affirmé, les errements du vieil Hugo. Le séjour de l'Angleterre lui paraissant malsain, il s'expatria dans l'Amérique centrale, où il mourut de la fièvre jaune[3], en 1876 ; Henry est donc le dernier des Baskerville... Dans une heure cinq minutes, je le rencontrerai à Waterloo Station... Il m'a télégraphié de Southampton qu'il arriverait ce matin... Que dois-je faire, monsieur Holmes ?

— Pourquoi n'irait-il pas dans la demeure de ses ancêtres ?

— Cela semble tout naturel, n'est-ce pas ? Et cependant il faut se souvenir que les Baskerville qui ont habité le château ont tous péri de mort violente. J'ai la conviction que, si sir Charles avait pu me parler avant son décès, il m'aurait instamment recommandé de ne pas y conduire le dernier représentant de sa race et l'héritier de sa grande fortune. D'autre part, il est incontestable que la prospérité de ce misérable pays dépend absolument de la présence de sir Henry. Tout le bien commencé par sir Charles sera perdu si le château reste désert. Je suis venu vous demander un avis, monsieur Holmes, parce que je crains de me laisser entraîner par mon intérêt, trop évident en l'espèce. »

Holmes resta songeur pendant un moment.

---

1. **Exécuteur testamentaire :** personne désignée par quelqu'un pour assurer l'exécution de ses dernières volontés.
2. **Perpétuait :** reproduisait.
3. **Fièvre jaune :** maladie virale tropicale mortelle, transmise par un moustique.

Le Chien des Baskerville

Puis il dit :

« En d'autres termes, voici quelle est votre opinion : Vous estimez qu'une influence diabolique rend le séjour de Dartmoor insalubre aux Baskerville. Ai-je bien exprimé votre pensée ?

– Ne suis-je pas fondé à le prétendre ?

– J'en conviens. Mais, si votre théorie sur le surnaturel est exacte, notre jeune homme peut aussi bien en subir les effets à Londres que dans le Devonshire. J'ai peine à admettre un diable dont les pouvoirs s'arrêteraient aux limites d'une paroisse.

– Vous traiteriez probablement la question plus sérieusement, monsieur Holmes, si vous viviez en contact permanent avec ces choses-là. Ainsi, d'après vous, ce jeune homme ne courrait pas plus de dangers dans le Devonshire qu'à Londres ?… Il arrivera dans cinquante minutes. Que me conseillez-vous de faire ?

– Je vous conseille de prendre un cab[1], d'appeler votre caniche qui gratte à ma porte d'entrée et d'aller au-devant de sir Henry Baskerville, à Waterloo Station.

– Et ensuite ?

– Ensuite vous ne lui direz rien jusqu'à ce que j'aie réfléchi.

– Combien de temps comptez-vous réfléchir ?

– Vingt-quatre heures. Docteur Mortimer, je vous serais très reconnaissant de revenir me voir ici, demain matin, à dix heures. Pour mes dispositions futures, j'aurais besoin que vous ameniez avec vous sir Henry.

– Comptez-y, monsieur Holmes. »

Le docteur Mortimer griffonna le rendez-vous sur sa manchette[2] et sortit.

Holmes l'arrêta sur le haut de l'escalier.

« Encore une question, docteur Mortimer. Vous m'avez dit qu'avant la mort de sir Charles Baskerville plusieurs personnes avaient aperçu sur la lande l'étrange apparition ?

– Oui ; trois personnes.

– L'a-t-on revue après ?

– Je n'en ai plus entendu parler.

– Merci. Au revoir. »

---

1. **Cab :** voiture à cheval.
2. **Manchette :** revers de poignet de chemise.

Chapitre III

Holmes retourna s'asseoir avec cet air de satisfaction interne qui signifiait qu'il entrevoyait une tâche agréable.

« Sortez-vous, Watson ? me demanda-t-il.

— Oui ; à moins que je ne vous sois de quelque utilité.

— Non, mon cher ami ; je ne réclame votre concours qu'au moment d'agir. Savez-vous que cette affaire est superbe, unique en son genre à certains points de vue... Lorsque vous passerez devant la boutique de Bradley, priez-le donc de m'envoyer une livre de son tabac le plus fort... Vous seriez bien aimable de me laisser seul jusqu'à ce soir... Nous nous communiquerons alors nos impressions sur le très intéressant problème que nous a soumis ce matin le docteur Mortimer. »

Holmes aimait à s'isoler ainsi pendant les heures de contention mentale[1] au cours desquelles il pesait le pour et le contre des choses. Il édifiait alors des théories contradictoires, les discutait et fixait son esprit sur les points essentiels.

Je passai mon après-midi au cercle[2] et ne repris que le soir le chemin de Baker street.

Il était près de neuf heures, lorsque je me retrouvai assis dans le salon de Sherlock Holmes.

En ouvrant la porte, ma première impression fut qu'il y avait le feu à la maison. La fumée obscurcissait tellement la pièce qu'on voyait à peine la flamme de la lampe placée sur la table.

Je fis quelques pas dans le salon et mes craintes s'apaisèrent aussitôt : ce n'était que la fumée produite par un tabac grossier.

Elle me saisit à la gorge et me fit tousser.

Enfin, à travers cet épais nuage, je finis par découvrir Holmes, enveloppé dans sa robe de chambre, enfoui dans un large fauteuil et tenant entre ses dents le tuyau d'une pipe en terre très culottée[3].

Plusieurs rouleaux de papier jonchaient le tapis autour de lui.

« Pris froid, Watson ? dit-il.

— Non... c'est cette atmosphère empoisonnée.

— Elle doit être, en effet, un peu épaisse.

---

1. **Contention mentale :** concentration de l'esprit.
2. **Cercle :** réunion de personnes, club.
3. **Culottée :** en parlant d'une pipe, pour signifier qu'elle est noircie par la combustion du tabac et le dépôt de goudron.

Le Chien des Baskerville

— Épaisse ! Elle est irrespirable !

— Eh bien, ouvrez la fenêtre. Je parie que vous n'avez pas bougé de votre cercle !

— Mon cher Holmes... Certainement. Mais comment... »

Sherlock Holmes se moqua de mon ahurissement.

« Vous êtes d'une naïveté délicieuse, fit-il. Cela me réjouit d'exercer à vos dépens les modestes dons que je possède. Voyons, un monsieur auquel on ne connaît pas d'amis intimes sort par un temps pluvieux, boueux... Il revient le soir, immaculé, le chapeau et les bottines aussi luisants que le matin... Qu'en concluriez-vous ? Qu'il a été cloué quelque part toute la journée... N'est-ce pas évident ?

— En effet, c'est plutôt évident.

— Il y a de par le monde une foule de choses évidentes que personne n'observe. Et moi, où croyez-vous que je sois allé ?

— Vous êtes également resté cloué ici.

— Erreur !... J'ai visité le Devonshire.

— Par la pensée ?

— Oui. Mon corps n'a pas quitté ce fauteuil et a consommé en l'absence de ma pensée — j'ai le regret de le constater — la valeur de deux grands bols de café et une incroyable quantité de tabac. Après votre départ, j'ai envoyé chercher à Stamford la carte officielle de la lande de Dartmoor et mon esprit l'a parcourue en tous sens. À cette heure, je me flatte de pouvoir y retrouver mon chemin sans guide.

— Cette carte est donc établie à une grande échelle ?

— Très grande. »

Holmes en déplia une partie qu'il tint ouverte sur ses genoux.

— Voici le district qui nous intéresse, fit-il. Là, au centre, vous apercevez Baskerville Hall.

— Avec cette ceinture de bois ?

— Oui. Bien que l'allée des Ifs ne soit désignée par aucun nom, je jurerais qu'elle s'étend le long de cette ligne, avec la lande à droite. Ici, cet amas de maisons représente le hameau de Grimpen où notre ami, le docteur Mortimer, a installé son quartier général. Constatez que, dans un rayon de six kilomètres, il n'y a que de rares habitations. Voici encore Lafter Hall, dont il est question dans

Chapitre III

le vieux grimoire[1]. La construction indiquée plus loin doit abriter le naturaliste... Stapleton, si je me souviens bien de son nom. Enfin, j'aperçois deux fermes : High Tor et Foulmire. À quatorze milles de là, se dresse la prison de Princetown. Autour et entre ces quelques maisons se déroule la lande, morne, désolée. C'est là que se passa le drame ; c'est là que nous essayerons de le reconstituer.

— L'endroit est sauvage ?

— Plutôt. Si le diable désirait se mêler des affaires des hommes...

— Ainsi donc, vous aussi, vous penchez vers une intervention surnaturelle ?

— Le diable ne peut-il pas se servir d'agents en chair et en os ?... Dès le début, deux questions se dressent devant nous. La première : Y a-t-il eu crime ? La seconde : Quel est ce crime et comment l'a-t-on commis ? Si les conjectures du docteur Mortimer sont fondées et si nous nous trouvons en présence de forces échappant aux lois ordinaires de la nature, certes le mieux est de ne pas pousser plus loin nos investigations, Mais nous devons épuiser toutes les autres hypothèses, avant de nous arrêter à celle-ci... Nous ferions bien de fermer cette fenêtre, qu'en pensez-vous ? Je reconnais que je suis bizarre, mais il me semble qu'une concentration d'atmosphère favorise toujours une concentration de pensée. Je ne vais pas jusqu'à m'enfermer dans une boîte pour réfléchir... Ce serait cependant la conséquence logique de mes convictions... De votre côté, avez-vous creusé l'affaire ?

— Oui, beaucoup, pendant le courant de la journée.

— Quelle est votre opinion ?

— Je me déclare fort embarrassé.

— Cette affaire ne ressemble pas, en effet, à toutes les autres... Elle en diffère par plusieurs points... Ce changement dans les empreintes de pas, par exemple... Comment l'expliquez-vous ?

— Mortimer dit que sir Charles Baskerville a parcouru une partie de l'allée sur la pointe des pieds.

— Il n'a fait que répéter la déclaration de quelque imbécile au cours de l'enquête. Pourquoi se promènerait-on dans une allée sur la pointe des pieds ?

---

1. **Grimoire :** livre de magie ; ici, désigne un écrit obsur dont l'écriture est difficilement lisible.

Le Chien des Baskerville

— Alors ?

— Il courait, Watson !... Sir Charles courait désespérément !... Il courait pour se sauver, jusqu'au moment où la rupture d'un anévrisme[1] l'a jeté la face contre terre.

— Pourquoi fuyait-il ?

— Là gît le problème. Des indices me portent à croire qu'il était déjà terrassé par la peur, avant même de commencer à courir.

— Sur quelles preuves appuyez-vous ce raisonnement ?

— J'admets que la cause de sa peur se trouvait sur la lande. S'il en était ainsi – et cela paraît probable – seul un homme affolé aurait couru en tournant le dos à sa maison, au lieu de se diriger vers elle. Si l'on tient pour véridique le récit du bohémien, sir Charles courait, en appelant au secours, dans la direction où il était le plus improbable qu'il lui en arrivât... Et puis, qu'attendait-il, cette nuit-là ? Pourquoi attendait-il dans l'allée des Ifs plutôt qu'au château ?

— Vous croyez qu'il attendait quelqu'un ?

— Le docteur Mortimer nous a montré un sir Charles Baskerville vieux et infirme. Nous pouvons accepter les promenades vespérales[2]... mais, ce soir-là, le sol était humide et la nuit froide. Est-il admissible qu'il se soit arrêté pendant cinq ou dix minutes, ainsi que le docteur Mortimer, avec une sagacité[3] que je ne lui soupçonnais pas, l'a déduit très logiquement de la chute des cendres de son cigare ?

— Puisqu'il sortait tous les soirs.

— Il ne me paraît pas très vraisemblable qu'il s'attardât tous les soirs à la porte donnant sur la lande. Toutes les dépositions, au contraire, indiquent qu'il évitait cette lande. Or, cette nuit-là, il s'était posté à cet endroit... Il partait le lendemain pour Londres... La chose prend corps, Watson ; elle devient cohérente !... Voulez-vous me passer mon violon ?... Ne pensons plus à cette affaire pour le moment, et attendons la visite du docteur Mortimer et de sir Henry Baskerville. »

---

1. **Rupture d'un anévrisme :** rupture de la paroi d'une artère.
2. **Vespérales :** du soir.
3. **Sagacité :** perspicacité.

Clefs d'analyse

Chapitres I-III

Action et personnages

1. Retrouvez dans le chapitre I trois des caractéristiques de Sherlock Holmes : une physique, une morale et une intellectuelle.
2. Quel personnage traditionnel du roman policier est incarné par Sherlock Holmes ? Justifiez votre réponse.
3. Le narrateur du récit est interne. Montrez-le. Qui est-il ? Quel est son métier ?
4. Quels sentiments éprouve ce personnage à l'égard de Holmes ? Justifiez votre réponse.
5. Citez les autres personnages des deux premiers chapitres et dites qui ils sont : milieu social, métier, lien de parenté ou autre, rôle traditionnel du roman policier.

Langue

1. Quel est le type de la première phrase prononcée par Holmes ? par Watson ? En quoi ces phrases sont-elles caractéristiques des deux personnages ?
2. Quels sont les référents des pronoms « je » et du « vous » qui apparaissent à la fin du chapitre II ?
3. À quels temps sont les verbes de la première phrase du chapitre III ? Expliquez l'emploi de ces deux temps.

Genre ou thème

1. La canne de Mortimer joue un grand rôle dans le premier chapitre. Reprenez un à un les éléments de description de cet objet et indiquez à chaque fois quelles ont été les déductions de Watson et celles de Sherlock Holmes.
2. Pour quelle raison Mortimer vient-il trouver Sherlock Holmes ? Exprimez clairement le problème qu'il lui pose.
3. Quelle réponse lui apporte Sherlock Holmes ? Pourquoi Mortimer dit-il à Holmes : « Vous traiteriez probablement la question plus sérieusement, monsieur Holmes, si vous viviez en contact permanent avec ces choses-là » (chapitre III)?

Clefs d'analyse

Chapitres I-III

4. Dans ce début de récit, le rationnel s'oppose à l'irrationnel. Montrez que la mort de sir Charles peut se comprendre de deux façons. Dans quel genre de récit le lecteur peut-il hésiter entre deux solutions de ce genre ?

Écriture

1. Avec un ami (une amie), vous découvrez, dans un lieu que vous choisirez, un objet peu banal dont vous aimeriez retrouver le propriétaire. Vous menez l'enquête en observant attentivement l'objet. Vous ferez des déductions. Vous terminerez librement votre récit.
2. Rédigez l'incipit d'un roman policier. Votre récit sera à la première personne. Vous choisirez le personnage représenté par ce « je ». Vous situerez le moment et le lieu. Vous présenterez rapidement l'enquêteur et vous le montrerez dans une première action.

Pour aller plus loin

1. Lisez les incipit de deux ou trois romans policiers et relevez les éléments apportés au lecteur : lieu, moment, présentation des personnages, indications pour la suite… Faites des comparaisons.
2. Recherchez une définition du fantastique. Lisez une nouvelle représentative du genre, résumez-la et expliquez en quoi elle est fantastique.

✳ À retenir

Un début de récit *(incipit)* doit attirer le lecteur et lui apporter rapidement les éléments nécessaires pour cadrer l'histoire et la comprendre (lieu, moment, personnages principaux). Il indique aussi le genre (roman policier). Dans ce genre de récit, des éléments permettent de faire naître une inquiétude et un questionnement, d'autres créent le suspense et donnent envie de lire la suite.

IV

Sir Henry Baskerville

Ce matin-là, nous déjeunâmes de bonne heure.

Sherlock Holmes, en robe de chambre, attendait l'arrivée de nos visiteurs. Ils furent exacts au rendez-vous : dix heures sonnaient à peine, quand on introduisit le docteur Mortimer, suivi du jeune baronnet[1].

Il pouvait avoir trente ans. Petit, alerte, les yeux noirs, il était très solidement bâti. Il avait des sourcils très fournis qui donnaient à son visage une expression énergique.

Il portait un vêtement complet de couleur rougeâtre. Son teint hâlé attestait de nombreuses années passées au grand air, et cependant le calme de son regard et la tranquille assurance de son maintien dénotaient un homme bien élevé.

« Voici sir Henry Baskerville, dit Mortimer.

— Lui-même, ajouta le jeune homme. Et ce qu'il y a de plus étrange, monsieur Holmes, c'est que, si mon ami ici présent ne m'avait pas proposé de me présenter à vous, je serais venu de mon propre mouvement. Vous aimez les énigmes... Eh bien, j'en ai reçu une, ce matin, qui exige, pour la deviner, plus de temps que je ne puis lui consacrer. »

Holmes s'inclina.

« Veuillez vous asseoir, sir Henry, fit-il. Dois-je comprendre que depuis votre court séjour à Londres, vous avez été l'objet de quelque aventure ?

— Oh ! rien de bien important, monsieur Holmes. Une plaisanterie, si je ne me trompe... cette lettre — mérite-t-elle ce nom ? — qui m'a été remise ce matin. »

Et sir Henry posa une enveloppe sur la table.

Nous nous approchâmes tous pour la regarder.

Le papier était de couleur grisâtre et de qualité commune.

---

1. **Baronnet :** titre de noblesse anglais d'un rang intermédiaire entre le chevalier et le baron.

Le Chien des Baskerville

Une main malhabile avait écrit l'adresse suivante : « Sir Henry Baskerville, Northumberland Hotel ».

La lettre portait le timbre du bureau de Charing Cross et avait été mise à la poste la veille au soir.

« Qui savait que vous descendiez à Northumberland Hotel ? » demanda Holmes en regardant attentivement notre visiteur.

— Personne. Je m'y suis seulement décidé après ma rencontre avec le docteur Mortimer.

— Sans doute monsieur Mortimer y logeait déjà ?

— Non ; j'étais descendu chez un ami, répondit le docteur. Il était impossible de prévoir que nous irions dans cet hôtel.

— Hum ! fit Sherlock. Quelqu'un me paraît très au courant de vos mouvements. »

Holmes tira de l'enveloppe la moitié d'une feuille de papier écolier pliée en quatre.

Il l'ouvrit et la développa sur la table.

Au milieu, des caractères imprimés, réunis ensemble et collés, formaient une seule phrase.

Elle était ainsi conçue :

« Si vous attachez de la valeur à votre raison ou à votre vie, prenez garde à la lande. »

Seul, le mot « lande » était écrit à la main.

« Peut-être m'apprendrez-vous, monsieur Holmes, dit sir Henry Baskerville, ce que signifie tout cela et quel est l'homme qui s'intéresse tant à moi ?

— Qu'en pensez-vous, docteur Mortimer ? Vous conviendrez, en tout cas, qu'il n'y a là rien de surnaturel.

— J'en conviens, monsieur. Mais cet avis ne peut-il être envoyé par une personne convaincue que nous sommes en présence de faits surnaturels ?

— Quels faits ? demanda vivement sir Henry. Il me semble, messieurs, que vous connaissez mieux mes affaires que je ne les connais moi-même.

— Avant de sortir de cette pièce, répliqua Sherlock Holmes, vous en saurez autant que nous, je vous le promets. Pour le moment — et avec votre permission — nous allons nous renfermer dans l'examen de ce fort intéressant document. Il a été probablement

Chapitre IV

confectionné hier soir et mis à la poste aussitôt. Avez-vous le *Times* d'hier, Watson ?

— Il est là, sur le coin de votre table.

— Ayez l'obligeance de me le passer... la page intérieure, s'il vous plaît... celle qui contient les *leading articles*[1]. »

Holmes parcourut rapidement les colonnes du journal de la Cité.

« Le principal article traite la question de la liberté de commerce, fit-il. Permettez-moi de vous en lire un passage :

"C'est un leurre[2] de croire que les tarifs protecteurs encouragent votre commerce et votre industrie nationale. Si vous attachez de la valeur à vos importations, prenez garde à une trop longue application de cette législation qui aura vite abaissé les conditions générales de la vie dans cette île... La raison vous en démontrera tout le danger." »

« Quel est votre avis sur ceci, Watson ? » s'écria joyeusement Holmes, en se frottant les mains, avec une satisfaction manifeste.

Le docteur Mortimer considéra Holmes avec un air d'intérêt professionnel, tandis que sir Henry tourna vers moi des regards étonnés.

« Je n'entends pas grand-chose aux questions de tarifs et d'économie politique, dit ce dernier. D'ailleurs il me semble que cette lettre nous a un peu détournés de notre sujet.

— Au contraire, sir Henry, je crois que nous y sommes en plein. Watson est plus initié que vous à ma méthode, et cependant je crains qu'il n'ait pas saisi l'importance de cette citation.

— Non, répliquai-je, je ne vois pas quel rapport...

— Il en existe un — et très intime. "Vous", "votre", "votre", "vie", "raison", "attachez de la valeur", "prenez garde à"... Comprenez-vous maintenant où l'on a pris ces mots ?

— Mais oui ! s'écria sir Henry. C'est très adroit.

— Et s'il me restait un doute, continua Holmes, le seul fait que les mots "prenez garde", et "attachez de la valeur" sont détachés d'un seul coup de ciseaux les dissiperait.

— Réellement, monsieur Holmes, ceci dépasse tout ce que j'aurais pu imaginer, dit Mortimer, en examinant mon ami avec stu-

---

1. **Leading articles :** articles de tête qui mentionnent toutes les unes du jour.
2. **Un leurre :** une erreur.

péfaction. Je comprendrais qu'on eût deviné que ces mots avaient été découpés dans un journal... Mais indiquer lequel et ajouter qu'ils proviennent d'un *leading article*, c'est vraiment étonnant ! Comment l'avez-vous découvert ?

– Je présume, docteur, que vous savez distinguer le crâne des nègres de celui des Esquimaux ?

– Très certainement.

– Pourquoi ?

– C'est mon métier. Les différences sautent aux yeux... L'os frontal, l'angle facial, la courbe des maxillaires[1], le...

– Eh bien, le reste est mon métier, à moi ! Les différences me sautent également aux yeux. Je trouve tout autant de dissemblance entre les caractères du *Times* et ceux d'une méchante feuille de chou[2] qu'entre vos nègres et vos Esquimaux. Pouvoir reconnaître les uns des autres les caractères d'imprimerie, voilà la science la plus élémentaire d'un expert en crime. J'avoue néanmoins qu'au temps de ma jeunesse je confondis le *Leeds Mercury* avec les *Western Morning News*. Un éditorial[3] du *Times* est absolument reconnaissable, et ces mots ne pouvaient avoir été pris que là. La lettre étant d'hier, il devenait donc presque certain que je les trouverais dans le numéro paru à cette date.

– Ainsi, demanda sir Henry Baskerville, quelqu'un les a découpés avec des ciseaux ?...

– Avec des ciseaux à ongles, précisa Holmes. Remarquez que la lame en était très courte, puisque celui qui les maniait s'y est pris à deux fois pour les mots "prenez garde à" et "attachez de la valeur".

– En effet. Ainsi quelqu'un a découpé les mots avec de petits ciseaux à ongles et les a fixés ensuite à l'aide de colle...

– Non, de gomme, rectifia Holmes.

– ... À l'aide de gomme, sur le papier, continua sir Henry. Expliquez-moi aussi pourquoi le mot "lande" est écrit à la main ?

– Parce que l'article ne le contient pas. Les autres mots sont usuels ; on peut les rencontrer dans tous les journaux plus facilement que "lande", beaucoup moins commun.

---

1. **Maxillaires :** mâchoires.
2. **Feuille de chou :** journal local.
3. **Éditorial :** article qui exprime l'opinion de la direction d'un journal.

Chapitre IV

— J'accepte votre explication, monsieur Holmes. Avez-vous lu autre chose dans ce message ?

— J'y ai puisé une ou deux indications, bien qu'on ait pris toutes sortes de précautions pour donner le change[1]. Observez que l'adresse – d'une écriture mal formée – est mise à la main. Or, le *Times* est le journal des intelligences cultivées. Nous pouvons en conclure que la lettre a été composée par un homme instruit, qui désirait passer pour quelqu'un qui ne le serait pas. Ensuite les efforts pour déguiser l'écriture suggèrent l'idée que vous connaissez cette écriture ou que vous pourrez la connaître un jour. Vous observerez en outre que les mots ne sont pas collés suivant une ligne droite ; il y en a de placés plus haut que d'autres. "Vie", par exemple, est tout à fait hors de la ligne. Faut-il attribuer ce manque de soin à la négligence du découpeur ou bien à son agitation ou à sa précipitation ? Je penche pour cette dernière interprétation. Ce message était important et vraisemblablement celui qui le composait y apportait toute son attention. Si nous admettons la précipitation, il faut chercher quelle en était la cause, car la même lettre jetée à la boîte le matin de bonne heure au lieu du soir, aurait touché quand même sir Henry avant sa sortie de l'hôtel. Le correspondant de sir Henry craignait-il d'être interrompu ?... Et par qui ?

— Nous entrons à présent dans le domaine des hypothèses, fit le docteur Mortimer.

— Disons plutôt, répliqua Holmes, dans le domaine des probabilités... et choisissons la plus vraisemblable. Cela s'appelle appliquer l'imagination à la science. N'avons-nous pas toujours à notre disposition quelque fait matériel pour asseoir nos spéculations[2] ? Vous allez m'accuser encore de me livrer à des hypothèses, mais j'ai la certitude que cette lettre a été écrite dans un hôtel.

— Qu'est-ce qui vous fait dire cela ? s'écria Mortimer.

— Si vous examinez attentivement cette lettre, vous verrez que la plume et l'encre laissaient à désirer. La plume a craché deux fois dans un même mot et elle a couru trois fois à sec dans l'adresse – courte cependant... La plume était donc mauvaise et l'encrier

---

1. **Donner le change :** tromper quelqu'un en lui donnant une fausse piste.
2. **Spéculations :** théories.

Le Chien des Baskerville

contenait peu d'encre. Or, la plume et l'encrier d'un particulier sont rarement dans cet état, et il est plus rare encore qu'ils le soient simultanément... Tandis que vous connaissez les plumes et les encriers d'hôtels ? Aussi je n'hésite pas à dire que nous devons fouiller les corbeilles à papier des hôtels qui avoisinent Charing Cross, jusqu'à ce que nous ayons retrouvé le numéro mutilé du *Times*. Grâce à lui, nous mettrons la main sur l'expéditeur de ce singulier message... Tiens ! tiens ! »

Holmes avait élevé à la hauteur de ses yeux le papier sur lequel on avait collé les mots et il l'examinait avec soin.

« Eh bien ? demandai-je.

— Rien, dit-il, en reposant le feuillet sur la table. Ce papier est tout blanc, sans même de filigrane[1]... Je crois que nous avons tiré de cette curieuse lettre tous les indices qu'elle pouvait fournir. Maintenant, sir Henry, vous est-il arrivé quelque chose depuis votre descente du train ?

— Non, monsieur Holmes... Je ne me souviens pas.

— N'avez-vous pas remarqué que quelqu'un vous ait observé ou suivi ?

— Il me semble marcher à travers les ténèbres d'un sombre feuilleton, répondit notre visiteur. Pourquoi diable m'aurait-on surveillé ou suivi ?

— Ça m'en a tout l'air cependant. N'avez-vous pas autre chose à nous communiquer, avant que nous entrions dans l'étude de cette sorte de surveillance qui vous entoure ?

— Cela dépend de ce que vous jugez digne de vous être communiqué.

— Tout ce qui sort de la marche ordinaire de la vie en vaut la peine. »

Sir Henry sourit.

« Je ne connais presque rien de la vie anglaise, dit-il, puisque j'ai passé la majeure partie de mon existence aux États-Unis ou au Canada. Je ne pense pas toutefois que la perte d'une bottine soit ici un événement qui sorte de la "marche ordinaire de la vie".

— Vous avez perdu une de vos bottines ?

---

1. **Filigrane :** motif qui apparaît sur le papier quand on le regarde par transparence ; trame.

Chapitre IV

— Seulement égaré, intervint Mortimer... Vous la retrouverez en rentrant à l'hôtel. Quelle nécessité d'ennuyer monsieur Holmes avec de semblables futilités ?

— Il m'a interrogé, je réponds, repartit sir Henry.

— Parfaitement, dit Holmes. Dites-moi tout, quelque négligeables que ces incidents puissent vous paraître. Ainsi, vous avez perdu une bottine ?

— Tout au moins égaré. J'ai placé la paire à la porte de ma chambre, la nuit dernière, et, ce matin, il ne m'en restait plus qu'une. Questionné, le garçon n'a pu me donner aucune explication. Le pire, c'est que je les avais achetées la veille, dans le Strand[1], et que je ne les avais jamais portées.

— Si vous ne les avez jamais portées pourquoi les faire nettoyer ?

— Le cuir, fauve, n'avait pas encore été poli... Je désirais qu'il le fût.

— Ainsi hier, dès votre arrivée à Londres, vous êtes sorti immédiatement et vous avez acheté des bottines ?

— J'ai acheté différentes choses... Le docteur Mortimer m'a accompagné. Dame ! Si je dois jouer au grand seigneur, il faut bien que j'en aie les habits... Dans le Far West, je ne soignais pas beaucoup ma tenue... Parmi mes emplettes, figurait cette paire de bottines jaunes... Je les ai payées six dollars... et on m'en a volé une avant même que j'aie pu m'en servir.

— Je ne vois pas l'utilité de ce vol, dit Holmes. Je partage l'avis du docteur Mortimer... vous les retrouverez bientôt.

— Il me semble, messieurs, dit le baronnet, que nous avons assez causé de moi. Le moment est venu de me dire, à votre tour, tout ce que vous savez.

— Ce désir est très légitime, répondit Sherlock Holmes. Docteur Mortimer, recommencez donc pour sir Henry votre récit d'hier matin. »

Ainsi encouragé, notre ami tira ses papiers de sa poche et narra toute l'histoire que le lecteur connaît déjà.

Sir Henry Baskerville l'écouta avec la plus profonde attention. De temps en temps un cri de surprise lui échappait.

---

1. **Strand :** nom d'une rue et d'un quartier à Londres.

Le Chien des Baskerville

Lorsque le docteur Mortimer cessa de parler, il s'écria :

« J'ai donc recueilli un héritage maudit !... Certes, dès ma plus tendre enfance, j'ai entendu parler de ce chien. C'est l'histoire favorite de la famille, mais je ne pensai jamais à la prendre au sérieux. Quant à la mort de mon oncle... Il me semble que ma tête bout... je ne puis lier deux idées... Je me demande si ce que vous venez de m'apprendre exige une enquête judiciaire ou un exorcisme[1].

— Précisément.

— Puis, il y a cette lettre adressée à mon hôtel... Elle tombe à propos.

— Elle montre que quelqu'un connaît mieux que nous ce qui se passe sur la lande, dit Mortimer.

— Et aussi que ce quelqu'un vous veut du bien, puisqu'il vous prévient du danger, ajouta Holmes.

— Ma présence là-bas contrarie peut-être certains projets...

— C'est encore possible... Merci, docteur Mortimer, de m'avoir soumis un problème qui renferme un aussi grand nombre d'intéressantes alternatives. Maintenant, sir Henry Baskerville, il ne nous reste plus qu'un seul point à décider : oui ou non, devez-vous aller au château ?

— Pourquoi n'irais-je pas ?

— Il paraît y avoir du danger.

— Un danger provenant du démon familial ou d'êtres humains ?

— C'est ce qu'il faut éclaircir.

— Quelle que soit votre décision, mon parti est pris. Il n'existe en enfer aucun diable, monsieur Holmes, ni sur terre aucun homme capables de m'empêcher d'aller dans la demeure de mes ancêtres. Voilà mon dernier mot. »

Les sourcils de sir Henry se froncèrent et son visage, pendant qu'il parlait, tourna au rouge pourpre.

Il était évident que le dernier rejeton des Baskerville avait hérité le caractère emporté de ses aïeux.

Il reprit :

« J'ai besoin de méditer plus longuement sur tout ce que vous m'avez appris. Il est malaisé de se décider aussi rapidement.

---

1. **Exorcisme :** rituel destiné à chasser les démons.

Chapitre IV

Accordez-moi une heure de recueillement... Onze heures et demie sonnent, je retourne directement à mon hôtel... Acceptez, ainsi que M. Watson, une invitation à déjeuner pour deux heures. Je vous répondrai alors plus clairement.

— Cela vous convient-il, Watson ? me demanda Holmes.

— Parfaitement.

— Dans ce cas, attendez-nous... Faut-il faire avancer une voiture ?

— Je vous accompagnerai dans votre promenade, fit Mortimer.

— À deux heures… c'est entendu ? répéta sir Henry.

— Oui, à bientôt », répondîmes-nous, Holmes et moi.

Nous entendîmes le pas de nos visiteurs résonner dans l'escalier et la porte de la rue se refermer sur eux.

Aussitôt Holmes abandonna son attitude rêveuse et se réveilla homme d'action.

« Vite ! votre chapeau, Watson ! » dit-il.

Il courut en robe de chambre vers son cabinet de toilette, d'où il ressortit quelques secondes après en redingote.

Nous descendîmes l'escalier quatre à quatre, et nous nous précipitâmes dans la rue.

À deux cents mètres devant nous, nous aperçûmes le docteur Mortimer et sir Henry Baskerville se dirigeant vers Oxford Street.

Je demandai à mon ami :

« Voulez-vous que je coure et que je les arrête ?

— Gardez-vous-en bien, Watson. Votre compagnie me suffit, si la mienne ne vous déplaît pas... Ces messieurs avaient raison… il fait très bon marcher ce matin. »

Holmes hâta le pas, jusqu'à ce que nous eussions diminué de moitié la distance qui nous séparait de nos nouveaux amis.

Alors, laissant entre eux et nous un intervalle d'environ cent mètres, nous parcourûmes Oxford Street, puis Regent Street.

Bientôt Holmes poussa un cri de joie. Je suivis la direction de son regard et je vis un *hansom-cab*[1], rangé le long du trottoir, reprendre sa marche en avant. Un voyageur l'occupait...

« Voilà notre homme ! s'écria Holmes. Venez vite ! Nous pourrons au moins le dévisager, faute de mieux ! »

---

1. **Hansom-cab :** voiture à cheval.

Le Chien des Baskerville

Comme dans un éclair, je vis une barbe noire broussailleuse et des yeux perçants qui nous regardaient à travers la glace du cab. Aussitôt la trappe par laquelle on communique de l'intérieur avec le cocher s'ouvrit et un ordre fut donné. Le véhicule partit à fond de train vers Trafalgar Square.

Holmes chercha immédiatement autour de lui une voiture vide et n'en trouva pas. Dans une course folle, il se jeta au milieu des embarras de la rue. Mais le cab avait trop d'avance sur mon ami, qui le perdit de vue peu après.

« Sapristi ! dit Holmes, avec amertume, en se dégageant tout haletant des files de voitures, quelle malchance et aussi quelle imprévoyance de ma part ! Si vous êtes juste, Watson, vous enregistrerez cet échec à mon passif. »

J'interrogeai Sherlock :

« Quel homme était-ce ?

— Je n'en ai pas la moindre idée.

— Un espion ?

— D'après ce que nous avons entendu, il est certain qu'une ombre a marché dans les pas de Baskerville depuis son arrivée à Londres. Comment aurait-on su rapidement qu'il avait choisi Northumberland Hotel ? Si on l'a espionné le premier jour, j'en conclus qu'on l'espionnera le second. Vous vous souvenez bien que, tout à l'heure, pendant la lecture des papiers du docteur Mortimer, je me suis approché deux fois de la fenêtre ?

— Oui, je me le rappelle.

— Je regardais si personne ne flânait dans la rue. Je n'avais rien remarqué de suspect. Ah ! nous avons affaire avec un homme habile, Watson ! La chose se complique. Bien qu'il me soit encore impossible de démêler si nous nous trouvons en présence d'une intervention amicale ou hostile, je reconnais qu'il en existe une. Quand nos amis nous ont quittés, je les ai suivis pour découvrir leur invisible surveillant. Cet homme est si rusé qu'au lieu d'aller à pied, il a préféré prendre un cab. Il pouvait ainsi rester en arrière de ceux qu'il observait ou les devancer pour échapper à leur attention. Ce procédé offrait aussi l'avantage de conserver leur contact, si l'envie leur venait de monter en cab ; mais il avait un désavantage évident.

Chapitre IV

— Celui de livrer son auteur à la discrétion du cocher ?
— Évidemment.
— Quel malheur que nous n'ayons pas son numéro !
— Mon cher Watson, j'ai été maladroit, j'en conviens... Toutefois, vous n'imaginez pas sérieusement que j'aie oublié de l'inscrire là ! »

Et Holmes se frappa le front.
Il reprit :
« J'ai lu sur le cab le numéro 2704. Mais cela nous importe peu pour le moment.
— Qu'auriez-vous pu faire de plus ?
— Si j'avais remarqué le cab, j'aurais tourné sur mes talons et pris une autre direction. J'aurais eu alors toute facilité pour en héler un autre, et, à une distance respectueuse, j'aurais trotté dans les pas du premier jusqu'à Northumberland Hotel. Là, j'aurais attendu. Puis, lorsque notre inconnu aurait accompagné sir Henry Baskerville chez lui, nous l'aurions filé à notre tour. Tandis que, par une précipitation intempestive, dont notre adversaire a su profiter avec une décision rare, nous nous sommes trahis et nous avons perdu sa trace. »

Tout en causant et en flânant devant les magasins de Regent Street, nous avions cessé de voir le docteur Mortimer et son compagnon.

« Il est inutile que nous les suivions plus loin, dit Holmes. L'ombre s'est évanouie et ne reparaîtra plus. D'autres cartes nous restent encore dans les mains, jouons-les avec résolution. Reconnaîtriez-vous l'homme assis dans le cab ?
— Je ne reconnaîtrais que sa barbe.
— Moi aussi... Mais je jurerais bien qu'elle est fausse. Un homme, engagé dans une "filature" aussi délicate, ne peut porter une telle barbe que pour dissimuler ses traits... Entrons ici, Watson. »

Holmes pénétra dans un de ces bureaux de quartier où des commissionnaires[1] se tiennent à toute heure du jour et de la nuit à la disposition du public.

Le directeur le reçut avec force salutations.

---

1. **Commissionnaires :** personnes chargées de faire des commissions.

Le Chien des Baskerville

« Ah ! Wilson, fit mon ami, je vois avec plaisir que vous n'avez pas oublié le léger service que je vous ai rendu.

— Certes non, monsieur. Vous avez sauvé ma réputation et peut-être même ma vie.

— Vous exagérez, mon garçon. Je me souviens que vous aviez, parmi vos boys, un gamin nommé Cartwright, qui fit preuve d'une certaine adresse, au cours de l'enquête.

— Oui, monsieur ; il est toujours ici.

— Faites-le monter... Pouvez-vous me procurer la monnaie de ce billet de cinq livres ? »

Un jeune garçon de quatorze ans, à la mine intelligente et futée, répondit au coup de sonnette du directeur.

Il vint se placer devant Holmes, qu'il regarda respectueusement.

« Donne-moi l'Annuaire des hôtels, lui dit mon ami. Voici, Cartwright, le nom des vingt-trois hôtels qui sont dans le voisinage immédiat de Charing Cross... Tu les vois bien ?

— Oui, monsieur.

— Tu les visiteras tous, les uns après les autres.

— Oui, monsieur.

— Tu commenceras par donner au concierge de chacun d'eux un shilling... Voici vingt-trois shillings.

— Oui, monsieur.

— Tu leur demanderas de te remettre les corbeilles à papier d'hier. Tu leur diras qu'on a laissé à une mauvaise adresse un télégramme important que tu tiens à retrouver... Comprends-tu ?

— Oui, monsieur.

— Ce qu'il te faudra réellement chercher, ce n'est pas un télégramme, mais une page intérieure du *Times* dans laquelle on aura pratiqué des coupures à l'aide de ciseaux. Voilà ce numéro du *Times* et la page en question... Tu la reconnaîtras facilement, n'est-ce pas ?

— Oui, monsieur.

— Dans chaque hôtel, le concierge te renverra au garçon du hall, auquel tu donneras aussi un shilling... Je te remets encore vingt-trois autres shillings. Probablement, dans vingt hôtels sur vingt-trois, on te répondra que le contenu des corbeilles de la veille a été jeté ou brûlé. Dans les trois derniers hôtels, on te conduira à

Chapitre V

des tas de papiers parmi lesquels tu devras rechercher cette page du *Times*. Tu as très peu de chances de la retrouver... Voici dix shillings de plus pour faire face à l'imprévu. Envoie-moi à Baker Street, avant ce soir, le résultat de tes investigations. Maintenant, Watson, procurons-nous par télégramme l'identité du cocher qui conduit le cab 2704. Puis, en attendant l'heure de nous présenter à Northumberland Hotel, nous entrerons dans une des expositions de peinture de Bond Street. »

V

Fils cassés

Sherlock Holmes possédait à un suprême degré la faculté de détacher son esprit des pensées les plus absorbantes.

Pendant deux heures, il parut avoir oublié l'étrange affaire à laquelle nous étions mêlés, et il se plongea dans l'examen des peintures de l'école belge. Il ne voulut même parler que d'art — dont il n'avait d'ailleurs que des notions très imparfaites — pendant le trajet qui séparait Bond Street de Northumberland Hotel.

« Sir Henry Baskerville vous attend dans sa chambre, nous dit le commis[1] de l'hôtel. Il a bien recommandé qu'on le prévienne dès que vous serez arrivé.

— Y aurait-il de l'indiscrétion à parcourir votre registre[2] ? demanda Holmes.

— Pas du tout. »

À la suite du nom de Baskerville, le livre ne contenait que celui de deux voyageurs ; Théophile Johnson et sa famille, de Newcastle, et Mme Oldmore et sa fille, de High Lodge, Alton.

— C'est certainement le Johnson que je connais, dit Holmes au portier... Un avocat, n'est-ce pas ?... Grisonnant... Atteint d'une légère claudication[3] ?

---

1. **Commis :** employé.
2. **Registre :** livre dans lequel sont inscrites toutes les affaires du jour.
3. **Claudication :** fait de boiter.

Le Chien des Baskerville

— Non, monsieur. Ce Johnson est un gros marchand de charbon, très ingambe[1], à peu près de votre âge.

— Vous devez faire erreur sur sa profession.

— Non, monsieur. Depuis plusieurs années, il descend dans cet hôtel et nous le connaissons tous.

— Alors, c'est différent. Et Mme Oldmore ? Je crois me rappeler ce nom. Excusez ma curiosité ; mais souvent, en venant voir un ami, on en rencontre un autre.

— Elle est impotente[2]. Son mari a exercé pendant quelques années les fonctions de maire à Gloucester. Nous la comptons parmi nos meilleurs clients.

— Merci de votre explication. Je regrette de ne pouvoir me recommander auprès de vous de son amitié. »

Tout en montant l'escalier, Sherlock Holmes reprit à voix basse :

« Nous avons fixé un point important : nous savons que ceux qui s'occupent si activement de notre ami ne sont point logés dans le même hôtel que lui. Cela prouve que quelque intérêt qu'ils aient à l'espionner, ainsi que nous l'avons constaté, ils ne désirent pas être vus par lui. Ceci est très suggestif.

— En quoi ?

— En ceci... Mon Dieu ! mais que diable arrive-t-il ? »

Comme nous tournions dans le corridor de l'hôtel, nous nous heurtâmes à sir Henry Baskerville lui-même.

Le visage rouge de colère, il tenait à la main une vieille bottine toute poudreuse.

Il paraissait si furieux qu'il avait peine à parler. Quand il put donner un libre cours à son emportement, il s'exprima, en accentuant davantage le jargon du Far West dont il s'était servi le matin.

« On se paye donc ma tête dans cet hôtel, criait-il. S'ils n'y prennent garde, je leur montrerai qu'on ne se moque pas du monde de la sorte ! Sacrebleu ! si le garçon ne retrouve pas la bottine qui me manque, il m'entendra ! Certes, monsieur Holmes, je comprends la plaisanterie ; mais celle-ci dépasse les bornes !...

— Vous cherchez encore votre bottine ?

---

1. **Ingambe :** alerte ; qui a l'usage de ses deux jambes.
2. **Impotente :** invalide.

Chapitre V

— Oui, monsieur,… et je prétends qu'il faudra bien qu'on la retrouve.

— Vous disiez qu'il s'agissait d'une bottine en cuir fauve ?

— Oui… Mais, maintenant, c'est une noire qu'on a égarée.

— Non ?

— Je dis ce que dis. Je n'en ai que trois paires : des jaunes, neuves ; des noires, vieilles, et celles que je porte aux pieds. La nuit dernière, on m'a pris une bottine jaune et, ce matin, on m'en a pris une noire. Eh bien ! l'avez-vous ? Parlerez-vous, idiot, au lieu de rester là à me regarder ? »

Un domestique, allemand d'origine, venait d'apparaître :

« Non, monsieur, répondit-il ; je ne l'ai pas… Je l'ai demandée dans tout l'hôtel.

— On retrouvera cette bottine avant ce soir ou je préviendrai le gérant que je quitte immédiatement sa boîte.

— On la retrouvera, monsieur,… je vous le promets, si vous daignez prendre patience.

— Faites bien attention que c'est la dernière chose que je consens à perdre dans cette caverne de voleurs. Je vous demande pardon, monsieur Holmes, de vous ennuyer de ces futilités.

— Pas du tout… la chose en vaut la peine.

— Est-ce vraiment votre avis ?

— Certainement. Mais comment expliquez-vous ceci ? questionna Holmes.

— Je ne cherche même pas à l'expliquer. C'est bien la chose la plus curieuse, la plus folle qui me soit jamais arrivée.

— La plus curieuse… peut-être, répliqua Holmes, pensif.

— Qu'en concluez-vous, vous-même ? demanda à son tour sir Henry.

— Rien encore. Votre cas est très compliqué. Si je rapproche de la mort de votre oncle les événements qui vous sont personnels, je ne crois pas que, sur les cinq cents affaires dont j'ai dû m'occuper, il y en ait une plus ardue. Mais nous tenons plusieurs fils, et il faut espérer que les uns et les autres nous conduiront à la solution. Peu

Le Chien des Baskerville

importe que nous perdions du temps à débrouiller nos nombreux écheveaux[1]... Tôt ou tard nous mettrons la main sur le bon. »

Pendant le déjeuner, il fut peu question de ce qui nous avait réunis.

Lorsque nous retournâmes au salon privé, Holmes demanda à Baskerville quelles étaient ses intentions.

« Retourner au château.

— Quand ?

— À la fin de la semaine.

— À tout prendre, dit Holmes, je considère que c'est le parti le plus sage. J'ai la conviction qu'on vous espionne à Londres. Or, au milieu de cette population de plusieurs millions d'habitants, il n'est pas facile de savoir en face de qui nous nous trouvons, pas plus que de découvrir le dessein[2] que l'on poursuit. Puis, si l'on vous veut du mal, nous serons impuissants à l'empêcher... Avez-vous remarqué, docteur Mortimer, qu'on vous suivait ce matin, depuis le moment où vous êtes sortis de l'hôtel jusqu'à celui où vous y êtes revenus ? »

Mortimer eut un soubresaut.

« Suivis ! Par qui ?

— Ça, je ne puis malheureusement pas vous l'apprendre. Existe-t-il, parmi vos voisins ou vos connaissances de Dartmoor, un homme portant une longue barbe noire ?

— Non. Attendez !... Si ! Barrymore, le valet de chambre de sir Charles, porte toute sa barbe... elle est noire.

— Ah !... Où habite ce Barrymore ?

— On lui a confié la garde du château.

— Il faut que nous sachions s'il est là ou si, par hasard, il n'aurait pas déserté son poste pour venir à Londres.

— Comment faire ?

— Donnez-moi une feuille de télégramme. »

Sherlock Holmes griffonna quelques mots.

Il lut :

« Tout est-il préparé pour recevoir sir Henry ? » Cela suffira. J'envoie cette dépêche à M. Barrymore, château de Baskerville.

---

1. **Écheveaux :** assemblages de fils.
2. **Dessein :** but.

Chapitre V

Quel est le bureau de poste le plus proche ? Grimpen... Très bien. Nous allons expédier au directeur de ce bureau un télégramme ainsi conçu : « Remettez en main propre la dépêche[1] destinée à M. Barrymore. Si absent, retournez-la à sir Henry Baskerville, Northumberland Hotel. » Nous apprendrons ainsi, avant ce soir, si, oui ou non, Barrymore est à son poste dans le Devonshire.

— Parfait, dit sir Henry. À propos, docteur Mortimer, parlez-nous un peu de ce Barrymore.

— Il est le fils d'un vieil intendant des Baskerville. Ils habitent le château depuis quatre générations. D'après ce que l'on m'a dit, sa femme et lui sont des gens très honorables.

— Il n'en est pas moins vrai, dit Baskerville, que tant qu'aucun membre de la famille ne résidera au château, ces gens-là y trouveront un bon gîte et n'auront rien à faire.

— C'est exact.

— Les Barrymore figuraient-ils sur le testament de sir Charles ? demanda Holmes.

— Pour cinq cents livres sterling chacun.

— Ah ! Connaissaient-ils cette libéralité[2] ?

— Oui. Sir Charles aimait à parler de ses dispositions testamentaires.

— C'est très intéressant.

— J'aime à croire, fit Mortimer, que vos soupçons ne s'étendent pas à tous ceux qui ont reçu un legs[3] de sir Charles... il m'a laissé mille livres.

— Vraiment !... Et à qui encore ?

— Il a légué à des particuliers des sommes insignifiantes et d'autres, très considérables, à des œuvres de bienfaisance.

— À combien s'élevait le montant de sa fortune ?

— À sept cent quarante mille livres. »

Holmes ouvrit de grands yeux étonnés.

« Je ne me figurais pas que sir Charles possédât une somme aussi gigantesque.

---

1. **Dépêche :** message.
2. **Libéralité :** générosité.
3. **Legs :** testament.

Le Chien des Baskerville

— Sir Charles passait pour être riche, mais, jusqu'au jour de l'inventaire, nous ne soupçonnions pas l'étendue de sa fortune, dont le montant total approchait bien d'un million de livres.

— Peste ! Voilà un magot pour lequel un homme peut risquer son va-tout[1]... Encore une question, docteur Mortimer. En supposant qu'il arrive malheur à notre jeune ami — pardonnez-moi, sir Henry, cette désagréable hypothèse —, à qui reviendra cette fortune ?

— Roger Baskerville, le plus jeune frère de sir Charles, étant mort garçon, cette fortune irait à des cousins éloignés, les Desmond. James Desmond est un vieux clergyman[2] du Westmoreland.

— Merci. Ces détails sont du plus grand intérêt. Connaissez-vous M. James Desmond ?

— Oui, je l'ai aperçu une fois chez sir Charles. Il a un aspect vénérable et mène, dit-on, une vie exemplaire. Je me souviens qu'il a résisté aux sollicitations de sir Charles, qui insistait pour lui faire accepter une donation assez importante.

— Ainsi, cet homme, simple de goûts, deviendrait l'héritier des millions de sir Charles ?

— Certainement... D'après l'ordre des successions, il hériterait du domaine. Il recueillerait également toutes les valeurs, à moins qu'il n'en soit décidé autrement par le précédent propriétaire qui peut, par testament, en disposer à son gré.

— Avez-vous fait votre testament, sir Henry ? demanda Sherlock Holmes.

— Non. Je n'en ai pas eu encore le temps, puisque je ne sais que d'hier comment sont les choses. Mais, en tout cas, les valeurs mobilières suivront le domaine et le titre... Telle était la volonté de mon pauvre oncle. Comment le propriétaire de Baskerville, s'il était pauvre, entretiendrait-il le château ? Maison, terres, argent doivent se confondre sur la même tête.

— Parfaitement... J'approuve votre départ immédiat pour le Devonshire. Je ne mets qu'une restriction à ce projet : vous ne pouvez partir seul.

— Le docteur Mortimer m'accompagne.

---

1. **Risquer son va-tout :** au jeu, fait de tenter un coup décisif dans lequel on gagne ou on perd tout.
2. **Clergyman :** membre du clergé anglais.

Chapitre V

— Mais le docteur Mortimer a ses occupations et sa maison est située à plusieurs milles du château. Avec la meilleure volonté du monde, il lui serait impossible de vous porter secours. Non, sir Henry, il faut que vous emmeniez avec vous une personne de confiance qui restera sans cesse à vos côtés.

— Pouvez-vous venir, monsieur Holmes ?

— Au moment critique, je tâcherai de me trouver là. Mais vous comprendrez qu'avec les consultations qu'on me demande de tous côtés et les appels qu'on m'adresse de tous les quartiers de Londres, je ne puisse m'absenter pour un temps indéterminé. Ainsi, à cette heure, un des noms les plus honorés de l'Angleterre se trouve en butte aux attaques d'un maître chanteur, et je suis seul capable d'arrêter ce scandale. Dans ces conditions, comment aller à Dartmoor ?

— Alors, qui me recommanderiez-vous ? »

Holmes posa sa main sur mon bras.

« Si mon ami consentait à accepter cette mission, dit-il, personne ne serait plus digne que lui de la remplir. Il possède toute ma confiance. »

Cette proposition me prit au dépourvu et, sans me donner le temps de répondre, sir Henry saisit ma main, qu'il serra chaleureusement.

« Je vous remercie de votre obligeance[1], docteur Watson, dit-il. Vous me connaissez maintenant et vous en savez autant que moi sur cette affaire. Si vous acceptez de m'accompagner au château de Baskerville et de me tenir compagnie là-bas, je ne l'oublierai jamais. »

Les expéditions aventureuses ont toujours exercé sur moi une irrésistible fascination ; de plus, les paroles élogieuses prononcées par Holmes à mon adresse, ainsi que la précipitation du baronnet à m'agréer pour compagnon, me décidèrent rapidement.

« Je viendrai avec plaisir, répondis-je. Je trouverais difficilement un meilleur emploi de mon temps.

— Vous me tiendrez exactement au courant de tout, dit Holmes. Lorsque la crise arrivera — et elle arrivera certainement —, je vous

---

1. **Obligeance :** disposition à rendre service.

Le Chien des Baskerville

dicterai votre conduite. J'espère que vous serez en mesure de partir samedi, n'est-ce pas, sir Henry ?

— Cette date convient-elle au docteur Watson ? demanda ce dernier.

— Absolument.

— Alors, à samedi ! À moins d'avis contraire, nous nous retrouverons à la gare de Paddington, au train de dix heures trente. »

Nous nous levions pour prendre congé, quand Baskerville poussa un cri de triomphe.

Il se baissa dans un des coins de la pièce et tira une bottine jaune de dessous une armoire.

« La bottine qui me manquait ! s'écria-t-il.

— Puissent toutes vos difficultés s'aplanir aussi aisément ! dit Sherlock Holmes.

— C'est très curieux, intervint le docteur Mortimer ; avant le déjeuner, j'ai soigneusement cherché dans toute cette pièce.

— Moi aussi, fit Baskerville. Je l'ai bouleversée de fond en comble. Il n'y avait pas la moindre bottine.

— Dans ce cas, le garçon l'aura rapportée pendant que nous déjeunions. »

On appela le domestique, qui déclara ne rien savoir et ne put fournir aucun renseignement.

Un nouvel incident venait donc de s'ajouter à cette série de petits mystères qui s'étaient succédé si rapidement.

En négligeant la mort tragique de sir Charles, nous nous trouvions en présence de faits inexplicables survenus dans l'espace de deux jours : la réception de la lettre découpée dans le *Times*, l'espion à barbe noire blotti dans le cab, la perte de la bottine jaune, puis de la vieille bottine noire, et enfin la trouvaille de la bottine jaune.

Durant notre retour à Baker Street, Holmes demeura silencieux. Je voyais à ses sourcils froncés, à sa mine préoccupée, que son esprit, — comme le mien, d'ailleurs — s'efforçait de relier entre eux ces épisodes étranges et en apparence incohérents.

Tout l'après-midi et jusqu'à bien avant dans la soirée, Holmes s'abîma dans ses pensées et s'enveloppa de nuages de fumée.

À l'heure du dîner, on lui apporta deux télégrammes.

Chapitre V

Le premier contenait ceci :

« Le directeur de la poste de Grimpen m'annonce que Barrymore est au château.

« Baskerville. »

Le second était ainsi conçu :

« Selon votre ordre, j'ai visité vingt-trois hôtels ; je n'ai découvert dans aucun le numéro découpé du *Times*.

« Cartwright. »

Le visage d'Holmes exprima une vive contrariété.

« Voici déjà deux fils qui se brisent dans nos mains, fit-il. Rien ne me passionne plus qu'une affaire dans laquelle tout se retourne contre moi. Il nous faut chercher une autre piste.

— Nous avons encore celle du cocher qui conduisait l'espion.

— Oui. J'ai télégraphié au bureau de la police pour qu'on m'envoyât son nom et son adresse... Tenez, je ne serais pas surpris que ce fût la réponse à ma demande. »

Un coup de sonnette retentissait en effet à la porte d'entrée.

Bientôt après, on introduisit dans le salon un homme qui était le cocher lui-même.

Il s'avança, en roulant son chapeau entre ses doigts.

« J'ai reçu du bureau central, dit-il, un message m'avertissant que, dans cette maison, un bourgeois avait pris des renseignements sur le 2704. Je conduis depuis sept ans sans avoir mérité un seul reproche... J'arrive tout droit de la remise[1] pour que vous m'expliquiez bien en face ce que vous avez contre moi.

— Je n'ai rien contre vous, mon brave homme, dit Holmes. Au contraire, si vous répondez clairement à mes questions, je tiens un demi-souverain[2] à votre disposition.

— Alors, y a pas d'erreur, dit le cocher, j'aurai fait une bonne journée. Que voulez-vous savoir ?

---

1. **Remise :** endroit dans lequel stationnent les voitures.
2. **Un demi-souverain :** le souverain est une monnaie d'or anglaise.

Le Chien des Baskerville

— D'abord votre nom et votre adresse, pour le cas où j'aurais encore besoin de vous.

— John Clayton, 3, Turpey Street. Je remise à Shipley, près de Waterloo Station. »

Sherlock Holmes nota ces renseignements.

« Maintenant, Clayton, reprit-il, parlez-moi du voyageur qui est venu ce matin surveiller cette maison et qui, ensuite, a suivi deux messieurs dans Regent Street. »

Le cocher parut étonné et quelque peu embarrassé.

« Je ne vois pas la nécessité de vous parler d'une chose que vous connaissez déjà aussi bien que moi, dit-il. La vérité, c'est que ce voyageur m'avoua être un détective et me recommanda de ne souffler mot de lui à personne.

— Mon ami, reprit Holmes gravement, l'affaire est très sérieuse et vous vous mettriez dans un très vilain cas si vous cherchiez à me cacher quoi que ce soit. Ainsi ce monsieur vous a dit qu'il était détective ?

— Oui.

— Quand vous l'a-t-il dit ?

— En me quittant.

— Vous a-t-il dit autre chose ?

— Il s'est nommé. »

Holmes me jeta un regard triomphant.

« Vraiment !... Il s'est nommé !... Quelle imprudence !... Et quel nom vous a-t-il donné ?

— Son nom ? répéta le cocher... Sherlock Holmes. »

Jamais réponse ne démonta mon ami comme celle qui venait de lui être faite.

Pendant un instant, il sembla ahuri.

« Touché, Watson !... bien touché !... Le coup a été bien envoyé, et je sens devant moi une arme aussi rapide et aussi souple que celle que je manie... Ainsi donc votre voyageur s'appelait Sherlock Holmes ?

— Oui, monsieur, il m'a donné ce nom-là.

— Parfait. Où l'avez-vous "chargé" et qu'est-il arrivé ensuite ?

Chapitre V

— Il m'a hélé à neuf heures et demie, dans Trafalgar Square. Il m'a dit qu'il était détective et m'a offert deux guinées[1] pour la journée. Je devais aller où bon lui semblerait, sans jamais lui poser de questions. Je me suis bien gardé de refuser cette offre. Je l'ai conduit près de Northumberland Hotel, où nous avons attendu la sortie de deux messieurs qui sont montés dans un cab à la station voisine. Nous avons suivi cette voiture jusqu'à ce qu'elle se soit arrêtée près d'ici.

— À ma porte ? dit Holmes.

— Je n'en suis pas certain ; mais le bourgeois, lui, savait où les autres allaient. Il est descendu à peu près au milieu de la rue et j'ai "poireauté" une heure et demie. Alors les deux messieurs sont repassés à pied, et nous les avons suivis de nouveau dans Baker Street et dans...

— Je sais, interrompit Holmes.

— Nous avions remonté les trois quarts de Regent Street... À ce moment, à travers la trappe, mon voyageur m'a crié de filer vers Waterloo Station aussi vite que possible. J'ai fouetté la jument et, dix minutes plus tard, nous étions rendus à destination. Il m'a payé deux guinées, comme un "bon zigue", et il est entré dans la gare. En me quittant, il s'est retourné et m'a dit : "Vous serez peut-être content d'apprendre que vous avez conduit monsieur Sherlock Holmes." Voilà comment j'ai appris son nom.

— Je comprends... Et vous ne l'avez plus revu ?

— Non... Il avait disparu dans la gare.

— Faites-moi le portrait de M. Sherlock Holmes. »

Le cocher se gratta la tête :

« Il n'est pas facile à peindre. Il paraît quarante ans... Il est de taille moyenne... cinq ou six centimètres de moins que vous. Il était habillé comme un gommeux[2] et portait une barbe noire coupée en carré... Il m'a semblé très pâle... Je ne puis vous en dire plus long.

— La couleur de ses yeux ? »

Le cocher parut chercher dans ses souvenirs et répondit :

« Je ne me la rappelle pas.

---

1. **Guinées :** la guinée est une ancienne monnaie d'or anglaise.
2. **Gommeux :** jeune homme élégant et prétentieux.

— D'autres détails vous ont-ils frappé ?
— Non.
— Bien, fit Holmes. Voici votre demi-souverain. Vous en aurez un autre, si vous m'apportez de nouveaux renseignements. Bonne nuit.
— Bonne nuit, monsieur, et merci. »
John Clayton partit très satisfait.
Holmes se retourna vers moi avec un haussement d'épaules et un sourire découragé.

« Voilà un troisième fil qui casse et nous ne sommes pas plus avancés qu'au début, dit-il. Le rusé coquin !... Il connaissait le numéro de ma maison et la visite projetée par sir Henry Baskerville !... Dans Regent Street, il a flairé qui j'étais... il s'est douté que j'avais pris le numéro de sa voiture et que je rechercherais le cocher !... Ah ! Watson, cette fois nous aurons à lutter contre un adversaire digne de nous. Il m'a fait mat[1] à Londres ; je vous souhaite meilleure chance dans le Devonshire... Mais je ne suis plus aussi tranquille.
— Sur quoi ?
— Sur votre sort, là-bas. C'est une vilaine affaire, Watson, vilaine et dangereuse... Plus je l'examine et moins elle me plaît. Oui, oui, mon cher ami, riez à votre aise !... Je vous jure que je serai très heureux de vous revoir sain et sauf dans notre logis de Baker Street. »

---

1. **Il m'a fait mat :** il m'a mis en échec.

Clefs d'analyse

Chapitres IV-V

Action et personnages

1. Le portrait physique de sir Henry qui est fait par le narrateur au début du chapitre IV annonce-t-il un homme qui pourrait hésiter à rejoindre le manoir des Baskerville ? Justifiez votre réponse.
2. Quels traits de caractère complètent le portrait de sir Henry dans les chapitres IV et V ?
3. « Aussitôt Holmes abandonna son attitude rêveuse et se réveilla homme d'action. » Pourquoi l'attitude de Holmes est-elle qualifiée de « rêveuse » ? Quelle est sa première action ? Est-elle efficace ? Comment la juge-t-il lui-même ?
4. Quel nouveau personnage intervient à la fin du chapitre IV ? Que sait-on de lui ? Quelle tâche lui confie Holmes ?
5. Quels événements importants pour l'enquête se déroulent dans les chapitres IV et V ?

Langue

1. Cherchez dans le dictionnaire le mot « feuillet » (p. 54, l. 182). Quelle est la racine du mot ? Que signifie-t-il exactement ? Trouvez un mot de la même famille et donnez-en le sens.
2. Recherchez l'étymologie du mot « redingote » (p. 57, l. 293). Donnez le sens de ce mot. Cherchez un autre mot français qui soit la retranscription phonétique d'un mot d'une langue étrangère.
3. « Fils cassés ». Sur quelle figure de style repose le titre du chapitre V ? Expliquez-la.

Genre et thème

1. La lettre anonyme est un élément classique du roman policier. Quelles déductions Holmes fait-il à partir de l'observation de cette lettre ?
2. L'auteur de cette lettre a deux objectifs possibles en transmettant ce message à sir Henry. Retrouvez-les.
3. Barrymore fait figure de suspect. Relevez toutes les raisons à l'appui de cette hypothèse.

Clefs d'analyse

Chapitres IV-V

4. Relevez le nom d'un deuxième suspect potentiel et expliquez pourquoi ce personnage pourrait être considéré comme tel.
5. Comment le narrateur fait-il naître l'inquiétude du lecteur grâce à la dernière intervention de Holmes tout à la fin du chapitre V ?

Écriture

1. Utilisez les procédés de caractérisation du personnage (voir « À retenir ») pour rédiger le portrait du protagoniste d'un roman policier. Vous choisirez le rôle que vous désirez lui attribuer : victime, suspect, enquêteur...
2. Imaginez que sir Henry est un personnage fragile et faible, à l'opposé de celui qui est présenté par Watson. Faites son portrait physique et moral. Exprimez les réactions qu'il pourrait avoir quand on lui annonce la situation dans laquelle il se trouve à son arrivée à Londres.

Pour aller plus loin

1. Recherchez dans les chapitres IV et V les noms des lieux (rues, gare) auxquels le narrateur fait allusion et replacez-les sur un plan de Londres.

> ## ✱ À retenir
> Plusieurs procédés sont utilisés pour caractériser un personnage. On lui attribue une identité physique, psychologique et morale et un statut social. Il peut être présenté par le narrateur ou par un personnage. Ses paroles, ses pensées et ses actions contribuent également à donner de lui une connaissance plus approfondie. Dans un roman policier, il a un rôle défini : enquêteur, victime, suspect.

VI

Le château de Baskerville

Au jour indiqué, sir Henry Baskerville et le docteur Mortimer se trouvèrent prêts, et nous partîmes pour le Devonshire, ainsi que cela avait été convenu.

Sherlock Holmes m'accompagna à la gare, afin de me donner en voiture ses dernières instructions.

« Je ne vous troublerai pas, me dit-il, par l'exposé de mes théories ou par la confidence de mes soupçons. Je désire simplement que vous me teniez au courant des faits jusque dans leurs plus petits détails. Reposez-vous sur moi du soin d'en tirer les déductions qu'ils comporteront.

— Quelle espèce de faits dois-je vous communiquer ? demandai-je.

— Tous ceux qui vous paraîtront toucher à l'affaire — même de loin... Renseignez-moi sur les relations du jeune Baskerville avec ses voisins et sur tout ce que vous pourrez recueillir de nouveau concernant la mort de sir Charles. Je me suis livré, ces jours derniers, à quelques enquêtes dont le résultat, je le crains fort, aura été négatif. Une seule chose me semble certaine : M. James Desmond, l'héritier présomptif[1], est un parfait galant homme ; cette persécution n'émane pas de lui. Nous devons donc éliminer ce clergyman de nos calculs. Il ne reste plus que les personnes qui entoureront sir Henry Baskerville sur la lande.

— Ne pensez-vous pas qu'il serait bon de se débarrasser immédiatement du couple Barrymore ?

— Non, nous commettrions une faute. Innocents, ce serait une cruelle injustice ; coupables, ce serait renoncer à la possibilité de les confondre. Non, non, conservons-les sur notre liste de suspects. Si je me souviens bien, il y a au château un cocher et, sur la lande, deux fermiers. Nous y trouvons également notre ami le docteur Mortimer — que je tiens pour absolument honnête — et sa

---

1. **Héritier présomptif :** celui qui doit naturellement hériter de quelqu'un, à moins que le testament ne s'y oppose.

Le Chien des Baskerville

femme — sur laquelle nous manquons de renseignements. Il y a aussi le naturaliste[1] Stapleton et sa sœur, qu'on dit très attrayante ; puis c'est M. Frankland, de Lafter Hall, qui représente un facteur[2] inconnu, ainsi que deux ou trois autres voisins. Vous devrez porter vos investigations sur ces gens-là.

— J'agirai de mon mieux.

— Je suppose que vous emportez des armes ?

— Oui, j'ai cru bien faire de m'en munir.

— Certainement. Jour et nuit ayez votre revolver à portée de la main, et ne vous relâchez jamais de vos mesures de prudence. »

Nos amis avaient déjà retenu un wagon de première classe et nous attendaient sur le quai.

« Non, nous n'avons rien de neuf à vous apprendre, fit le docteur Mortimer, en répondant à une question de mon ami. Je ne puis vous affirmer qu'une chose : personne ne nous a suivis depuis deux jours. Nous ne sommes jamais sortis sans avoir regardé de tous côtés, et un espion n'aurait pas échappé à notre vigilance.

— Vous ne vous êtes pas quittés, je présume ?

— Seulement hier, après midi. Quand je suis à Londres, je consacre toujours quelques heures aux distractions… je les ai passées au musée de l'Académie de chirurgie.

— Et moi, je suis allé voir le beau monde, à Hyde Park, dit Baskerville. Il ne s'est rien produit d'extraordinaire.

— C'était tout de même imprudent, répliqua gravement Holmes, en secouant la tête. Je vous prie, sir Henry, de ne plus vous absenter seul, si vous ne voulez pas vous exposer à de grands malheurs. Avez-vous retrouvé votre bottine ?

— Non ; elle est bien perdue.

— C'est vraiment très curieux. Allons, adieu ! » ajouta-t-il, comme le train commençait à glisser le long du quai.

Puis il reprit :

« Souvenez-vous, sir Henry, de l'une des phrases de la légende que le docteur Mortimer nous a lue : "Évitez la lande à l'heure où l'esprit du mal chemine." »

---

1. **Naturaliste :** savant qui s'occupe de sciences naturelles.
2. **Facteur :** élément.

Chapitre VI

Je passai la tête par la portière pour regarder encore le quai, que nous avions déjà laissé bien loin derrière nous, et j'aperçus la grande silhouette de Sherlock Holmes, immobile et tournée vers nous.

Le voyage me parut court et agréable.

J'employai le temps à faire plus ample connaissance avec mes compagnons et à jouer avec le caniche de Mortimer.

Peu d'heures après notre départ, le sol changea de couleur ; de brun, il devint rougeâtre. Le granite[1] avait remplacé la pierre calcaire.

Des vaches rousses ruminaient dans de gras pâturages, dénotant un pays plus fertile, mais plus humide.

Le jeune Baskerville, le visage collé aux vitres du wagon, contemplait avec intérêt le paysage et s'enthousiasmait à la vue des horizons familiers du Devonshire.

« Depuis que j'ai quitté l'Angleterre, dit-il, j'ai parcouru la moitié du monde, mais je n'ai jamais rien trouvé de comparable à ceci.

— Il est rare de rencontrer un habitant du Devonshire, fis-je observer, qui ne soit pas épris de son comté.

— Cela dépend tout autant de l'individu que du comté, repartit Mortimer. Un examen superficiel de notre ami révèle chez lui la tête du Celte[2] où sont fortement développées les bosses de l'enthousiasme et de l'attachement. Le crâne du pauvre sir Charles présentait les particularités d'un type très rare, moitié gaélique et moitié hibernien[3]... Vous étiez fort jeune, n'est-ce pas, sir Henry, lorsque vous vîntes au château de Baskerville pour la dernière fois ?

— À la mort de mon père, j'avais une dizaine d'années et je n'étais jamais venu au château. Nous habitions un petit cottage[4] sur la côte méridionale de l'Angleterre. Je suis parti de là pour rejoindre un ami en Amérique. La contrée que nous traversons est

---

1. **Granite :** roche dure.
2. **Celte :** les Celtes constituent un peuple qui vivait en Europe avant la conquête romaine.
3. **Gaélique [...] hibernien :** peuples indo-européens.
4. **Cottage :** petite maison de campagne.

Le Chien des Baskerville

aussi nouvelle pour moi que pour le docteur Watson ; cela vous explique l'extrême curiosité que la lande excite en moi.

— Vous allez pouvoir la satisfaire, dit Mortimer, en désignant la fenêtre du wagon... Vous devez l'apercevoir d'ici. »

Dans le lointain, au-dessus de la verdure des champs et dominant une pente boisée, se dressait une colline grise, mélancolique, terminée par une cime dentelée dont les arêtes, à cette distance, perdaient de leur netteté et de leur vigueur. Cela ressemblait à quelque paysage fantastique entrevu à travers un rêve.

Baskerville tint longtemps ses yeux fixés sur ce coin du ciel, et je lus sur son visage mobile l'impression que faisait sur son esprit la vue de cette contrée où ceux de sa race avaient vécu si longtemps et avaient laissé de si profondes traces de leur passage.

Il était assis en face de moi, dans le coin d'un prosaïque[1] wagon, vêtu de son complet gris, parlant avec cet accent américain fortement prononcé, et, pendant que je détaillais sa figure énergique, je pressentais plus que jamais qu'il était vraiment le descendant de cette longue lignée d'hommes ardents et courageux.

Il y avait de l'orgueil, de la vaillance et de la force sous ces épais sourcils, ainsi que dans ces narines mobiles et dans ces yeux couleur de noisette.

Si, sur cette lande d'aspect sauvage, nous devions entreprendre une enquête difficile et périlleuse, nous aurions dans sir Henry un compagnon avec lequel on pouvait tenter l'aventure, certains qu'il saurait en partager bravement tous les dangers.

Le train s'arrêta dans une petite gare.

Nous descendîmes. Dehors, au-delà d'une petite barrière peinte en blanc, attendait une voiture attelée de deux cobs[2].

Notre arrivée constituait sûrement un grand événement, car le chef de gare et les porteurs se précipitèrent au-devant de nous pour prendre nos bagages.

C'était une simple halte au milieu de la campagne. Je fus donc très surpris de remarquer que, de chaque côté de la porte, deux soldats se tenaient appuyés sur leur fusil. Quand nous passâmes auprès d'eux, ils nous dévisagèrent avec insistance.

---

1. **Prosaïque :** simple, sans prétention.
2. **Cobs :** un cob est un cheval d'attelage petit et trapu.

Chapitre VI

Le cocher, petit, trapu, salua sir Henry Baskerville, et, quelques minutes plus tard, nous roulions sur la route blanche et poudreuse.

Nous traversions un pays vallonné, couvert de pâturages.

Le toit de quelques maisons s'élevait au-dessus des frondaisons[1] épaisses des arbres ; mais au-delà de cette campagne paisible, illuminée par les rayons du soleil couchant, la longue silhouette de la lande se détachait en noir sur l'azur du ciel.

La voiture s'engagea dans un chemin de traverse.

Nous gravîmes ainsi des sentiers abrupts, bordés de hauts talus tapissés de mousse et de scolopendres[2], où, pendant des siècles, le passage des roues avait creusé de profondes ornières[3]. Des fougères rouillées par la rosée, des ronces aux baies sanglantes étincelaient sous les derniers feux du soleil.

Nous franchîmes un petit pont de granite et nous côtoyâmes un ruisseau qui fuyait rapidement sur un lit de cailloux grisâtres. La route et le ruisseau suivaient une vallée plantée de chênes rabougris et de sapins étiques[4].

Baskerville saluait chaque tournant du chemin par une exclamation de surprise. Tout lui semblait beau, tandis que j'éprouvais une indéfinissable tristesse à l'aspect de cette campagne qui portait les stigmates[5] irrécusables de l'hiver déjà prochain.

Tout à coup Mortimer s'écria :

« Regardez donc ça ! »

Une petite colline, une sorte d'éperon formé par la lande et s'avançant dans la vallée, se dressait devant nous. Sur la cime, semblable à une statue équestre, nous aperçûmes un soldat à cheval, le fusil appuyé sur son bras gauche, prêt à faire feu. Il gardait la route par laquelle nous arrivions.

« Que signifie ceci, Perkins ? » demanda Mortimer au cocher.

Celui-ci se retourna à demi sur son siège.

---

1. **Frondaisons :** l'ensemble que constituent les feuilles d'un arbre.
2. **Scolopendres :** sortes de fougères.
3. **Ornières :** traces de roues laissées sur un chemin.
4. **Étiques :** rabougris.
5. **Stigmates :** traces, marques.

Le Chien des Baskerville

« Un condamné s'est échappé, il y a trois jours, de la prison de Princetown. On a placé des sentinelles sur tous les chemins et dans toutes les gares. On ne l'a pas encore retrouvé, et les fermiers des environs sont bien ennuyés.

— Je comprends... ils toucheraient cinq livres[1] de récompense en échange d'un petit renseignement.

— Oui, monsieur. Mais cinq livres de récompense représentent bien peu de chose en comparaison du danger qu'ils courent d'avoir le cou coupé. Ah ! ce n'est pas un condamné ordinaire ! Il est capable de tout.

— Qui est-ce ?

— Selden, l'assassin de Notting Hill. »

Je me souvenais parfaitement de ce crime. Il était un de ceux qui avaient le plus intéressé Sherlock Holmes, en raison des circonstances particulièrement féroces qui entourèrent le crime et de l'odieuse brutalité avec laquelle l'assassin accomplit son forfait. Cependant on avait commué[2] la sentence de mort prononcée contre le coupable, sur des doutes conçus à propos de sa responsabilité mentale.

Notre voiture avait gravi une pente et, devant nous, se déroulait l'immense étendue de la lande. Un vent glacial qui la balayait nous fit frissonner.

Ainsi donc, quelque part sur cette plaine désolée, se terrait comme une bête sauvage cette infernale créature dont le cœur devait maudire l'humanité qui l'avait rejetée de son sein.

Il ne manquait plus que cela pour compléter la lugubre impression produite par cette vaste solitude, cette bise glacée et ce ciel qui s'assombrissait davantage à chaque instant.

Sir Henry Baskerville lui-même devint taciturne[3] et serra plus étroitement autour de lui les pans de son manteau.

Maintenant, les plaines fertiles s'étendaient derrière et au-dessous de nous.

Nous voulûmes les contempler une dernière fois. Les rayons obliques du soleil abaissés sur l'horizon teintaient d'or les eaux du

---

1. **Livres :** monnaie anglaise.
2. **Commué :** transformé une peine judiciaire en une autre moins sévère.
3. **Taciturne :** morose, sombre.

Chapitre VI

ruisseau et faisaient briller la terre rouge fraîchement remuée par le soc[1] de la charrue.

Devant nous, la route, avec ses pentes rudes parsemées d'énormes rochers roussâtres, prenait un aspect de plus en plus sauvage.

De loin en loin, nous passions près d'un cottage, construit et couvert en pierres, dont aucune plante grimpante n'atténuait la rigidité des lignes.

Soudain, nous vîmes une dépression du terrain, ayant la forme d'un entonnoir, où croissaient des chênes entrouverts, ainsi que des sapins échevelés et tordus par des siècles de rafale.

Deux hautes tours effilées[2] pointaient au-dessus des arbres.

Le cocher les désigna avec son fouet.

« Le château de Baskerville », dit-il.

Les joues empourprées[3], les yeux enflammés, sir Henry s'était levé et regardait.

Quelques minutes après, nous atteignîmes la grille du château, enchâssée[4] dans des piliers rongés par le temps, mouchetés[5] de lichens et surmontés de têtes de cerfs, armes[6] des Baskerville.

Le pavillon du portier n'était plus qu'une ruine de granite noir au-dessus de laquelle s'enchevêtrait un réseau de chevrons[7] dépouillés du toit qu'ils supportaient jadis. En face, s'élevait un nouveau bâtiment dont la mort de sir Charles avait arrêté l'achèvement.

La porte s'ouvrait sur une avenue où les roues de la voiture s'enfoncèrent dans un lit de feuilles mortes. Les branches des arbres séculaires[8] qui la bordaient se rejoignaient au-dessus de nos têtes pour former comme un sombre tunnel.

---

1. **Soc :** lame de la charrue qui creuse et retourne la terre.
2. **Effilées :** hautes et étroites.
3. **Empourprées :** rouges.
4. **Enchâssée :** insérée.
5. **Mouchetés :** parsemés de petites taches.
6. **Armes :** ensembles des symboles qui figurent sur le blason d'une famille appartenant à la noblesse ; armoiries.
7. **Chevrons :** pièces de bois qui soutiennent la toiture.
8. **Séculaires :** vieux de plusieurs siècles.

Le Chien des Baskerville

Baskerville frissonna, en apercevant cette lugubre allée à l'extrémité de laquelle on découvrait le château.

« Est-ce ici ? demanda-t-il à voix basse.

— Non ; l'allée des Ifs se trouve de l'autre côté.

— Je ne m'étonne pas que, dans un endroit pareil, l'esprit de mon oncle se soit détraqué. Il n'en faut pas davantage pour déprimer un homme. Avant six mois j'aurai installé là, ainsi que devant le château, une double rangée de lampes électriques. »

L'avenue aboutissait à une large pelouse au-delà de laquelle on distinguait le château.

À la clarté pâlissante de ce soir d'automne, je vis que le centre était formé par une construction massive, avec un portail formant saillie[1].

La façade disparaissait sous les lierres. Les fenêtres et quelques écussons aux armes des Baskerville coupaient çà et là l'uniformité de cette sombre verdure.

De cette partie centrale montaient les deux tours, antiques, crénelées, percées de nombreuses meurtrières[2]. À droite et à gauche de ces tours, on avait ajouté une aile d'un style plus moderne.

« Soyez le bienvenu au château de Baskerville, sir Henry », dit une voix.

Un homme de haute taille s'était avancé pour ouvrir la portière de la voiture.

Une silhouette de femme se détachait de la lumière jaune du hall. Elle sortit à son tour et aida l'homme à descendre les bagages.

« Je vous demande la permission de rentrer directement chez moi, sir Henry, dit Mortimer. Ma femme m'attend !

— Vous ne voulez pas dîner avec nous ?

— Non, il faut que je m'en aille. Je dois avoir des malades qui me réclament. J'aurais été heureux de vous montrer le château, mais Barrymore sera un meilleur guide que moi. Au revoir, et, si je puis vous rendre service, n'hésitez pas à me faire appeler à toute heure du jour ou de la nuit. »

Le roulement de la voiture qui emportait le docteur s'éteignit bientôt dans le lointain.

---

1. **Saillie :** élément qui dépasse ; relief.
2. **Meurtrières :** ouvertures étroites ouvertes dans des fortifications.

Chapitre VI

Sir Henry et moi nous entrâmes dans le château et la porte se referma lourdement sur nous.

Nous nous trouvâmes dans une grande pièce, dont le plafond, très élevé, était soutenu par de fortes solives[1] de chêne noircies par le temps.

Dans une cheminée monumentale, un feu de bois pétillait sur de hauts chenets[2]. Nous en approchâmes nos mains engourdies par le froid du voyage.

Nous examinâmes curieusement les hautes et longues fenêtres aux vitraux multicolores, les lambris[3] de chêne, les têtes de cerf et les armes accrochées aux murs – le tout triste et sombre sous la lumière atténuée d'une lampe accrochée au milieu du plafond.

« C'est bien ainsi que je me représentais le château, me dit sir Henry. Cela ne ressemble-t-il pas à quelque vieux tableau d'intérieur ? La demeure n'a pas changé depuis cinq cents ans qu'y vivent mes ancêtres ! »

Tandis qu'il jetait les yeux autour de lui, son visage bronzé s'éclaira d'un enthousiasme juvénile. Mais, à un moment, la lumière le frappa directement, alors que de longues traînées d'ombre couraient contre les murs, formant au-dessus de sa tête et derrière lui comme un dais[4] funéraire.

Barrymore était revenu après avoir porté les bagages dans nos chambres. Il se tenait devant nous dans l'attitude respectueuse d'un domestique de grande maison. Il avait très bonne apparence, avec sa haute taille, sa barbe noire coupée en carré et sa figure qui ne manquait pas d'une certaine distinction.

« Désirez-vous qu'on vous serve immédiatement, monsieur ? demanda-t-il.

— Est-ce prêt ?

— Dans quelques minutes. Vous trouverez de l'eau chaude dans vos chambres... Ma femme et moi, sir Henry, nous serons heureux de rester auprès de vous jusqu'à ce que vous ayez pris vos nou-

---

1. **Solives :** pièces de charpente.
2. **Chenets :** pièces de bois ou de métal servant à soutenir les bûches dans un foyer afin que celles-ci n'étouffent pas le feu.
3. **Lambris :** revêtements sur les murs d'une pièce.
4. **Dais :** tenture fixée au-dessus d'un autel, d'un trône ou d'un lit.

velles dispositions. Maintenant l'entretien de cette maison va exiger un personnel plus nombreux.
— Pourquoi "maintenant" ?
— Je veux dire que sir Charles menait une existence très retirée et que nous suffisions à son service. Vous, — c'est tout naturel — vous recevrez davantage et, nécessairement, vous devrez augmenter votre domesticité[1].
— Dois-je en conclure que vous avez l'intention de me quitter ?
— Oui, mais seulement lorsque vous nous y autoriserez.
— Votre famille n'est elle pas au service des Baskerville depuis plusieurs générations ? Je regretterais de commencer ma vie ici en me séparant de serviteurs tels que vous. »
Je crus découvrir quelques traces d'émotion sur le pâle visage du valet de chambre.
« Ma femme et moi nous partageons ce sentiment, reprit Barrymore. Mais à dire vrai, nous étions très attachés à sir Charles ; sa mort nous a donné un coup et nous a rendu pénible la vue de tous ces objets qui lui appartenaient. Je crains que nous ne puissions plus supporter de séjourner au château.
— Qu'avez-vous l'intention de faire ?
— Nous sommes décidés à entreprendre quelque petit commerce ; la générosité de sir Charles nous en a procuré les moyens... Ces messieurs veulent-ils que je les conduise à leur chambre ? »
Une galerie courait autour du hall. On y accédait par un escalier à double révolution. De ce point central, deux corridors, sur lesquels s'ouvraient les chambres, traversaient toute la longueur du château.
Ma chambre était située dans la même aile que celle de sir Henry et presque porte à porte.
Ces pièces étaient meublées d'une façon plus moderne que le reste de la maison ; le papier, clair, et les innombrables bougies, allumées un peu partout, effacèrent en partie la sombre impression ressentie dès notre arrivée.
Mais la salle à manger, qui communiquait avec le hall, était pleine d'ombre et de tristesse. On dressait encore la table sur une

---

1. **Domesticité :** ensemble des domestiques dans une maison.

Chapitre VI

espèce d'estrade autour de laquelle devaient autrefois se tenir les domestiques.

À l'une des extrémités de la pièce, une loggia, réservée pour des musiciens, dominait la salle.

À la lueur des torches et avec l'atmosphère de haute liesse[1] des banquets du bon vieux temps, cet aspect pouvait avoir été adouci. Mais, de nos jours, il était normal que deux messieurs vêtus de noir et assis dans le cercle de lumière projeté par une lampe voilée d'un abat-jour sentent leur voix détonner[2] et leurs esprits devenir inquiets.

Toute une lignée d'ancêtres habillés de tous les costumes des siècles passés, depuis le chevalier du règne d'Élisabeth jusqu'au petit maître de la Régence, nous fixait du haut de ses cadres et nous gênait par sa muette présence.

Nous parlâmes peu et je me sentis soulagé, une fois le repas terminé, quand nous allâmes fumer une cigarette dans la salle de billard.

« Vrai ! ça n'est pas un endroit folâtre, dit sir Henry. Je crois qu'on peut s'y faire, mais je me sens encore dépaysé. Je ne m'étonne pas qu'à vivre seul dans cette maison, mon oncle soit devenu un peu toqué... Vous plaît-il que nous nous retirions de bonne heure dans nos chambres ?... Demain matin, les choses nous sembleront peut-être plus riantes. »

Avant de me coucher, j'ouvris mes rideaux pour jeter un coup d'œil sur la campagne. Ma fenêtre donnait sur la pelouse, devant la porte du hall. Au-delà, deux bouquets d'arbres s'agitaient en gémissant sous le souffle du vent.

Une partie du disque de la lune apparaissait dans une déchirure des nuages. À cette pâle clarté, je vis, derrière les arbres, la dentelure des roches, ainsi que l'interminable et mélancolique déclivité[3] de la lande.

Je refermai mon rideau avec la sensation que cette dernière impression ne le cédait en rien à celles déjà éprouvées.

---

1. **Liesse :** joie, réjouissance.
2. **Détonner :** sortir du ton général, contraster avec le reste.
3. **Déclivité :** inclinaison, pente.

Et cependant elle devait être suivie d'une autre non moins pénible !

La fatigue me tenait éveillé. Je me retournais dans mon lit, à la recherche d'un sommeil qui me fuyait sans cesse.

Dans le lointain, une horloge à carillon sonnait tous les quarts ; elle rompait seule le silence de mort qui pesait sur la maison.

Tout à coup un bruit parvint à mon oreille, distinct, sonore, reconnaissable.

C'était un gémissement de femme – le gémissement étouffé de quelqu'un en proie à un inconsolable chagrin.

Je me redressai et j'écoutai avidement.

Le bruit était proche et venait certainement de l'intérieur du château.

Les nerfs tendus, je demeurai ainsi plus d'une demi-heure ; mais je ne perçus plus que le carillon de l'horloge et le frôlement des branches de lierre contre les volets de ma fenêtre.

VII

M. Stapleton, de Merripit House

Le lendemain, la splendeur du matin dissipa un peu l'impression de tristesse laissée dans nos esprits par notre première inspection du château de Baskerville.

Pendant que je déjeunais avec sir Henry, le soleil éclaira les fenêtres à meneaux[1], arrachant des teintes d'aquarelle à tous les vitraux armoriés[2] qui les garnissaient ; sous ses rayons dorés, les sombres lambris prenaient l'éclat du bronze. On aurait difficilement reconnu la même pièce qui, la veille, nous avait mis tant de mélancolie à l'âme.

« Je crois, dit le baronnet, que nous ne devons nous en prendre qu'à nous-mêmes de ce que nous avons éprouvé hier. La maison n'y était pour rien... Le voyage nous avait fatigués ; notre prome-

---

1. **Fenêtres à meneaux :** fenêtres divisées par des traverses de pierre.
2. **Armoriés :** portant les armes, les emblèmes de la famille (voir note 6, p. 81).

Chapitre VII

nade en voiture nous avait gelés… ; tout cela avait influé sur notre imagination. Ce matin, nous voilà reposés, bien portants et tout nous paraît plus gai.

— Je ne suis pas de votre avis, répondis-je, en ce qui concerne le jeu de notre imagination. Ainsi n'avez-vous pas entendu quelqu'un — une femme, je crois — pleurer toute la nuit ?

— Oui, dans un demi-sommeil, il me semble bien avoir entendu ce bruit. J'ai écouté un instant ; mais, le silence s'étant rétabli, j'en ai conclu que je rêvais.

— Moi, je l'ai perçu très distinctement et je jurerais que c'étaient des gémissements de femme… Il faut que nous éclaircissions ce fait. »

Sir Henry sonna Barrymore et lui demanda quelques explications.

Aux questions de son maître, je crus voir le visage, déjà pâle, du valet de chambre, pâlir encore davantage.

« Il n'y a que deux femmes dans la maison, sir Henry, dit-il : la fille de cuisine, qui couche dans l'autre aile du château, et ma femme. Or, je puis vous affirmer qu'elle est absolument étrangère au bruit dont vous parlez. »

Le domestique mentait certainement, car, après le déjeuner, je rencontrai Mme Barrymore dans le corridor. Elle se trouvait en pleine lumière. C'était une grande femme, impassible, aux traits accentués, ayant, sur les lèvres, un pli amer. Elle avait les yeux rouges et, à travers ses paupières gonflées, son regard se posa sur moi.

Elle avait dû pleurer toute la nuit, et, s'il en était ainsi, son mari ne pouvait l'ignorer. Alors pourquoi avait-il accepté le risque de cette découverte en déclarant le contraire ? Pourquoi ce ton affirmatif ? Et pourquoi — surtout — sa femme pleurait-elle si convulsivement ?

Déjà une atmosphère de mystère et d'obscurité se formait autour de cet homme au teint pâle, porteur d'une superbe barbe noire.

N'était-ce pas lui qui, le premier, avait découvert le cadavre de sir Charles Baskerville ? N'était-il pas le seul témoin qui pût nous renseigner sur les circonstances de la mort du vieux gentilhomme ? Qu'y avait-il d'impossible à ce qu'il fût le voyageur entrevu dans le cab, à Londres ? Sa barbe ressemblait étonnamment à celle de l'inconnu.

Le cocher nous avait bien dépeint son client comme un homme plutôt petit... Mais ne pouvait-il pas s'être trompé ?

Comment tirer cette affaire au clair ?

Évidemment le plus pressé était d'interroger le directeur du bureau de poste de Grimpen et de savoir si le télégramme adressé à Barrymore lui avait été remis en main propre. Quelle que fût la réponse, j'aurais au moins un détail à communiquer à Sherlock Holmes.

Sir Henry avait de nombreux documents à compulser[1] ; je mis à profit ce temps pour exécuter mon projet.

Une promenade très agréable sur la lande me conduisit à un petit hameau au milieu duquel s'élevaient deux constructions de meilleure apparence que les autres. L'une était l'auberge ; l'autre, la maison du docteur Mortimer.

Le directeur de la poste, qui se livrait également au commerce de l'épicerie, se souvenait fort bien du télégramme.

« Certainement, monsieur, me dit-il, on a remis la dépêche à Barrymore, ainsi que l'indiquait l'adresse.

— Qui l'a remise ?

— Mon fils, ici présent. »

Le fonctionnaire épicier interpella un gamin qui baguenaudait[2] dans un coin.

« James, demanda-t-il, la semaine dernière, tu as bien remis une dépêche à M. Barrymore ?

— Oui, papa.

— À M. Barrymore lui-même ? insistai-je.

— À ce moment-là, il était au grenier et je n'ai pu la lui donner personnellement ; mais je l'ai remise à Mme Barrymore, qui m'a promis de la lui porter aussitôt.

— As-tu vu M. Barrymore ?

— Non, monsieur ; je vous ai dit qu'il était au grenier.

---

1. **Compulser :** consulter, examiner.
2. **Baguenaudait :** s'amusait.

Chapitre VII

« — Puisque tu ne l'as pas vu, comment sais-tu qu'il se trouvait au grenier ?

— Sa femme devait savoir où il était, intervint le directeur de la poste. N'aurait-il pas reçu le télégramme ? S'il y a erreur, que M. Barrymore se plaigne ! »

Il me semblait inutile de poursuivre plus loin mon enquête. Ainsi, malgré la ruse inventée par Sherlock Holmes, nous n'avions pas acquis la preuve du séjour de Barrymore au château pendant la semaine précédente.

Supposons le contraire… Supposons que l'homme qui, le dernier, avait vu sir Charles vivant ait été le premier à espionner son héritier dès son arrivée en Angleterre.

Alors, quoi ?

Était-il l'instrument de quelqu'un ou nourrissait-il de sinistres projets pour son propre compte ?

Quel intérêt avait-il à persécuter la famille Baskerville ?

Je pensai à l'étrange avertissement découpé dans les colonnes du *Times*. Était-ce l'œuvre de Barrymore ou bien celle d'un tiers qui s'évertuait à contrecarrer ses desseins[1] ?

Sir Henry avait émis la version la plus plausible : si on éloignait les Baskerville du château, Barrymore et sa femme y trouveraient un gîte confortable et pour un temps indéfini.

Certes, une semblable explication ne suffisait pas pour justifier le plan qui paraissait enserrer le baronnet comme dans les mailles d'un invisible filet.

Holmes lui-même avait convenu que jamais, au cours de ses sensationnelles enquêtes, on ne lui avait soumis de cas plus complexe.

Tout en retournant au château par cette route solitaire, je faisais des vœux pour que mon ami, enfin débarrassé de ses préoccupations, revînt vite me relever de la lourde responsabilité qui pesait sur moi.

Soudain je fus tiré de mes réflexions par un bruit de pas. Quelqu'un courait derrière moi, en m'appelant par mon nom.

---

1. **Contrecarrer ses desseins :** empêcher la réalisation de ses projets.

Le Chien des Baskerville

Croyant voir le docteur Mortimer, je me retournai ; mais, à ma grande surprise, un inconnu me poursuivait.

J'aperçus un homme de taille moyenne, mince, élancé, blond, la figure rasée, âgé de trente-cinq ans environ, vêtu d'un complet gris et coiffé d'un chapeau de paille. Il portait sur le dos la boîte en fer-blanc[1] des naturalistes et tenait à la main un grand filet vert à papillons.

« Je vous prie d'excuser mon indiscrétion, docteur Watson, dit-il, en s'arrêtant tout haletant devant moi. Sur la lande, point besoin des présentations ordinaires. Mortimer, notre ami commun, a dû vous parler de moi... Je suis Stapleton, de Merripit House.

— Votre filet et votre boîte me l'auraient appris, répliquai-je, car je sais que monsieur Stapleton est un savant naturaliste. Mais comment me connaissez-vous ?

— Je suis allé faire une visite à Mortimer et, tandis que vous passiez sur la route, il vous a désigné du doigt à mon intention par la fenêtre de son cabinet. Comme nous suivions le même chemin, j'ai pensé que je vous rattraperais et que je me présenterais moi-même. J'aime à croire que le voyage n'a pas trop fatigué sir Henry ?

— Non, merci ; il est en excellente santé.

— Tout le monde ici redoutait qu'après la mort de sir Charles le nouveau baronnet ne vînt pas habiter le château. C'est beaucoup demander à un homme jeune et riche de s'enterrer dans un pareil endroit, et je n'ai pas à vous dire combien cette question intéressait la contrée ; sir Henry, je suppose, ne partage pas les craintes superstitieuses du populaire[2] ?

— Je ne le pense pas.

— Vous connaissez certainement la légende de ce maudit chien que l'on accuse d'être le fléau de la famille ?

— On me l'a contée.

— Les paysans de ces parages sont extraordinairement crédules. Beaucoup jureraient avoir rencontré sur la lande ce fantastique animal. »

Stapleton parlait, le sourire sur les lèvres, mais il me sembla lire dans ses yeux qu'il prenait la chose plus au sérieux.

---

1. **Fer-blanc :** tôle d'acier fin recouverte d'étain.
2. **Populaire :** populaire est ici un substantif et représente le peuple.

Chapitre VII

Il reprit :

« Cette histoire hantait l'imagination de sir Charles, et je suis sûr qu'elle n'a pas été étrangère à sa fin tragique.

— Comment cela ?

— Ses nerfs étaient tellement exacerbés que l'apparition d'un chien quelconque devait produire un effet désastreux sur son cœur, mortellement atteint. J'imagine qu'il a réellement vu quelque chose de ce genre dans sa dernière promenade, le long de l'allée des Ifs. J'appréhendais sans cesse un malheur, car j'aimais beaucoup sir Charles et je lui savais le cœur très malade.

— Comment l'aviez-vous appris ?

— Par mon ami, le docteur Mortimer.

— Alors vous croyez qu'un chien a poursuivi sir Charles et que la peur a occasionné sa mort ?

— Pouvez-vous me fournir une meilleure explication ?

— Il ne m'appartient pas de conclure.

Quelle est l'opinion de M. Sherlock Holmes ? »

Pendant quelques secondes, cette question me coupa la parole. Mais un regard sur la figure placide[1] et sur les yeux assurés de mon compagnon me montra qu'elle ne cachait aucune arrière-pensée.

« Nous essayerions vainement de prétendre que nous ne vous connaissons pas, docteur Watson, continua Stapleton. Les hauts faits de votre ami le détective sont parvenus jusqu'à nous et vous ne pouviez les célébrer sans vous rendre vous-même populaire. Lorsque Mortimer vous a nommé, j'ai aussitôt établi votre identité. Vous êtes ici parce que M. Sherlock Holmes s'intéresse à l'affaire, et je suis bien excusable de chercher à connaître son opinion.

— Je regrette de n'être pas en mesure de répondre à cette question.

— Puis-je au moins vous demander s'il nous honorera d'une visite ?

— D'autres enquêtes le retiennent à la ville en ce moment.

— Quel malheur ! Il jetterait un peu de lumière sur tout ce qui reste si obscur pour nous. Quant à vos recherches personnelles, si

---

1. **Placide :** calme, tranquille.

Le Chien des Baskerville

vous jugez que je vous sois de quelque utilité, j'espère que vous n'hésiterez pas à user de moi. Si vous m'indiquiez seulement la nature de vos soupçons ou de quel côté vous allez pousser vos investigations, il me serait possible de vous donner dès maintenant un avis ou une aide.

— Je vous affirme que je suis simplement en visite chez mon ami sir Henry et que je n'ai besoin d'aucune sorte d'aide.

— Parfait ! dit Stapleton. Vous avez raison de vous montrer prudent et circonspect[1]. Je regrette de vous avoir adressé cette question indiscrète, et je vous promets de m'abstenir dorénavant de la plus légère allusion à ce sujet. »

Nous étions arrivés à un endroit où un étroit sentier tapissé de mousse se séparait de la route pour traverser ensuite la lande.

Sur la droite, un monticule[2] escarpé, caillouteux, avait dû être exploité autrefois comme carrière de granite. Le versant qui nous faisait face était taillé à pic ; dans les anfractuosités[3] de la roche poussaient des fougères et des ronces.

Dans le lointain, un panache de fumée montait perpendiculairement dans le ciel.

« Quelques minutes de marche dans ce sentier perdu nous conduiront à Merripit House, dit Stapleton. Voulez-vous me consacrer une heure ?… Je vous présenterai à ma sœur. »

Mon premier mouvement fut de refuser. Mon devoir me commandait de retourner auprès de sir Henry.

Mais je me souvins de l'amas de papiers qui recouvrait sa table et je me dis que je ne lui étais d'aucun secours pour les examiner.

D'ailleurs Holmes ne m'avait-il pas recommandé d'étudier tous les habitants de la lande ?

« Quel endroit merveilleux que la lande ! dit mon compagnon, en jetant un regard circulaire sur les ondulations de la montagne qui ressemblaient à de gigantesques vagues de granite. On ne se lasse jamais du spectacle qu'elle offre à l'œil de l'observateur. Vous ne pouvez imaginer quels secrets étonnants cache cette solitude !… Elle est si vaste, si dénudée, si mystérieuse !

---

1. **Circonspect :** prudent, discret.
2. **Monticule :** élévation du sol.
3. **Anfractuosités :** creux.

Chapitre VII

— Vous la connaissez donc bien ?

— Je ne suis ici que depuis deux ans. Les gens du pays me considèrent comme un nouveau venu... Nous nous y sommes installés peu de temps après l'arrivée de sir Charles... Mes goûts m'ont porté à explorer la contrée jusque dans ses plus petits recoins... Je ne pense pas qu'il existe quelqu'un qui la connaisse mieux que moi.

— Est-ce donc si difficile ?

— Très difficile. Voyez-vous, par exemple, cette grande plaine, là-bas, vers le nord, avec ces proéminences[1] bizarres ? Qu'y trouvez-vous de remarquable ?

— On y piquerait un fameux galop.

— Naturellement, vous deviez me répondre cela... Que de vies humaines cette erreur n'a-t-elle pas déjà coûté ? Apercevez-vous ces places vertes disséminées à sa surface ?

— Le sol paraît y être plus fertile. »

Stapleton se mit à rire.

« C'est la grande fondrière[2] de Grimpen, fit-il. Là-bas, un faux pas conduit à une mort certaine — homme ou bête. Pas plus tard qu'hier, j'ai vu s'y engager un des chevaux qui errent sur la lande. Il n'en est plus ressorti... Pendant un moment, sa tête s'est agitée au-dessus de la vase, puis le bourbier[3] l'a aspiré ! On ne la traverse pas sans danger dans la saison sèche ; mais après la saison d'automne, l'endroit est terriblement dangereux. Et cependant je puis m'y promener en tous sens et en sortir sans encombre. Tenez ! voilà encore un de ces malheureux chevaux ! »

Une forme brune allait et venait au milieu des ajoncs[4]. Tout à coup, une encolure se dressa, en même temps qu'un hennissement lugubre réveilla tous les échos de la lande.

Je me sentis frissonner de terreur ; mais les nerfs de mon compagnon me parurent beaucoup moins impressionnables que les miens.

« C'est fini ! me dit-il. La fondrière s'en est emparée... Cela fait deux en deux jours !... Et ils seront suivis de bien d'autres.

---

1. **Proéminences :** reliefs.
2. **Fondrière :** affaissement de terrain plein de boue ; marécage.
3. **Bourbier :** lieu creux et plein de bourbe (amas de boue).
4. **Ajoncs :** arbustes épineux à fleurs jaunes.

Pendant la sécheresse, ils ont l'habitude d'aller brouter de ce côté, et, lorsqu'ils s'aperçoivent que le sol est devenu moins consistant, la fondrière les a déjà saisis.

— Et vous dites que vous pouvez vous y aventurer ?

— Oui. Il existe un ou deux sentiers dans lesquels un homme courageux peut se risquer... Je les ai découverts.

— Quel désir vous poussait donc à pénétrer dans un lieu si terrible ?

— Regardez ces monticules — au-delà ! Ils représentent de vrais îlots de verdure découpés dans l'immensité de la fondrière. C'est là qu'on rencontre les plantes rares et les papillons peu communs... Si le cœur vous dit d'aller les y chercher ?...

— Quelque jour j'essayerai. »

Stapleton me regarda avec étonnement :

« Au nom du ciel, s'écria-t-il, abandonnez ce funeste projet ! Je vous affirme que vous n'avez pas la plus petite chance de vous tirer de là vivant. Je n'y parviens qu'en me servant de points de repère très compliqués.

— Hein ? fis-je... Qu'y a-t-il encore ? »

Un long gémissement, indiciblement triste, courut sur la lande. Bien qu'il eût ébranlé l'air, il était impossible de préciser d'où il venait.

Commencé sur une modulation[1] sourde, semblable à un murmure, il se changea en un profond rugissement, pour finir en un nouveau murmure, mélancolique, poignant.

« Hé ! curieux endroit, la lande ! répéta Stapleton.

— Qu'était-ce donc ?

— Les paysans prétendent que c'est le chien des Baskerville qui hurle pour attirer sa proie. Je l'ai déjà entendu une ou deux fois, mais jamais aussi distinctement. »

Avec un tressaillement de crainte au fond du cœur, je regardai cette vaste étendue de plaine, mouchetée de larges taches vertes formées par les ajoncs.

Sauf deux corbeaux qui croassaient lugubrement sur la cime d'un pic, une immobilité de mort régnait partout.

---

1. **Modulation :** tonalité, amplitude.

Chapitre VII

« Vous êtes un homme instruit, dis-je, vous ne pouvez croire à de pareilles balivernes ! À quelle cause attribuez-vous ce bruit étrange ?

— Les fondrières rendent parfois des sons bizarres, inexplicables... La boue se tasse... l'eau sourd ou quelque chose...

— Non, non, répondis-je ; c'était une voix humaine.

— Peut-être bien, répondit Stapleton. Avez-vous jamais entendu s'envoler un butor[1] ?

— Non, jamais.

— C'est un oiseau très rare – à peu près complètement disparu de l'Angleterre – mais, dans la lande, rien n'est impossible. Oui, je ne serais pas étonné d'apprendre que c'est le cri du dernier butor qui vient de frapper nos oreilles.

— Quel bruit étrange !...

— Ce pays est plein de surprises. Regardez le flanc de la colline... Que croyez-vous apercevoir ? »

Je vis une vingtaine de tas de pierres grises amoncelées circulairement.

« Je ne sais pas... Des abris de bergers ?

— Non. Nos dignes ancêtres habitaient là. L'homme préhistorique vivait sur la lande et comme, depuis cette époque, personne ne l'a imité, nous y retrouvons encore presque intacts les vestiges de son passage. Ceci vous représente des wigwams[2] recouverts de leur toiture. Si la curiosité vous prenait de les visiter, vous y verriez un foyer, une couchette...

— On dirait une petite ville. À quelle époque était-elle peuplée ?

— L'homme néolithique... la date nous manque.

— Que faisait-il ?

— Il menait paître son troupeau sur les pentes et, lorsque les armes de bronze remplacèrent les haches de pierre, il fouillait les entrailles de la terre à la recherche du zinc. Voyez cette grande tranchée sur la colline opposée... Voilà la preuve de ce que j'avance. Ah ! vous rencontrerez de bien curieux sujets d'étude

---

1. **Butor :** espèce de héron qui vit dans les marécages.
2. **Wigwams :** hutte, cabane ; à l'origine, habitation des Indiens nomades.

sur la lande ! Excusez-moi un instant, docteur Watson... c'est sûrement un cyclopide[1] !... »

Un petit insecte avait traversé le chemin et Stapleton s'était aussitôt élancé à sa poursuite.

À mon grand désappointement, la bestiole vola droit vers la fondrière, et ma nouvelle connaissance, bondissant de touffe en touffe, courait après elle, son grand filet vert se balançant dans l'air. Ses vêtements gris, sa démarche irrégulière, sautillante, saccadée, le faisaient ressembler lui-même à une gigantesque phalène[2].

Je m'étais arrêté pour suivre sa chasse, et j'éprouvais un mélange d'admiration pour son extraordinaire agilité et de crainte pour le danger auquel il s'exposait dans cette perfide fondrière. Un bruit de pas me fit retourner ; une femme s'avançait vers moi dans le chemin.

Elle venait du côté où le panache de fumée dénonçait l'emplacement de Merripit House ; mais la courbure de la lande l'avait cachée à mes yeux jusqu'au moment où elle se trouva près de moi.

Je reconnus en elle miss Stapleton dont on m'avait parlé. Cela me fut aisé, car, indépendamment du petit nombre de femmes qui vivent sur la lande, on me l'avait dépeinte comme une personne d'une réelle beauté.

La femme qui s'approchait de moi répondait au portrait qu'on m'avait tracé de la sœur du naturaliste.

Impossible de concevoir un plus grand contraste entre un frère et une sœur.

Stapleton était quelconque, avec ses cheveux blonds et ses yeux gris, tandis que la jeune fille avait ce teint chaud des brunes — si rare en Angleterre. Son visage un peu altier[3], mais finement modelé, aurait paru impassible dans sa régularité, sans l'expression sensuelle de la bouche et la vivacité de deux yeux noirs largement fendus. Sa taille parfaite, moulée dans une robe de coupe élégante, la faisait ressembler, sur ce chemin désert, à une étrange apparition.

---

1. **Cyclopide :** papillon.
2. **Phalène :** grand papillon de nuit.
3. **Altier :** hautain, fier.

Chapitre VII

Au moment où je me retournais, elle regardait son frère. Alors elle hâta le pas.

J'avais ôté mon chapeau et j'allais prononcer quelques mots d'explication, lorsque ses paroles imprimèrent une autre direction à mes pensées.

« Allez-vous-en ! s'écria-t-elle. Retournez vite à Londres. »

Si grande fut ma surprise que j'en demeurai stupide.

En me regardant, ses yeux brillaient et son pied frappait le sol avec impatience.

« Pourquoi m'en aller ? demandai-je.

— Je ne puis vous le dire. »

Elle parlait d'une voix basse, précipitée, avec un léger grasseyement[1] dans sa prononciation.

Elle reprit :

« Pour l'amour de Dieu, faites ce que je vous recommande. Retournez vite et ne remettez jamais plus les pieds sur la lande !

— Mais j'arrive à peine.

— Pourquoi ne tenir aucun compte d'un avertissement dicté par votre seul intérêt ?... Retournez à Londres !... Partez ce soir même... Fuyez ces lieux à tout prix !... Prenez garde ! Voici mon frère... pas un mot de ce que je vous ai dit... Soyez donc assez aimable pour me cueillir cette orchidée, là-bas... La lande est très riche en orchidées... vous en jugerez par vous-même, bien que vous soyez venu à une saison trop avancée pour jouir de toutes les beautés de la nature ».

Stapleton avait renoncé à sa poursuite et retournait vers nous, essoufflé, et le teint coloré par la course.

« Eh bien, Béryl ? » dit-il.

Il me sembla que le ton de cette interpellation manquait de cordialité.

« Vous avez bien chaud, Jack.

— Oui ; je poursuivais un cyclopide. Ils sont très rares, surtout à la fin de l'automne. Quel malheur de n'avoir pu l'attraper ! »

Il parlait avec un air dégagé, mais ses petits yeux gris allaient sans cesse de la jeune fille à moi.

---

1. **Grasseyement :** fait de parler en prononçant mal les « r ».

Le Chien des Baskerville

« Je vois que les présentations sont faites, continua-t-il.
— Oui. Je disais à sir Henry qu'il était un peu tard pour admirer les beautés de la lande.
— À qui penses-tu donc parler ?
— À sir Henry Baskerville.
— Non, non, me récriai-je vivement... pas à sir Henry, mais à un simple bourgeois, son ami... Je me nomme le docteur Watson. »

Une expression de contrariété passa sur le visage de miss Stapleton.

« Je crois bien qu'il y a eu un malentendu, dit-elle.
— Vous n'avez pas eu le temps d'échanger beaucoup de paroles ? demanda son frère, avec son même regard interrogateur.
— J'ai causé avec le docteur Watson, comme si, au lieu d'un simple visiteur, il eût été un habitant permanent de la lande.
— Que peut lui importer que la saison soit trop avancée pour les orchidées !... Nous ferez-vous le plaisir de nous accompagner jusqu'à Merripit House ? » ajouta le naturaliste, en se tournant vers moi.

Quelques instants après, nous arrivions à une modeste maison ayant autrefois servi d'habitation à un herbager[1] de la lande, mais que l'on avait réparée depuis et modernisée.

Un verger l'entourait. Les arbres, comme tous ceux de la lande, étaient rabougris et pelés. L'aspect de ce lieu remplissait l'âme d'une vague tristesse.

Nous fûmes reçus par un vieux bonhomme qui paraissait monter la garde autour de la maison.

À l'intérieur, les pièces étaient spacieuses et meublées avec une élégance qui trahissait le bon goût de la maîtresse de la maison.

Tandis que, par la fenêtre entrouverte, je jetais un coup d'œil sur le paysage sauvage qui se déroulait devant moi, je me demandais quelle raison avait amené dans ce pays perdu cet homme d'un esprit cultivé et cette superbe créature.

« Singulier endroit pour y planter sa tente, n'est-ce pas ? fit Stapleton, répondant ainsi à ma pensée. Et cependant nous nous sommes arrangés pour y être heureux, pas, Béryl ?

---

1. **Herbager :** personne dont le métier consiste à faire paître les bovins dans les herbages pour les engraisser.

Chapitre VII

— Très heureux, répliqua la jeune fille, dont le ton me parut toutefois manquer de conviction.

— Je dirigeais jadis une école, continua Stapleton, dans le nord de l'Angleterre... Pour un homme de mon tempérament, la besogne était trop machinale et trop dépourvue d'intérêt. Mais j'aimais à vivre ainsi au milieu de la jeunesse, à façonner ces jeunes intelligences à ma guise et à leur inculquer mes idées et mes préférences. La malchance s'en mêla : une épidémie se déclara dans le village et trois enfants moururent. Mon établissement ne se releva jamais de ce coup et la majeure partie de mes ressources se trouva engloutie. Si je ne regrettais la charmante compagnie de mes écoliers, je me réjouirais de cet incident. Avec mon amour immodéré pour la botanique et la zoologie, je rencontrerais difficilement un champ plus ouvert à nos recherches, car ma sœur est aussi éprise que moi des choses de la nature. Ceci, docteur Watson, répond à une question que j'ai lue sur votre visage, pendant que vous regardiez sur la lande.

— Je me disais, en effet, que ce séjour devait être bien triste, sinon pour vous, du moins pour votre sœur.

— Non, non, dit vivement miss Stapleton ; je ne connais pas la tristesse.

— Nous avons nos études, nos livres et de bons voisins, paraphrasa mon hôte. Le docteur Mortimer est un véritable savant... Et puis nous possédions dans ce pauvre sir Charles un délicieux compagnon. Nous l'appréciions beaucoup, et nous ressentons plus que je ne puis le dire le vide causé par sa mort... Serais-je indiscret en me présentant cet après-midi au château pour rendre visite à sir Henry ?

— Je suis sûr que vous lui ferez le plus grand plaisir.

— Alors prévenez-le de ma venue. Nous ferons tout notre possible pour qu'il s'habitue ici... Désirez-vous, docteur Watson, visiter ma collection de lépidoptères[1] ? Je ne crois pas qu'il en existe de plus complète dans tout le sud de l'Angleterre. Pendant que vous l'admirerez, on nous préparera un lunch. »

---

1. **Lépidoptères :** papillons.

Le Chien des Baskerville

J'avais hâte de reprendre auprès de sir Henry mes fonctions de garde du corps. D'ailleurs, la solitude de la lande, la mort du malheureux cheval aspiré par la fondrière, le bruit étrange que le public associait à l'horrible légende des Baskerville, tout cela m'étreignait le cœur. J'ajouterai encore l'impression produite par l'avis de miss Stapleton, avis si précis et si net que je ne pouvais l'attribuer qu'à quelque grave raison.

Je résistai donc à toutes les instances de mon hôte et je repris, par le même étroit sentier, le chemin du château.

Mais il devait exister un raccourci connu des habitants du pays, car, avant que j'eusse rejoint la grande route, je fus très étonné de voir miss Stapleton, assise sur un quartier de roche, au croisement de deux voies.

Elle avait marché très vite, et la précipitation de la course avait empourpré ses joues.

« J'ai couru de toutes mes forces afin de vous devancer, me dit-elle. Je n'ai même pas pris le temps de mettre mon chapeau... Je ne m'arrête pas... Mon frère s'apercevrait de mon absence. Je voulais vous dire combien je déplorais la stupide erreur que j'ai commise en vous confondant avec sir Henry. Oubliez mes paroles, elles ne vous concernent en rien.

— Comment les oublierais-je, miss Stapleton, répliquai-je. Je suis l'ami de sir Henry, et le souci de sa sécurité m'incombe tout particulièrement. Apprenez-moi pourquoi vous souhaitiez si ardemment qu'il retournât à Londres.

— Caprice de femme, docteur Watson ! Lorsque vous me connaîtrez davantage, vous comprendrez que je ne puisse pas toujours fournir l'explication de mes paroles ou de mes actes.

— Non, non... Je me rappelle le frémissement de votre voix, l'expression de votre regard... Je vous en prie, je vous en supplie, soyez franche, miss Stapleton ! Depuis que j'ai posé le pied dans ce pays, je me sens environné de mystères. La vie sur la lande ressemble à la fondrière de Grimpen : elle est parsemée d'îlots de verdure auprès desquels l'abîme vous guette, et aucun guide ne s'offre à vous éloigner du danger. Que vouliez-vous dire ? Apprenez-le-moi et je vous promets de communiquer votre avertissement à sir Henry. »

Chapitre VII

Pendant une minute, un combat se livra dans l'âme de la jeune fille. Toutefois, ses traits avaient repris leur expression résolue, lorsqu'elle me répondit :

« Vous prêtez à mes paroles plus d'importance qu'elles n'en comportent. La mort de sir Charles nous a très vivement impressionnés, mon frère et moi. Nous étions très liés... Sa promenade favorite consistait à se rendre chez nous par la lande. Cette espèce de sort qui pesait sur sa famille hantait son cerveau, et, lorsque se produisit le tragique événement, je crus ses craintes fondées jusqu'à un certain point. Quand on annonça qu'un nouveau membre de la famille Baskerville allait habiter le château, mes appréhensions se réveillèrent et j'ai pensé bien faire en le prévenant du danger qu'il courait. Voilà le mobile auquel j'ai obéi.

— Mais quel est ce danger ?

— Vous connaissez bien l'histoire du chien ?

— Je n'ajoute aucune foi[1] à de pareilles absurdités.

— J'en ajoute, moi. Si vous possédez quelque influence sur sir Henry, emmenez-le loin de ce pays qui a déjà été si fatal à sa famille. Le monde est grand... Pourquoi s'obstinerait-il à vivre au milieu du péril ?

— Précisément parce qu'il y a du péril. Sir Henry est ainsi fait. Je crains qu'à moins d'un avis plus motivé que celui que vous m'avez donné il ne me soit impossible de le déterminer à partir.

— Je ne puis vous dire autre chose... je ne sais rien de précis.

— Me permettez-vous de vous adresser une dernière question, miss Stapleton ? Quand vous m'avez parlé tout à l'heure, puisqu'il vous était impossible de m'en apprendre davantage, pourquoi redoutiez-vous tant que votre frère ne vous entendît ? Il n'y avait rien dans vos paroles que ni lui – ni personne d'ailleurs – ne pût écouter.

— Mon frère désire que le château soit habité ; il estime que le bonheur des pauvres gens de la lande l'exige. Tout avis poussant sir Henry à s'éloigner l'aurait mécontenté... J'ai accompli maintenant mon devoir et je n'ajouterai plus un mot. Je retourne vite à

---

1. **Je n'ajoute aucune foi :** je ne crois pas, je n'accorde aucun crédit.

Le Chien des Baskerville

la maison pour que mon frère ne se doute pas que avons causé ensemble. Adieu. »

Miss Stapleton reprit le chemin par lequel elle était venue, tandis que, le cœur oppressé de vagues alarmes, je continuais ma route vers le château.

Clefs d'analyse

Chapitres VI-VII

Action et personnages

1. Quelle mission confie Holmes à Watson au début du chapitre VI ?
2. Faites la liste des personnages susceptibles d'être des suspects selon Holmes et Watson.
3. Un personnage inattendu fait son apparition à l'arrivée de sir Henry, de Watson et du Dr Mortimer dans la lande. Qui est-il ? En quoi se montre-t-il particulièrement inquiétant ?
4. Barrymore fait plutôt une bonne impression. Montrez-le. Pourquoi veut-il quitter le château de Baskerville ? Quel est son projet ?
5. Les soupçons de Watson se reportent cependant sur Barrymore. Pour quelles raisons ?
6. Comment Stapleton explique-t-il le « long gémissement, indiciblement triste » (p. 94, l. 274) entendu dans la lande ? Pour quelles raisons va-t-il dans les bourbiers de Grimpen malgré le danger ?
7. Le personnage de Mlle Stapleton incite le lecteur à se poser plusieurs questions. Lesquelles ?

Langue

1. Quelle forme verbale est employée par Holmes dans la phrase qu'il adresse à sir Henry au moment de son départ : « Évitez la lande à l'heure où l'esprit du mal chemine » (p. 76, l. 64). Lui donne-t-il un conseil ou un ordre ?
2. De quelle langue vient le mot « wigwam » ? Trouvez un autre mot français qui a la même origine.
3. Cherchez dans un dictionnaire l'étymologie de l'adjectif « mélancolique ». Donnez le sens médical du mot « mélancolie ». Quel en est le sens courant ? Trouvez des synonymes. Quel terme anglais est utilisé par le poète Baudelaire pour exprimer le même sentiment ?

Clefs d'analyse

Chapitres VI-VII

Genre ou thème

1. Le cadre dans lequel se situe le récit joue un rôle essentiel. Montrez que le Devonshire présente deux aspects opposés.
2. Quels sont les sentiments de sir Henry et de Watson devant ce paysage ? Expliquez pourquoi ils sont opposés.
3. Le château de Baskerville est à la fois accueillant et hostile. Montrez-le.
4. Stapleton connaît bien la lande. Qu'apprend-il à Watson sur les bourbiers de Grimpen ? sur les pierres disposées en cercle ?

Écriture

1. Faites la description subjective, en une vingtaine de lignes, d'un lieu qui vous inspire la peur, ou d'un lieu qui fait naître en vous un sentiment de bonheur. Votre texte sera à la première personne.

Pour aller plus loin

1. Faites des recherches sur le Devonshire. Situez-le sur une carte. Quel est le paysage de ce comté ? La présentation qu'en fait Watson vous semble-t-elle conforme à la réalité ?
2. Recherchez une représentation d'un château anglais ou écossais qui pourrait vous faire penser à celui de Baskerville. Expliquez votre choix.
3. Faites des recherches sur le butor. Où trouve-t-on cet oiseau ? À quoi ressemble son cri ? La réponse apportée par Stapleton pour expliquer le mugissement entendu dans la lande vous semble-t-elle plausible ?

✱ À retenir

La description permet au lecteur de se représenter le cadre de l'action. L'accumulation de détails crée un effet de réel. La description est souvent subjective, c'est-à-dire qu'elle est faite à travers le regard d'un personnage qui exprime ses sentiments. Watson décrit ainsi le paysage tel qu'il le perçoit de la voiture et peint toute la mélancolie qui se dégage de lande.

Chapitre VIII

VIII

Premier rapport du docteur Watson

J'ai sous les yeux, éparses sur ma table, les lettres que j'écrivais à Sherlock Holmes au fur et à mesure que se déroulèrent les événements. Une page manque ; mais, sauf cette lacune, elles sont l'expression exacte de la vérité. De plus, elles montrent mes impressions et mes craintes d'alors plus fidèlement que ne pourrait le faire ma mémoire, quelque ineffaçable souvenir qu'elle ait gardé de ces heures tragiques.

Je vais donc reproduire ces lettres afin de relater les faits selon leur enchaînement.

Château de Baskerville, 13 octobre.

« Mon cher Holmes,

« Mes dépêches et mes lettres précédentes vous ont à peu près tenu au courant de tout ce qui s'est passé jusqu'à ce jour dans ce coin du monde, certainement oublié de Dieu. Plus on vit ici, plus l'influence de la lande pénètre l'âme du sentiment de son immensité, mais aussi de son charme effrayant. Dès qu'on a foulé ce sol, on perd la notion de l'Angleterre moderne. On heurte à chaque pas les vestiges laissés par les hommes des temps préhistoriques. Où qu'on dirige sa promenade, on rencontre les demeures de cette race éteinte, ses tombeaux et les énormes monolithes[1] qui marquent, à ce que l'on suppose, l'emplacement de ses temples. Si celui qui examine ces huttes de pierres grisâtres adossées au flanc raviné des collines apercevait un homme, la barbe et les cheveux incultes[2], le corps recouvert d'une peau de bête, sortant de l'une d'elles et assujettissant[3] sur la corde de son arc une flèche terminée par un silex aigu, celui-là se croirait transporté à un autre

---

1. **Monolithes :** grands blocs de pierre.
2. **Incultes :** hirsutes, pas coiffés.
3. **Assujettissant :** fixant.

Le Chien des Baskerville

âge et jurerait que la présence en ces lieux de cet être, depuis longtemps disparu, est plus naturelle que la sienne propre. On se demande avec stupeur comment des êtres humains ont pu vivre en aussi grand nombre sur cette terre toujours réputée stérile. Je ne connais rien des choses de l'antiquité, mais je présume qu'il a existé des races pacifiques et opprimées qui ont dû se contenter des territoires dédaignés par les autres peuples plus conquérants. Tout ceci est étranger à la mission que vous m'avez confiée et n'intéressera que médiocrement votre esprit si merveilleusement pratique. Je me rappelle encore votre superbe indifférence à propos du mouvement terrestre. Que vous importe celui des deux, de la terre ou du soleil, qui tourne autour de l'autre !

Je reviens aux faits concernant sir Henry Baskerville.

Depuis ces derniers jours, je ne vous ai adressé aucun rapport, parce que, jusqu'à cette heure, je n'avais rien de marquant à vous signaler. Mais il vient de se produire un fait important que je dois vous raconter. Néanmoins, avant de le faire, je veux vous présenter certains facteurs du problème que nous avons à résoudre. L'un d'entre eux est ce prisonnier évadé, errant sur la lande, et dont je vous ai succinctement entretenu. Il y a toutes sortes de bonnes raisons de croire qu'il a quitté le pays – pour la plus grande tranquillité des habitants du district. Une semaine s'est écoulée depuis son évasion et on ne l'a pas plus vu qu'on n'a entendu parler de lui. Il serait inconcevable qu'il eût pu tenir la lande pendant tout ce temps. Certes, quelques-unes de ces huttes de pierre lui auraient aisément servi de cachette ; mais de quoi se serait-il nourri dans ce pays où, à moins de tuer les moutons qui paissent l'herbe rase des collines, il n'y a rien à manger ? Nous pensons donc qu'il s'est enfui, et les hôtes des fermes écartées goûtent de nouveau un paisible sommeil. Ici, nous sommes quatre hommes capables de nous défendre ; il n'en est pas de même chez les Stapleton et j'avoue qu'en pensant à leur isolement, je me sens inquiet pour eux. Le frère, la sœur, un vieux serviteur et une domestique vivent éloignés de tout secours. Ils se trouveraient sans défense, si un gaillard décidé à tout, comme ce criminel de Notting Hill, parvenait à s'introduire dans leur maison. Sir Henry et moi, nous préoccupant de cette situation, nous avions décidé que Perkins, le cocher, irait

Chapitre VIII

coucher chez Stapleton ; mais ce dernier s'y est opposé. Notre ami le baronnet témoigne un intérêt considérable à notre jolie voisine. Cela n'a rien d'étonnant, dans cette contrée déserte où les heures pèsent si lourdement sur un homme aussi actif que sir Henry... Puis miss Béryl Stapleton est bien attirante ! Il y a en elle quelque chose d'exotique, de tropical, qui forme un singulier contraste avec son frère, si froid, si impassible. Cependant Stapleton évoque l'idée de ces feux qui couvent sous les cendres. Il exerce une très réelle influence sur sa sœur, car j'ai remarqué qu'en parlant elle cherchait constamment son regard pour y lire une approbation. L'éclat métallique des prunelles de cet homme et ses lèvres minces, d'un dessin si ferme, dénotent une nature autoritaire. Vous le trouveriez digne de toute votre attention. L'après-midi du jour où j'avais rencontré Stapleton, il vint à Baskerville, et, le lendemain matin, il nous conduisit à l'endroit où l'on suppose que se passèrent, d'après la légende, les faits relatifs à ce misérable Hugo Baskerville. Nous marchâmes pendant quelques milles sur la lande jusqu'à un site tellement sinistre d'aspect, qu'il n'en fallait pas davantage pour accréditer[1] cette légende. Une étroite vallée, enserrée entre deux pics rocheux, conduisait à un espace gazonné sur lequel avaient poussé des fleurettes des champs. Au milieu, se dressaient deux grandes pierres usées et comme affilées à leurs extrémités, au point de ressembler aux monstrueuses canines d'un animal fabuleux. Rien dans ce décor ne détonnait avec la scène du drame de jadis.

Très intéressé, sir Henry demanda plusieurs fois à Stapleton s'il croyait véritablement aux interventions surnaturelles dans les affaires des hommes. Il parlait sur un ton badin, mais il était évident qu'il outrait[2] son langage. Stapleton se montra circonspect dans ses réponses ; mais il était non moins évident que, par égard pour l'état d'esprit du baronnet, il dissimulait une partie de sa pensée. Il nous cita le cas de plusieurs familles ayant souffert d'influences malignes[3], et il nous laissa sous l'impression qu'il partageait la croyance populaire en la matière. En revenant, nous

---

1. **Accréditer :** donner du crédit à, croire à.
2. **Outrait :** forçait, donnait plus de poids à.
3. **Malignes :** mauvaises, maléfiques.

nous arrêtâmes à Merripit House pour y déjeuner. Ce fut là que sir Henry fit la connaissance de miss Stapleton.

Dès cette première rencontre, la jeune fille me parut avoir profondément impressionné l'esprit de notre ami, et je me tromperais fort si ce sentiment ne fut pas réciproque.

Pendant que nous rentrions au château, le baronnet me parla sans cesse de notre voisine et, depuis lors, il ne s'est pas écoulé de jour que nous n'ayons vu quelqu'un, du frère ou de la sœur. Ils ont dîné hier ici et l'on a causé vaguement d'une visite que nous leur ferions la semaine prochaine. Vous comprenez qu'une semblable union ravirait Stapleton. Cependant, lorsque sir Henry devenait trop empressé auprès de la sœur, j'ai surpris maintes fois dans les yeux du frère un regard non équivoque de désapprobation. Il doit être partagé entre l'affection qu'il a pour elle et la crainte de l'existence solitaire qu'il mènerait après son départ. Toutefois, ce serait le comble de l'égoïsme que de s'opposer à un aussi brillant mariage. J'ai la conviction que Stapleton ne souhaite pas que cette intimité se change en amour, et j'ai souvent remarqué qu'il se donnait beaucoup de mal pour empêcher leurs tête-à-tête. Soit dit en passant, la recommandation que vous m'avez faite de ne jamais laisser sir Henry sortir seul deviendrait bien difficile à suivre, si une intrigue d'amour venait s'ajouter à nos autres embarras. Mes bons rapports avec sir Henry se ressentiraient certainement de l'exécution trop rigoureuse de vos ordres.

L'autre jour — mardi, pour préciser — le docteur Mortimer a déjeuné avec nous. Il avait pratiqué des fouilles dans un tumulus[1], à Long Down, et y avait trouvé un crâne de l'époque préhistorique qui l'avait rempli de joie. Je ne connais pas de maniaque qui lui soit comparable ! Les Stapleton arrivèrent peu après le docteur, et Mortimer, sur la demande de sir Henry, nous conduisit tous à l'allée des Ifs pour nous expliquer comment l'événement avait dû se produire, la fatale nuit. Quelle lugubre promenade que cette allée des Ifs ! Imaginez un chemin bordé de chaque côté par la muraille épaisse et sombre d'une haie taillée aux ciseaux avec, à droite et à gauche, une étroite bande de gazon. L'extrémité de l'allée oppo-

---

1. **Tumulus :** tas de terre ou de pierres recouvrant des sépultures ou des ruines.

Chapitre VIII

sée au château aboutit à une serre à moitié démolie. Au milieu de cette allée, une porte s'ouvre sur la lande. C'est à cet endroit que, par deux fois, sir Charles a secoué les cendres de son cigare. Cette porte, de bois peint en blanc, ne ferme qu'au loquet. Au-delà s'étend l'immensité de la lande.

Je me souviens de votre théorie sur l'affaire et j'essayai de reconstituer la scène. Tandis que le vieux gentilhomme s'était arrêté, il avait vu arriver du dehors quelque chose qui le terrifia tellement qu'il en perdit l'esprit et qu'il courut, qu'il courut, jusqu'à ce qu'il tombât foudroyé par la peur et par l'épuisement. Voilà le long couloir de verdure par lequel il a fui. Que fuyait-il ? Un chien de berger ? ou bien un chien noir, silencieux, monstrueux, fantastique ? S'agissait-il, au contraire, d'un guet-apens qui ne relevait en rien de l'ordre surnaturel ? Le pâle et vigilant Barrymore en savait-il plus long qu'il ne voulait en dire ? Tout cela était vague, sombre – plus sombre surtout à cause du crime que je soupçonnais.

Depuis ma dernière lettre, j'ai fait la connaissance d'un autre voisin, M. Frankland, de Lafter Hall, qui habite à quatre milles de nous, vers le sud. C'est un homme âgé, rouge de teint, blanc de cheveux et colérique[1]. La législation anglaise le passionne et il a dissipé en procès une grande fortune. Il plaide pour le seul plaisir de plaider. On le trouve toujours disposé à soutenir l'une ou l'autre face d'une question ; aussi ne doit-on pas s'étonner que cet amusement lui ait coûté fort cher. Un jour, il supprime un droit de passage et défie la commune de l'obliger à le rétablir. Le lendemain, il démolit de ses propres mains la clôture d'un voisin et déclare la servitude[2] prescrite depuis un temps immémorial, défiant cette fois le propriétaire de le poursuivre pour violation de propriété. Il est ferré[3] sur les droits seigneuriaux et communaux[4] et il applique ses connaissances juridiques, tantôt en faveur des paysans de Fenworthy et tantôt contre eux, de telle sorte que,

---

1. **Colérique :** coléreux, irritable.
2. **Servitude :** contrainte qui pèse sur un terrain (droit d'accès, de passage).
3. **Il est ferré :** il connaît bien.
4. **Droits seigneuriaux et communaux :** droits des seigneurs ou des communes qui définissent le droit de passage sur les terres.

Le Chien des Baskerville

périodiquement et selon sa plus récente interprétation de la loi, on le porte en triomphe dans le village ou on l'y brûle en effigie[1]. On prétend qu'il soutient en ce moment sept procès, ce qui absorbera probablement le restant de sa fortune et lui enlèvera toute envie de plaider dans l'avenir. Cette bizarrerie de caractère mise à part, je le crois un bon et brave homme, et je ne vous en parle que pour satisfaire votre désir de connaître tous ceux qui nous entourent. Pour l'instant, il a une autre marotte[2]. En sa qualité d'astronome amateur, il possède un excellent télescope qu'il a installé sur son toit et à l'aide duquel il passe son temps à interroger la lande, afin de découvrir le prisonnier échappé de Princetown. S'il employait seulement son activité à ce but louable, tout serait pour le mieux, mais la rumeur publique fait circuler le bruit qu'il a l'intention de poursuivre le docteur Mortimer pour avoir ouvert un tombeau sans l'autorisation des parents du défunt – il s'agit du crâne de l'âge néolithique retiré du tumulus de Long Down. En un mot, il rompt la monotonie de notre existence et apporte une note gaie dans ce milieu, qui en a réellement besoin.

Maintenant que je vous ai entretenu du prisonnier évadé, des Stapleton, du docteur Mortimer, de Frankland, laissez-moi finir par un fait très important : il concerne les Barrymore. Vous vous souvenez du télégramme envoyé de Londres pour nous assurer que Barrymore se trouvait bien ici. Je vous ai déjà informé que le témoignage du directeur de la poste de Grimpen n'était concluant ni dans un sens ni dans l'autre. Je dis à sir Henry ce qu'il en était. Immédiatement il appela Barrymore et lui demanda s'il avait reçu lui-même le télégramme. Barrymore répondit affirmativement.

"Le petit télégraphiste vous l'a-t-il remis en main propre ?" interrogea sir Henry.

Barrymore parut étonné et réfléchit quelques instants :

"Non, fit-il ; j'étais au grenier à ce moment-là ; ma femme me l'y a monté.

– Est-ce vous qui avez envoyé la réponse ?

– Non. J'ai dit à ma femme ce qu'il fallait répondre et elle est redescendue pour écrire."

---

1. **On l'y brûle en effigie :** on y brûle son portrait.
2. **Marotte :** idée fixe, manie.

Chapitre VIII

Dans la soirée, le valet de chambre revint de lui-même sur ce sujet :

"Je cherche vraiment, sir Henry, à comprendre l'objet de vos questions, dit-il. J'espère qu'elles ne tendent pas à établir que j'aie fait quoi que ce soit pour perdre votre confiance."

Sir Henry affirma qu'il n'en était rien. Il acheva de le tranquilliser en lui donnant presque toute son ancienne garde-robe.

Mme Barrymore m'intéresse au plus haut degré. C'est une femme un peu corpulente, bornée, excessivement respectable et de mœurs puritaines[1]. Vous imagineriez difficilement une nature plus glaciale. Je vous ai raconté comment je l'entendis sangloter, la nuit de mon arrivée au château. Depuis, j'ai surpris maintes fois des traces de larmes sur son visage. Quelque profond chagrin lui ronge le cœur. Est-ce le souvenir d'une faute qui la hante ? Ou bien Barrymore jouerait-il les tyrans domestiques ? J'ai toujours pressenti qu'il y avait quelque chose d'anormal et de louche dans les manières de cet homme. L'aventure de la nuit dernière a fortifié mes soupçons. Et cependant elle semble de bien petite importance par elle-même ! Vous savez si, en temps ordinaire, mon sommeil est léger... Il est plus léger encore, depuis que vous m'avez placé de garde auprès de sir Henry. Or, la nuit dernière, vers deux heures du matin, je fus réveillé par un bruit de pas glissant furtivement[2] dans le corridor. Je me levai et j'ouvris ma porte pour risquer un œil. Une ombre noire allongée – celle d'un homme tenant une bougie à la main – traînait sur le tapis. L'homme était en bras de chemise et pieds nus. Je ne voyais que les contours de son ombre ; mais, à ses dimensions, je reconnus qu'elle ne pouvait appartenir qu'à Barrymore. Il marchait lentement, avec précaution. Il y avait dans son allure quelque chose d'indéfinissable – de criminel et de craintif à la fois. Je vous ai écrit que le balcon qui court autour du hall coupe en deux le corridor et que ce dernier se prolonge à droite et à gauche jusqu'à chaque extrémité du château. J'attendis que Barrymore eût disparu, puis je le suivis. Lorsque j'arrivai au tournant du balcon, il avait atteint le fond du corridor et, à une clarté qui passait par l'entrebâillement d'une porte, je vis qu'il était

---

1. **Puritaines :** rigoureuses, strictes.
2. **Furtivement :** discrètement.

Le Chien des Baskerville

entré dans une chambre. Toutes ces chambres sont nues et inoccupées ; son expédition n'en devenait que plus incompréhensible pour moi. En étouffant le bruit de mes pas, je me glissai le long du passage et j'avançai ma tête par l'ouverture de la porte. Barrymore était blotti dans le coin de la fenêtre, sa bougie tout près de la vitre. Son profil, à demi tourné vers moi, me permit de constater l'expression d'attente impatiente peinte sur son visage, tandis qu'il scrutait les ténèbres de la lande. Pendant quelques minutes, son regard eut une fixité étonnante. Puis il poussa un profond soupir, et, avec un geste de mauvaise humeur, il éteignit sa bougie. Toujours aussi furtivement, je regagnai ma chambre et, bientôt après, j'entendis Barrymore retourner également chez lui. Une heure s'écoula. Alors je perçus vaguement, dans un demi-sommeil, le grincement d'une clef dans une serrure ; mais je ne pus distinguer d'où venait ce bruit. Comment deviner ce que cela signifie ? Il se passe certainement dans cette maison des choses mystérieuses que nous finirons bien par découvrir, un jour ou l'autre. Je ne vous importunerai pas de mes théories, puisque vous ne réclamez de moi que des faits. Mais, ce matin, j'ai eu une longue conversation avec sir Henry, et nous avons dressé un plan de campagne basé sur ma découverte de la nuit précédente.Je ne vous en entretiendrai pas aujourd'hui ; il fera l'objet de mon prochain rapport, dont la lecture ne manquera pas de vous intéresser. »

IX

Deuxième rapport du docteur Watson
La lumière sur la lande

Baskerville, 15 octobre.

« Mon cher Holmes,

« Si, pendant quelques jours, je vous ai laissé sans nouvelles, vous conviendrez que je répare aujourd'hui le temps perdu. Les événements se précipitent autour de nous.

Dans mon dernier rapport, je terminais en vous narrant la promenade nocturne de Barrymore. Aujourd'hui, voici une abondante moisson de renseignements qui vous surprendront grandement — ou bien je me tromperais fort. Les choses ont pris une tournure que je ne pouvais prévoir. Pendant les quarante-huit heures qui viennent de s'écouler, il est survenu quelques éclaircissements qui, si j'ose m'exprimer ainsi, ont, d'un autre côté, rendu la situation plus compliquée. Je vais tout vous conter ; vous jugerez vous-même.

Le lendemain de mon aventure, j'allai examiner avant le déjeuner la chambre dans laquelle Barrymore avait pénétré la nuit précédente. Je remarquai que la fenêtre par laquelle notre homme regardait si attentivement la lande avait une particularité, celle de donner le plus près sur la campagne. Par une échappée ménagée entre deux rangées d'arbres, une personne placée dans la situation occupée par le valet de chambre pouvait découvrir un assez vaste horizon, alors que, des autres croisées, elle n'en aurait aperçu qu'un coin très restreint. Il résultait de cette constatation que Barrymore avait choisi cette fenêtre dans le dessein de voir quelque chose ou quelqu'un sur la lande. Mais, comme la nuit était obscure, on ne pouvait supposer qu'il eût l'intention de voir

Le Chien des Baskerville

quelqu'un. Je pensai tout d'abord à une intrigue d'amour. Cela expliquait et ses pas furtifs et les pleurs de sa femme. Barrymore est un fort beau garçon, bien fait pour séduire une fille de la campagne. Cette supposition paraissait donc très vraisemblable. De plus, la porte, ouverte après mon retour dans ma chambre, indiquait qu'il était sorti pour courir à quelque rendez-vous clandestin. Le lendemain matin, je raisonnais donc ainsi et je vous communique l'orientation de mes soupçons, bien que la suite ait prouvé combien peu ils étaient fondés. La conduite de Barrymore pouvait s'expliquer le plus naturellement du monde ; cependant je ne crus pas devoir taire ma découverte à sir Henry. J'eus un entretien avec le baronnet et je lui fis part de tout ce que j'avais vu.

"Je savais que Barrymore se promenait toutes les nuits, me dit-il, et je voulais le questionner à ce sujet. Deux ou trois fois, à la même heure que vous, je l'ai entendu aller et venir dans le corridor.

— Peut-être va-t-il toutes les nuits à cette fenêtre, insinuai-je.

— Peut-être. Guettons-le ; nous aurons vite appris la raison de ces promenades. Je me demande ce que ferait votre ami Holmes, s'il se trouvait ici.

— Il s'arrêterait certainement au parti que vous proposez, répondis-je ; il suivrait Barrymore.

— Alors, nous le suivrons aussi.

— Ne nous entendra-t-il pas ?

— Non ; il est un peu sourd... En tout cas, il faut que nous tentions l'aventure. Cette nuit, nous veillerons dans ma chambre et nous attendrons qu'il ait passé."

Sir Henry se frottait les mains de plaisir. Évidemment, il se réjouissait de cette perspective qui apportait un changement dans la monotonie de son existence.

Le baronnet s'est mis en rapport avec l'architecte qui avait dressé pour sir Charles les plans de la réfection[1] du château. Il a traité avec un entrepreneur de Londres, et les réparations vont bientôt commencer.

Il a commandé des décorateurs et des tapissiers de Plymouth et, sans nul doute, notre jeune ami ne veut rien négliger pour

---

1. **Réfection :** reconstruction, réparation.

Chapitre IX

tenir l'ancien rang de sa famille. Lorsque la maison sera réparée et remeublée, il n'y manquera plus que la présence d'une femme.

Entre nous, il existe des indices caractéristiques de la prompte exécution de ce projet – pour peu que la dame y consente. En effet, j'ai rarement rencontré un homme plus emballé sur une femme que ne l'est sir Henry sur notre belle voisine, miss Stapleton. Cependant je crains bien que leur voyage sur le fleuve du Tendre[1] ne soit très mouvementé. Aujourd'hui, par exemple, la surface de l'onde chère aux amoureux a été ridée par un coup de vent inattendu, qui a causé un vif mécompte[2] à notre ami. Lorsque notre conversation sur Barrymore eut pris fin, sir Henry mit son chapeau et se disposa à sortir. Naturellement, j'en fis autant.

"Où allez-vous, Watson ? me demanda-t-il en me regardant avec curiosité.

– Cela dépend... Devez-vous traverser la lande ?

– Oui.

– Alors vous connaissez mes instructions. Je regrette de vous importuner de ma personne, mais vous n'ignorez pas que Holmes m'a recommandé avec instance de ne pas vous perdre de vue, surtout quand vous iriez sur la lande."

Sir Henry posa en riant sa main sur mon épaule.

"Mon cher ami, fit-il, malgré toute sa perspicacité, Holmes n'a pas prévu certaines choses qui se sont passées depuis mon arrivée ici. Vous me comprenez ?... Je jurerais bien que vous êtes le dernier homme qui consentirait à jouer auprès de moi le rôle de trouble-fête. Il faut que je sorte seul."

Ces paroles me plaçaient dans une situation embarrassante. Je ne savais trop que dire ni que faire et, avant que mon irrésolution cessât, sir Henry avait enlevé sa canne du portemanteau et s'était éloigné. À la réflexion, ma conscience me reprocha amèrement de n'avoir pas exigé, sous un prétexte quelconque, que le baronnet me gardât auprès de lui. Je me représentais la posture[3] que j'aurais vis-à-vis de vous, si je retournais à Baker Street vous avouer que ma désobéissance à vos ordres avait causé un malheur. Je vous

---

1. **Le fleuve du Tendre :** le fleuve de l'amour.
2. **Mécompte :** déception.
3. **Posture :** position.

Le Chien des Baskerville

assure qu'à cette pensée, le sang me brûla les joues. Je me dis que je pouvais encore rattraper mon promeneur et je partis immédiatement dans la direction de Merripit House. Je courus de toute la vitesse de mes jambes jusqu'au point où la route bifurque[1] sur la lande. Sir Henry demeurait invisible. Alors, craignant d'avoir suivi une mauvaise direction, j'escaladai une colline — celle que l'on avait exploitée comme carrière de granite — du haut de laquelle ma vue embrassait presque tout le pays. Immédiatement, j'aperçus le baronnet à cinq cents mètres devant moi. Il s'était engagé dans le petit sentier. Une femme, qui ne pouvait être que miss Stapleton, marchait à côté de lui. Certainement un accord existait déjà entre eux et je surprenais un rendez-vous convenu. Ils allaient, lentement, absorbés par leur conversation. Je vis miss Stapleton faire de rapides mouvements avec sa main, comme pour souligner ce qu'elle disait, tandis que sir Henry l'écoutait attentivement et secouait parfois négativement la tête. Je me dissimulai derrière un rocher, curieux de voir comment tout cela finirait. Me jeter au travers de leur entretien, c'eût été commettre une impertinence dont je me sentais incapable. Mais, d'autre part, ma consigne m'ordonnait de marcher dans les pas de sir Henry. Espionner un ami est un acte odieux. Cependant je me résolus à l'observer du haut de ma cachette et à lui confesser plus tard ma faute. J'étais certain qu'il conviendrait avec moi de la difficulté de ma situation et qu'il approuverait le parti que j'avais pris, bien que, si un danger soudain l'eût menacé, je me fusse trouvé trop éloigné pour le secourir promptement. Sir Henry et sa compagne, perdus dans leur absorbante conversation, s'étaient arrêtés au milieu du sentier. Tout à coup j'eus la sensation de n'être pas le seul témoin de leur entrevue. Quelque chose de vert, flottant dans l'air, attira mon attention. Un nouveau regard me montra ce quelque chose fixé à l'extrémité d'un bâton porté par un homme qui enjambait les quartiers de roches. Je reconnus Stapleton et son filet. La distance qui le séparait du couple était moins grande que celle qui m'en séparait moi-même, et il paraissait se diriger du côté des deux jeunes gens. À ce moment, sir Henry attira miss Stapleton vers lui. Il avait passé son bras autour de la taille de Béryl, qui se recula, en détournant

---

1. **Bifurque :** se divise en deux directions.

Chapitre IX

son visage. Il se pencha vers elle ; mais elle étendit la main pour se protéger. Une seconde après, je les vis s'éloigner précipitamment l'un de l'autre et faire demi-tour. Stapleton avait provoqué cette brusque séparation. Il accourait au-devant d'eux, son ridicule filet se balançant sur son épaule. Il gesticulait comme un possédé et sa surexcitation était telle qu'il dansait presque en face des amoureux. Je ne pouvais imaginer ce qui se passait. Toutefois, je crus deviner que Stapleton gourmandait[1] sir Henry ; que ce dernier présentait des explications et que sa colère croissait à mesure que l'autre refusait de les accepter. La dame gardait un silence hautain. Finalement Stapleton tourna sur ses talons et fit de la main un signe péremptoire[2] à sa sœur. Celle-ci, après un regard plein d'hésitation adressé à sir Henry, se décida à marcher aux côtés de son frère. Les gestes de colère du naturaliste indiquaient que la jeune fille n'échappait pas à son mécontentement. Après les avoir considérés l'un et l'autre pendant l'espace d'une minute, le baronnet, la tête basse et l'air abattu, reprit lentement le chemin par lequel il était venu. Je ne pouvais deviner ce que tout cela signifiait, mais je me sentais honteux d'avoir assisté à cette scène, à l'insu de mon ami. Je dégringolai vivement la colline pour aller à la rencontre de sir Henry. Son visage était pourpre de colère et ses sourcils froncés, comme ceux d'un homme poussé à bout.

« Allô ! Watson, d'où sortez-vous ? me dit-il. J'aime à croire que vous ne m'avez pas suivi ? »

Je lui expliquai tout : comment j'avais jugé impossible de le laisser s'engager seul sur la lande et comment j'avais assisté à ce qui venait d'arriver. Pendant un moment, ses yeux flambèrent ; mais ma franchise le désarma et il eut un triste sourire.

"On aurait pensé, reprit-il, que cette solitude offrirait un abri sûr !... Ah ! oui, tout le pays semble s'y être réuni pour me voir faire ma cour – et quelle misérable cour ! Où aviez-vous loué un fauteuil ?

– Sur la colline.

– Au dernier rang ! Son frère, à elle, était assis aux premières loges !... L'avez-vous aperçu s'approcher de nous ?

---

1. **Gourmandait :** faisait des reproches.
2. **Péremptoire :** auquel il n'est pas possible de répliquer.

Le Chien des Baskerville

— Oui.
— Aviez-vous jamais remarqué qu'il fût toqué ?
— Non.
— Moi non plus. Jusqu'à ce jour, je le jugeais sain d'esprit... Mais, à cette heure, je vous affirme que l'un de nous deux mérite une camisole de force[1]. À propos de quoi en a-t-il après moi ?... Voilà déjà plusieurs semaines, Watson, que nous vivons côte à côte... Parlez-moi franchement... Y a-t-il un empêchement à ce que je sois un bon mari pour une femme que j'aimerais ?
— Je n'en vois pas.
— Stapleton ne peut arguer[2] de ma situation mondaine... C'est donc ma personne qu'il méprise !... Qu'a-t-il contre moi ? Je n'ai jamais fait de tort à personne, que je sache ! Et cependant il ne m'autorise pas à toucher le bout des doigts de sa sœur.
— Non ?
— Si, et bien plus encore. Écoutez, Watson... Je ne connais miss Stapleton que depuis quelques semaines, mais, le jour où je l'ai rencontrée pour la première fois, j'ai senti que Dieu l'avait faite pour moi — et elle pareillement. Elle était heureuse de se trouver près de moi, je le jurerais ! Il passe dans les yeux des femmes des lueurs qui sont plus éloquentes[3] que des paroles... Son frère ne nous permettait pas de rester seuls ensemble et, aujourd'hui seulement, j'ai saisi l'occasion de causer avec elle sans témoins. Notre rencontre l'a comblée de joie... mais ce n'était pas d'amour qu'elle désirait m'entretenir, et, si elle avait pu m'en empêcher, elle n'aurait pas souffert que je lui en eusse parlé. Elle a commencé à insister sur le danger que je cours ici et sur l'inquiétude dans laquelle elle vivrait, si je ne quittais pas Baskerville. Je lui ai répondu que, depuis que je la connaissais, je n'étais plus pressé de partir et que, si réellement elle souhaitait mon départ, le meilleur moyen d'en venir à ses fins était de s'arranger pour m'accompagner. Je lui proposai de l'épouser, mais, avant qu'elle eût pu me répondre, son espèce de frère arrivait sur nous avec des façons d'énergumène[4].

---

1. **Camisole de force :** chemise avec des liens qui empêchent tout mouvement.
2. **Arguer :** avancer comme argument, prendre pour prétexte.
3. **Éloquentes :** révélatrices.
4. **Énergumène :** individu agité, comme possédé par le diable.

Chapitre IX

Ses joues blêmissaient de rage et, dans ses yeux, de sinistres éclairs de folie s'allumaient. Que faisais-je avec madame ?... Comment avais-je l'audace de lui rendre des hommages qui lui étaient odieux ?... Mon titre de baronnet autorisait-il donc une conduite aussi cavalière[1] ? Si Stapleton n'avait pas été le frère de Béryl, j'aurais mieux su que lui répondre. En tout cas, je lui ai dit quels sentiments m'inspirait sa sœur et que j'espérais qu'elle me ferait l'honneur de devenir ma femme. Au lieu de se calmer, ce discours l'irrita encore davantage. À mon tour, je m'emportai et je ripostai un peu plus aigrement[2] que je ne l'aurais dû, Béryl étant présente à notre altercation[3]. Leur départ précipité a terminé cette scène pénible et vous voyez en moi l'homme le plus bouleversé de tout le comté."

Je risquai une ou deux explications ; mais j'étais en réalité tout aussi troublé que sir Henry. Le titre de notre ami, sa fortune, son âge, ses manières, son physique, tout militait en sa faveur. On ne pouvait rien lui reprocher — rien que le fatal destin qui s'acharnait sur sa famille. Pourquoi repousser brusquement ses avances, sans même prendre l'avis de la personne qui en était l'objet ? Et pourquoi miss Stapleton avait-elle obéi à son frère, sans protester autrement que par son effarement ? Dans l'après-midi, une visite du naturaliste fit cesser nos conjectures. Il venait s'excuser de sa conduite grossière. Après un long entretien avec sir Henry, dans le cabinet de ce dernier, tout malentendu fut dissipé, et l'on convint que, pour fêter cette réconciliation, nous irions dîner le vendredi suivant à Merripit House.

"Cette démarche de Stapleton ne modifie pas mon appréciation sur lui, me dit sir Henry... Je le considère toujours comme un peu toqué... Je ne puis oublier l'expression de son regard, quand il courut sur moi ce matin. Cependant je dois reconnaître qu'il s'est excusé de fort bonne grâce.

— Vous a-t-il donné une explication de sa conduite ?

— Oui. Il prétend qu'il a reporté sur sa sœur toutes ses affections. Cela est très naturel et je me réjouis de ces sentiments

---

1. **Cavalière :** insolente.
2. **Aigrement :** avec amertume.
3. **Altercation :** dispute.

Le Chien des Baskerville

à son égard... Il m'a dit qu'ils avaient toujours vécu ensemble, menant une existence de cénobites[1], et que la pensée de la perdre lui était intolérable. Il a ensuite ajouté qu'il ne s'était pas tout d'abord aperçu de mon attachement pour miss Stapleton, mais que, lorsqu'il avait vu de ses propres yeux l'impression produite sur moi par sa sœur et qu'il avait compris qu'un jour viendrait peut-être où il serait forcé de se séparer d'elle, il avait ressenti un tel choc que, pendant une minute, il ne fut plus conscient de ses paroles ou de ses actes. Il se confondit en excuses et reconnut de quelle folie et de quel égoïsme il se rendait coupable, en voulant retenir éternellement autour de lui une aussi belle personne que sa sœur. Il conclut en convenant que, si elle devait le quitter, il valait mieux que ce fût pour épouser un voisin tel que moi.

— Vraiment ?

— Il s'appesantit sur la rudesse du coup et sur le temps qu'il lui faudrait pour s'y accoutumer. Il s'engagea à ne plus s'opposer à mes projets, si je lui promettais de n'en plus parler de trois mois et si, pendant ce temps, je me contentais de l'amitié de miss Béryl, sans lui demander son amour. Je promis tout ce qu'il désirait et cela clôtura le débat."

Voilà donc un de nos petits mystères éclairci. Nous savons maintenant pourquoi Stapleton regardait avec défaveur l'amoureux de sa sœur — même lorsque cet amoureux est un parti aussi enviable que sir Henry. Passons maintenant à un autre fil que j'ai débrouillé dans cet écheveau pourtant si emmêlé. Je veux parler des gémissements nocturnes, du visage éploré de Mme Barrymore et des pérégrinations[2] clandestines de son mari. Félicitez-moi, mon cher Holmes... Dites-moi que je n'ai pas déçu l'espoir que vous aviez placé dans mes qualités de détective, et que vous ne regrettez pas le témoignage de confiance dont vous m'avez honoré en m'envoyant ici. Il ne m'a fallu qu'une nuit pour tirer tout cela au clair ! En disant une nuit, j'exagère. Deux nuits m'ont été nécessaires, car, la première, nous avons fait chou blanc[3]. Nous étions restés dans la chambre de sir Henry à fumer des cigarettes jusqu'à trois

---

1. **Cénobites :** moines (dont l'existence est retirée du monde).
2. **Pérégrinations :** déplacements.
3. **Nous avons fait chou blanc :** nous avons abouti à un échec.

Chapitre IX

heures du matin. Sauf le carillon de l'horloge du hall, aucun bruit ne frappa nos oreilles. Ce fut une veillée peu réjouissante, qui se termina par notre assoupissement dans les bras de nos fauteuils respectifs. Nous ne nous décourageâmes pas pour cela, et nous convînmes de recommencer. La nuit suivante, nous baissâmes la lampe et, la cigarette aux lèvres, nous nous tînmes cois[1]. Ah ! combien les heures s'écoulèrent lentement ! Cependant nous avions pour nous soutenir l'ardeur du chasseur qui surveille le piège dans lequel il espère voir tomber la bête de chasse. Une heure sonna... puis deux heures. Pour la seconde fois, nous allions nous séparer bredouilles, lorsque d'un même mouvement nous nous levâmes de nos sièges. Un pas glissait furtivement le long du corridor. Quand il se fut évanoui dans le lointain, le baronnet, très doucement, ouvrit la porte et nous sortîmes de la chambre. Notre homme avait déjà dépassé le balcon du hall. Le corridor était plongé dans les ténèbres. Nous le parcourûmes jusqu'à l'autre aile du château. Nous arrivâmes assez tôt pour apercevoir la silhouette d'un homme barbu, de haute taille, qui marchait sur la pointe des pieds, en courbant les épaules. Il poussa la même porte que l'avant-veille. La lueur de la bougie en dessina lumineusement l'encadrement et piqua d'un rayon de clarté jaune l'obscurité du corridor. Avec des précautions infinies, nous nous dirigeâmes de ce côté, tâtant du pied chaque lame du parquet avant de lui confier le poids de notre corps. Nous avions au préalable enlevé nos bottines ; mais le plancher vermoulu[2] fléchissait et criait sous nos pas. Parfois il nous semblait impossible que Barrymore ne nous entendît pas. Fort heureusement, il est sourd, et la préoccupation de ne pas faire de bruit l'absorbait entièrement. Nous atteignîmes enfin la porte derrière laquelle il avait disparu et nous jetâmes un coup d'œil dans la chambre. Barrymore, une bougie à la main, était presque collé contre la fenêtre et regardait attentivement à travers les carreaux – dans la même position que les nuits précédentes. Nous n'étions convenus de rien. Mais le caractère résolu du baronnet le porta naturellement à aller droit au but. Il pénétra dans la chambre. Au bruit, Barrymore se retira vivement de la

---

1. **Cois :** tranquilles et silencieux.
2. **Vermoulu :** se dit d'un bois rongé par les vers et donc en très mauvais état.

Le Chien des Baskerville

fenêtre et nous apparut, tremblant, livide, haletant. Ses yeux noirs, rendus plus brillants par la pâleur exsangue[1] de sa face, avaient, en nous regardant, sir Henry et moi, une expression d'étonnement et d'effroi.

"Que faites-vous là, Barrymore ? demanda le baronnet.

— Rien, monsieur."

Sa frayeur était si grande qu'il pouvait à peine parler, et le tremblement de sa main agitait à tel point la bougie que les ombres dansaient sur la muraille.

"C'est la fenêtre, reprit-il... Je fais une ronde, toutes les nuits, pour m'assurer qu'elles sont bien fermées.

— Au second étage ?

— Oui, monsieur... toutes les fenêtres.

— Écoutez-moi, Barrymore ! dit sir Henry sévèrement. Nous sommes décidés à vous arracher la vérité... Cela vous évitera des ennuis dans l'avenir. Allons, pas de mensonges ! Que faisiez-vous à cette fenêtre ?"

Le pauvre diable nous adressa un regard désespéré et croisa ses mains dans un geste de muette supplication.

"Je ne faisais rien de mal, monsieur... Je tenais une bougie contre cette fenêtre.

— Dans quel but ?

— Ne me le demandez pas, sir Henry !... ne me le demandez pas !... Je vous jure que ce secret ne m'appartient pas et que je ne puis vous le dire. S'il n'intéressait que moi seul, je vous le confierais sans hésiter."

Une pensée soudaine me traversa l'esprit et je pris la bougie des mains tremblantes du valet de chambre.

"Ce doit être un signal, dis-je au baronnet. Voyons si l'on y répondra."

J'imitai la manœuvre de Barrymore et, regardant au-dehors, j'essayai de percer les ténèbres de la nuit. De gros nuages voilaient la lune. Je distinguai vaguement la ligne sombre formée par la cime des arbres, et, au-delà, une vaste étendue plus éclairée : la lande. Tout à coup un cri de joie m'échappa. Un point lumineux avait surgi dans le lointain.

---

1. **Exsangue :** où le sang ne circule plus, donc sans couleur.

Chapitre IX

"Le voilà ! m'écriai-je.

— Non, monsieur... Non, ce n'est rien ! répliqua le valet de chambre... Je vous assure...

— Promenez votre bougie devant la fenêtre, Watson, me dit le baronnet. Tenez, l'autre lumière remue également. Maintenant, coquin, nierez-vous que c'était un signal ? Parlez ! Quel est là-bas votre complice et contre qui conspirez-vous ?"

Le visage de Barrymore exprima aussitôt une défiance manifeste :

"C'est mon affaire et non la vôtre !... Vous ne saurez rien !...

— Alors quittez mon service... immédiatement !

— Très bien, monsieur.

— Je vous chasse ! Vous devriez être honteux de votre conduite... Votre famille a vécu pendant plusieurs siècles sous le même toit que la mienne et je vous trouve mêlé à quelque complot tramé contre moi !...

— Non, monsieur... non, pas contre vous", fit une voix de femme.

Nous nous retournâmes, et, sur le seuil de la chambre, nous aperçûmes Mme Barrymore, plus pâle et plus terrifiée que son mari. Enveloppée dans un châle, en jupons, cet accoutrement l'aurait rendue grotesque, n'avait été l'intensité des sentiments imprimés sur son visage.

"Il nous faut partir, Élisa, lui dit Barrymore. C'en est fait... Prépare nos paquets.

— Oh ! Jean, Jean, répondit-elle, je suis la cause de ton renvoi... Il n'y a que moi seule de coupable !... Il n'a fait que ce que je lui ai demandé...

— Parlez, alors ! commanda sir Henry. Que voulez-vous dire ?

— Mon malheureux frère meurt de faim sur la lande. Nous ne pouvons le laisser périr si près de nous... Au moyen de cette bougie, nous lui annonçons que nous lui avons préparé des vivres, et la lueur que vous avez aperçue là-bas nous indique l'endroit où nous devons les lui apporter.

— Votre frère est ?...

— Le prisonnier évadé de Princetown... Selden l'assassin.

— Voilà la vérité, monsieur, fit Barrymore. Je vous ai dit que ce secret ne m'appartenait pas et qu'il m'était impossible de vous l'ap-

Le Chien des Baskerville

prendre. Vous le connaissez maintenant, et vous voyez que, s'il y a un complot, il n'est pas dirigé contre vous."

Ainsi se trouvent expliqués les expéditions nocturnes de Barrymore et les échanges de signaux entre le château et la lande. Sir Henry et moi, nous regardions avec stupéfaction Mme Barrymore. Cette personne d'aspect si respectable était donc du même sang que l'un des plus célèbres criminels de l'Angleterre ?

"Oui, monsieur, reprit-elle, je m'appelle Selden, et il est mon frère. Nous l'avons trop gâté dans son enfance... Il a fini par croire que le monde n'avait été créé que pour son plaisir et qu'il était libre d'y faire ce que bon lui semblait ... Devenu grand, il fréquenta de mauvais compagnons, et le chagrin causé par son inconduite hâta la mort de notre pauvre mère. De crime en crime, il descendit toujours plus bas, et il ne dut qu'à la miséricorde divine d'échapper à l'échafaud. Mais pour moi, mon bon monsieur, il est toujours resté le petit enfant aux cheveux bouclés que j'avais soigné, avec lequel j'avais joué autrefois, en sœur aînée aimante et dévouée. Il connaît ces sentiments, et c'est ce qui l'a déterminé à s'évader de prison. Il est venu me retrouver, certain d'avance que je ne refuserais pas de l'aider. Une nuit, il arriva ici, exténué de fatigue et de faim, traqué par la police ; que devions-nous faire ? Nous le recueillîmes, nous le nourrîmes et nous prîmes soin de lui. Lorsqu'on annonça votre venue ici, mon frère pensa qu'il serait plus en sûreté sur la lande que partout ailleurs. Il attend dans sa cachette que l'oubli se fasse autour de son nom. Toutes les deux nuits, nous plaçons une bougie devant la fenêtre pour nous assurer de sa présence ; s'il nous répond par le même signal, mon mari va lui porter des vivres. Nous espérons toujours qu'il pourra fuir ; mais tant qu'il sera là, nous ne l'abandonnerons pas. Voilà, monsieur, aussi vrai que je suis une honnête femme, la vérité tout entière. Vous conviendrez que, si quelqu'un mérite un blâme ce n'est pas mon mari, mais moi seule, pour l'amour de qui il a tout fait."

Mme Barrymore parlait avec un air de sincérité qui entraînait la conviction.

"Est-ce vrai, Barrymore ? demanda le baronnet.
– Oui, sir Henry... absolument.

Chapitre IX

— Je ne puis vous blâmer d'avoir assisté votre femme. Oubliez ce que j'ai dit. Rentrez chez vous ; nous causerons de tout cela demain matin."

Lorsque les deux époux furent sortis, nous regardâmes encore par la fenêtre. Sir Henry l'avait ouverte toute grande. Le vent glacial de la nuit nous cinglait le visage. Au loin, le point lumineux brillait toujours.

"Je me demande comment Selden ose allumer cette bougie, dit sir Henry.

— Peut-être la dispose-t-il de façon à ne la rendre visible que du château.

— Très vraisemblablement. À combien évaluez-vous la distance qui nous sépare d'elle ?

— Heu ! Elle doit être près du Cleft-Tor.

— À un mille ou deux ?

— À peine.

— C'est juste... Puisque Barrymore doit y porter des provisions, elle ne peut se trouver à une trop grande distance... Et dire que ce misérable attend à côté de sa bougie ! Vraiment, Watson, j'ai envie de sortir et d'arrêter cet homme !"

Un désir semblable avait traversé mon esprit. Je ne l'aurais certainement pas eu, si les Barrymore s'étaient spontanément confiés à nous. Mais nous avions dû leur arracher leur secret. Et puis cet homme ne constituait-il pas un danger permanent pour la société ? N'était-il pas un scélérat endurci, indigne de pitié ? En somme, nous ne faisions que notre devoir en essayant de le replonger dans le cachot où il serait inoffensif. Si nous n'exécutions pas ce projet, qui sait si d'autres ne payeraient pas de leur vie le prix de notre indifférence !... Qui sait, par exemple, si, quelque nuit, il ne s'attaquerait pas à nos voisins, les Stapleton ! Je soupçonne sir Henry d'avoir obéi à cette pensée, en se montrant si décidé à tenter cette aventure.

"Je vous accompagne, lui dis-je.

— Alors prenez votre revolver et chaussez vos bottines. Plus tôt nous partirons, mieux cela vaudra... le drôle n'aurait qu'à souffler sa bougie et qu'à filer..."

Le Chien des Baskerville

Cinq minutes plus tard, nous étions dehors, en route pour notre expédition. Nous marchions à travers les taillis, au milieu du triste sifflement du vent d'automne et du bruissement des feuilles mortes. L'air de la nuit était chargé d'humidité et la terre dégageait l'âcre[1] senteur des plantes en décomposition. De temps en temps, la lune pointait entre deux nuages ; mais bientôt les nuées se rejoignaient et recouvraient toute la surface du ciel. Au moment où nous mettions le pied sur la lande, une pluie menue commença à tomber. Devant nous, la lueur jaune brillait toujours.

"Êtes-vous armé ? dis-je tout bas à sir Henry.

— J'ai un fusil de chasse à répétition.

— Il faudra surprendre Selden et nous emparer de lui, avant qu'il soit en état de nous résister, repris-je ; il paraît que c'est un garçon déterminé.

— Dites donc, Watson, que penserait M. Sherlock Holmes de nous voir ainsi sur la lande, à l'heure où l'esprit du mal chemine ?"

Comme en réponse à ces paroles, il s'éleva dans la vaste solitude de la lande ce cri étrange que j'avais déjà entendu sur les bords de la grande fondrière de Grimpen. Porté par le vent dans le silence de la nuit, arriva jusqu'à nous ce long murmure, bientôt suivi d'un hurlement sonore et terminé par une sorte de lugubre gémissement. Il retentit à plusieurs reprises, strident, sauvage, menaçant, ébranlant l'atmosphère entière. Le baronnet me saisit le bras et, malgré l'obscurité, je le vis blêmir.

"Mon Dieu ! Watson, qu'y a-t-il ?

— Je l'ignore. C'est un bruit de la lande... Je l'ai déjà entendu une fois."

Le cri ne se renouvela pas et un silence de mort s'abattit sur nous. Nous prêtâmes attentivement l'oreille, mais en vain.

"Watson, me dit le baronnet, c'était le hurlement d'un chien."

Mon sang se glaça dans mes veines. Pendant que sir Henry parlait, un tremblement secouait sa voix et montrait toute la soudaine terreur qui s'était emparée de lui.

"Comment appellent-ils ce bruit ? ajouta-t-il.

— Qui : ils ?

— Les gens du pays.

---

1. **Âcre :** piquante, irritante.

Chapitre IX

— Ce sont des paysans ignorants... Que vous importe le nom par lequel ils le désignent.
— Dites-le-moi toujours, Watson ?"
J'hésitai. Cependant, je ne pus éluder la question.
"Ils prétendent que c'est le hurlement du chien des Baskerville."
Sir Henry soupira et resta un moment silencieux.
"Un chien, soit ! fit-il enfin. En tout cas, il me semble que le son venait de là-bas, à plusieurs milles de distance.
— Il est difficile d'en indiquer la direction.
— Il s'élevait et diminuait selon le vent. N'est-ce pas du côté de la grande fondrière de Grimpen ?
— Oui.
— Ne croyez-vous pas aussi que c'était un hurlement de chien ? Je ne suis plus un enfant... N'appréhendez pas de me dire la vérité.
— Lorsque je l'entendis pour la première fois, Stapleton m'accompagnait. Il m'affirma que ce pouvait être l'appel d'un oiseau de passage.
— Non, non... c'était bien un chien... Mon Dieu ! y aurait-il quelque chose de vrai dans toutes ces histoires ? Suis-je réellement menacé d'un danger de provenance mystérieuse ? Vous ne croyez pas, n'est-ce pas, Watson ?
— Non... certainement non.
— Autre chose est de plaisanter de cela, à Londres, ou d'entendre un cri pareil, ici, sur la lande... Et mon oncle ? N'a-t-on pas remarqué près de son cadavre l'empreinte d'une patte de chien ? Tout cela se tient. Je ne me crois pas poltron, Watson ; mais ce bruit a figé mon sang. Tâtez mes mains !
— Il n'y paraîtra plus demain, dis-je à sir Henry en manière d'encouragement.
— J'ai peur de ne pouvoir chasser ce cri de ma pensée... Que conseillez-vous de faire maintenant ?
— Retournons au château.
— Jamais de la vie ! Nous sommes venus pour arrêter Selden, nous l'arrêterons. Le prisonnier nous aura à ses trousses, et nous, un chien-fantôme aux nôtres !... En avant ! Nous verrons bien si le diable a lâché sur la lande tous les démons de l'enfer."

Le Chien des Baskerville

Toujours guidés par la petite lueur qui scintillait devant nous, nous reprîmes notre marche, en trébuchant à chaque pas dans les broussailles. Par une nuit noire comme une gueule de four, on se trompe facilement dans l'évaluation de la distance à laquelle on croit apercevoir une lumière. Elle nous paraissait parfois très éloignée, tandis qu'à certains moments nous l'aurions crue seulement à quelques mètres de nous. Nous la découvrîmes enfin. En la collant avec sa propre cire, on avait fiché une bougie dans une crevasse de rochers. Cette précaution avait le double avantage de la préserver du vent et de ne la rendre visible que du château. Un bloc de granite dissimulait notre présence. Accroupis derrière cet abri, nous avançâmes la tête pour examiner ce phare minuscule. Cette simple bougie, brûlant au milieu de la lande sans autre signe de vie autour d'elle, était un bizarre spectacle.

"Que faire ? murmura sir Henry à mon oreille.

— Attendre, répondis-je sur le même ton. Notre homme doit se tenir à proximité de sa lumière. Tâchons de l'apercevoir."

À peine avais-je achevé ces mots que mon désir fut réalisé. Sur les rochers qui surplombaient la crevasse où brûlait la bougie, se profilait la silhouette d'un homme dont la figure bestiale décelait toutes les plus basses passions. Souillé de boue, avec sa barbe inculte et ses longs cheveux emmêlés, on aurait pu le prendre pour un de ces êtres primitifs, ensevelis depuis des siècles dans les sarcophages de la montagne. La clarté de la bougie montait jusqu'à lui et se jouait dans ses yeux, petits, astucieux, qui scrutaient fiévreusement à droite et à gauche l'épaisseur des ténèbres, comme ceux d'une bête sauvage qui a éventé[1] la présence des chasseurs. Quelque chose avait évidemment éveillé ses soupçons. Peut-être avions-nous omis un signal convenu entre Barrymore et lui. Ou bien le drôle avait-il des raisons de croire qu'un danger le menaçait... Toujours est-il que je lisais ses craintes sur son horrible visage.

À chaque instant il pouvait sortir du cercle lumineux qui l'entourait et disparaître dans la nuit. Je bondis en avant suivi de sir Henry. Au même moment, le prisonnier proféra un épouvantable blasphème et fit rouler sur nous un quartier de roche, qui se

---

1. **Éventé :** découvert.

Chapitre IX

brisa sur le bloc de granite derrière lequel nous nous abritions. Pendant l'espace d'un éclair, je le vis très distinctement, tandis qu'il se levait pour fuir ; il était de petite taille, trapu et très solidement charpenté. Par un heureux hasard, la lune vint à déchirer son voile de nuages. Nous escaladâmes le monticule. Parvenus au sommet, nous distinguâmes Selden qui en descendait précipitamment la pente escarpée, en faisant voler les cailloux de tous côtés, tel un chamois. J'aurais pu l'abattre d'un coup de revolver ; mais je n'avais emporté cette arme que pour me défendre en cas d'attaque, et non pas pour tirer sur un fuyard sans défense. Nous étions, sir Henry et moi, d'excellents coureurs parfaitement entraînés. Seulement nous nous rendîmes bien vite compte que nous ne rattraperions pas notre homme. Longtemps, à la clarté de la lune, nous le suivîmes jusqu'à ce qu'il ne fût plus qu'un point imperceptible, glissant rapidement à travers les rochers qui hérissaient une colline éloignée. Nous courûmes jusqu'à perte d'haleine ; mais l'espace entre lui et nous s'élargissait de plus en plus. Finalement nous nous arrêtâmes, exténués, pour nous asseoir et le regarder disparaître au loin. Ce fut à ce moment que survint la chose du monde la plus extraordinaire et la plus inattendue. Nous venions de nous relever, et nous nous disposions à reprendre le chemin du château, abandonnant cette inutile poursuite. Vers notre droite, la lune s'abaissait sur l'horizon. Déjà la cime d'un pic avait mordu la partie inférieure de son disque argenté. Alors, là, sur ce pic, se dessina, noir comme une statue d'ébène sur ce fond éclatant de lumière, le profil d'un homme. Ne croyez pas, mon cher Holmes, que j'aie été le jouet d'une illusion. Je vous assure que, de ma vie, je n'ai rien vu de plus distinct. Autant qu'il m'a été possible d'en juger, cet homme m'a paru grand et mince. Il se tenait debout, les jambes un peu écartées, les bras croisés, la tête basse, dans l'attitude de quelqu'un méditant sur l'immensité qui se déroule devant lui. On aurait pu le prendre pour le génie de ce terrible lieu. Ce n'était pas Selden, car cet homme se trouvait très loin de l'endroit où le prisonnier avait disparu à nos yeux. D'ailleurs, il paraissait beaucoup plus grand que le frère de Mme Barrymore. J'étouffai un cri de surprise, et j'allais le montrer au baronnet, lorsqu'il s'éclipsa pendant le temps que je me mis à saisir le bras de mon ami. La crête de la colline avait entamé plus profondément le disque de la lune ; mais, sur le pic, il ne restait plus de trace de cette muette apparition. Je voulus me diriger de ce côté et fouiller cette partie de la lande ; j'y renonçai, elle était trop distante de nous. Les nerfs du baronnet vibraient encore sous le cri qui lui rappelait la sombre histoire de sa famille. Je ne le sentais pas d'humeur à tenter de nouvelles aventures. Sir Henry n'avait pas vu l'homme du pic ; il ne pouvait partager le frisson que son étrange présence et sa majestueuse attitude avaient fait passer dans tout mon être.

« Quelque sentinelle ! dit-il,... depuis l'évasion de Selden, la lande en est couverte. »

Malgré la vraisemblance de cette explication, je ne suis pas convaincu. J'irai aux preuves. Aujourd'hui nous écrivons au directeur de la prison de Princetown pour lui indiquer les parages où se cache le contumace[1]. Mais quel malheur que nous n'ayons pu nous emparer de lui et le ramener triomphalement à son cachot ! Telles sont, mon cher Holmes, les aventures de la dernière nuit. Vous ne vous plaindrez pas de l'étendue de mon rapport. Certes, il contient force détails qui ne touchent que de très loin à l'affaire. Toutefois, il me semble qu'il vaut mieux que vous soyez tenu au courant de tout ; vous trierez vous-même les renseignements utiles qui vous aideront à asseoir votre opinion. Avouez que nous avons fait quelques pas en avant. En ce qui concerne les Barrymore, nous avons découvert le mobile de leurs actions et, de ce côté, le terrain est déblayé. Seule la lande, avec ses mystères et ses étranges habitants, demeure toujours plus insondable que jamais. Peut-être, dans ma prochaine lettre, pourrai-je vous fournir quelques éclaircissements sur ce qui s'y passe. Le mieux serait que vous vinssiez au plus tôt, En tout cas, vous recevrez d'autres nouvelles sous peu de jours. »

---

1. **Contumace :** accusé qui s'est soustrait par la fuite aux recherches de la justice et auquel on fait son procès sans qu'il ait comparu.

X

Extraits du journal de Watson

Jusqu'ici j'ai cité certains passages des rapports que j'adressais presque journellement à Sherlock Holmes. Aujourd'hui, j'en suis arrivé à un point de mon récit où je me vois forcé d'abandonner ce procédé et d'avoir recours à mes souvenirs personnels, aidé en cela par le journal que j'ai tenu à cette époque. Quelques extraits me remettront en mémoire les détails de ces scènes fixées dans mon esprit d'une manière indélébile[1].

Je reprends donc au matin qui suivit notre vaine[2] poursuite de Selden et nos autres aventures sur la lande.

« 16 octobre. – Journée triste, brumeuse ; il bruine presque sans relâche. D'épais nuages enveloppent le château ; parfois ils se déchirent et laissent entrevoir les ondulations de la lande striée[3] de minces filets d'argent, ruisselets occasionnellement créés par la pluie dévalant sur le flanc raviné des collines. Tout est mélancolie – au-dehors comme au-dedans. Le baronnet subit maintenant le contre-coup des émotions trop vives de la nuit précédente. Moi-même, je me sens oppressé. Il me semble qu'un péril nous menace – péril sans cesse présent et d'autant plus terrible que je ne puis le préciser.

N'ai-je pas raison de craindre ? Cette longue série d'incidents ne dénote-t-elle pas une influence maligne s'exerçant autour de nous ? C'est d'abord la fin tragique du dernier commensal[4] du château de Baskerville qui meurt de la même mort que son ancêtre Hugo. Puis viennent les affirmations des paysans relatives à la présence sur la lande d'un animal extraordinaire. N'ai-je pas entendu deux fois, de mes propres oreilles, un bruit qui ressemblait à l'aboiement lointain d'un chien ? Mais il est incroyable, inadmis-

---

1. **Indélébile :** qui ne peut pas s'effacer.
2. **Vaine :** qui n'a abouti à rien.
3. **Striée :** marquée de rayures.
4. **Commensal :** hôte.

Le Chien des Baskerville

sible, que ce bruit soit dû à une cause surnaturelle. Comment un chien-fantôme marquerait-il sur le sol l'empreinte de ses pas et remplirait-il l'air de ses hurlements ?

Stapleton peut avoir de ces superstitions ; Mortimer également. Mais moi ? Je me flatte[1] de posséder une qualité inappréciable : le sens commun — et rien ne me fera croire à de pareilles absurdités. Ma crédulité me rabaisserait au niveau de ces paysans ignares[2] qui ne se contentent pas d'affirmer l'existence d'un animal fantastique, mais qui le dépeignent comme lançant du feu par la gueule et par les yeux. Holmes n'ajouterait aucune foi à ces inventions — et je suis son agent[3]. Mais, d'autre part, les faits sont les faits, et, à deux reprises différentes, j'ai entendu ces cris sur la lande.

Supposons pour un instant qu'un animal prodigieux, d'une espèce inconnue, erre la nuit dans la campagne. Sa présence ne suffirait-elle pas à tout expliquer ? Alors, où ce chien se cacherait-il ? Où prendrait-il sa nourriture ? D'où viendrait-il et pourquoi ne l'aurait-on jamais aperçu à la clarté du jour ? On doit avouer qu'une explication naturelle de ces faits offre presque autant de difficulté que l'admission[4] d'une intervention surnaturelle. En dehors du chien, il reste toujours le fait matériel de l'homme aperçu dans le cab et de la lettre qui mettait sir Henry en garde contre les dangers de la lande. Cela, au moins, appartient bien au domaine de la réalité ; mais ce peut être l'œuvre d'un ami aussi bien que celle d'un ennemi.

À cette heure, où se trouvait cet ami ou cet ennemi ? N'a-t-il pas quitté Londres ou nous a-t-il accompagnés jusqu'ici ? Serait-ce... Oui, serait-ce l'inconnu que j'ai entrevu sur le pic ? Je reconnais que je ne l'ai vu que l'espace d'une minute, et cependant je suis prêt à jurer certaines choses le concernant. D'abord, il ne ressemble à aucune des personnes que j'ai rencontrées dans le pays, et je connais maintenant tous nos voisins. Cet homme était plus grand que Stapleton et plus mince que Frankland. Il se rapprocherait davantage de l'aspect de Barrymore. Mais le valet de chambre

---

1. **Je me flatte :** je me félicite.
2. **Ignares :** ignorants.
3. **Son agent :** son représentant.
4. **L'admission :** le fait d'admettre, d'accepter.

Chapitre X

était resté au château, derrière nous, et je suis sûr qu'il ne pouvait nous avoir suivis. Alors un inconnu nous espionne ici, de même qu'un inconnu nous espionnait à Londres. Si je mets jamais la main sur cet homme, nous toucherons au terme[1] de nos embarras. Tous mes efforts vont tendre vers ce seul but.

Mon premier mouvement fut de confier mes projets à sir Henry. Mon second – beaucoup plus sage – me poussa à jouer la partie tout seul et à parler le moins possible de ce que je comptais entreprendre. Le baronnet est préoccupé. Ce bruit perçu sur la lande a ébranlé ses nerfs. Je ne viendrai pas augmenter ses angoisses ; mais je vais prendre toutes mes mesures pour réussir.

Ce matin, il s'est passé au château une petite scène qui mérite d'être racontée. Barrymore demanda à sir Henry la faveur d'un entretien. Ils allèrent s'enfermer quelque temps dans la bibliothèque. Je demeurai dans la salle de billard d'où j'entendis plusieurs fois un bruit de voix montées à un diapason assez aigu. Je me doutais bien de ce qui faisait l'objet de leur discussion. Enfin, le baronnet ouvrit la porte et m'appela :

"Barrymore, me dit-il, estime qu'il a un grief[2] contre nous. Il pense qu'il était peu délicat de notre part de nous mettre à la recherche de son beau-frère, alors qu'il nous avait parlé en confidence de sa présence sur la lande."

Le valet de chambre se tenait devant nous, très pâle, mais aussi très calme.

"Peut-être, répondit-il, ai-je eu le tort de m'emporter... S'il en est ainsi, veuillez me pardonner, sir Henry. Tout de même j'ai été fort surpris d'apprendre ce matin que vous aviez donné la chasse à Selden. Le pauvre garçon a déjà bien assez de monde à ses trousses, sans que j'en grossisse le nombre par mon fait[3].

– Si vous aviez parlé spontanément, reprit le baronnet, la chose serait toute différente. Mais vous n'êtes entré – ou mieux votre femme n'est entrée dans la voie des aveux, que contrainte par nous et lorsqu'il vous était difficile à tous deux de faire autrement.

---

1. **Nous toucherons au terme :** nous parviendrons à la fin.
2. **Grief :** reproche.
3. **Par mon fait :** à cause de ce que j'ai fait, par ma faute.

Le Chien des Baskerville

— Je ne m'attendais pas, sir Henry, à ce que vous vous soyez prévalus[1] de notre confiance... non, je ne m'y attendais pas !

— Cet homme constitue un danger public. Il existe, disséminées sur la lande, des maisons isolées... et c'est un misérable que rien n'arrêterait. Il n'y a qu'à le regarder pour s'en convaincre. Prenez, par exemple, l'intérieur de M. Stapleton... Le naturaliste est l'unique défenseur de son foyer. Non, la sécurité ne règnera dans les environs que lorsque Selden sera bel et bien sous les verrous.

— Selden ne s'introduira dans aucune maison, monsieur, je vous en donne solennellement ma parole d'honneur. D'ailleurs, il débarrassera bientôt le pays de sa présence. Je vous assure, sir Henry, qu'avant peu de jours toutes les démarches seront terminées pour qu'il s'embarque à destination de l'Amérique du Sud. Au nom du ciel, je vous supplie de ne pas le dénoncer à la justice... On a renoncé à le rechercher ; qu'il vive, tranquille, les quelques jours qui le séparent encore de son départ ! Appeler de nouveau sur lui l'attention de la police, c'est nous causer de graves ennuis, à ma femme et à moi.... Je vous en prie, monsieur, ne dites rien.

— Quel est votre avis, Watson ?" me demanda sir Henry.

Je haussai les épaules :

"S'il allait se faire pendre ailleurs, répondis-je, ce serait une charge de moins pour les contribuables[2].

— Oui ; mais en attendant, comment l'empêcher de commettre des méfaits ? répliqua mon jeune ami.

— Ne craignez pas cela de lui, insista Barrymore. nous lui avons procuré tout ce dont il pouvait avoir besoin. Et puis, commettre un crime équivaudrait à révéler l'endroit où il se cache.

— C'est vrai, convint sir Henry... Soit ! Barrymore; nous ne dirons rien.

— Dieu vous bénisse, monsieur, et je vous remercie du fond du cœur. Si l'on avait repris son frère ma pauvre femme en serait morte."

Le baronnet parut regretter aussitôt sa promesse, car, en s'adressant à moi, il reprit :

---

1. **Vous vous soyez prévalus :** vous ayez tiré avantage (du verbe prévaloir).
2. **Contribuables :** personnes qui paient un impôt.

Chapitre X

"En somme, nous protégeons et nous encourageons un criminel... Enfin, après les paroles de Barrymore, je ne me sens plus le courage de livrer cet homme... Allons, ne parlons plus de cela... Vous pouvez vous retirer."

Avec toutes sortes de protestations de gratitude, le domestique se disposait à sortir. Tout à coup il hésita et revint sur ses pas.

"Vous vous êtes montré si bon pour moi, dit-il en s'adressant à sir Henry, que je tiens à vous en témoigner ma reconnaissance. Je sais une chose que j'aurais déjà racontée, si je ne l'avais apprise postérieurement à la clôture de l'enquête. Je n'en ai encore soufflé mot à personne... C'est à propos de la mort de ce pauvre sir Charles."

À ces mots, nous nous dressâmes, le baronnet et moi.

"Savez-vous comment il est mort ?

— Non, monsieur ; il ne s'agit pas de cela.

— De quoi, alors ?

— De la raison pour laquelle sir Charles se trouvait à la porte de la lande. Il attendait une femme.

— Il attendait une femme ! Lui ?

— Oui, monsieur.

— Le nom de cette femme ?

— J'ignore son nom, mais je puis vous donner ses initiales.

— Quelles sont-elles ?

— L. L.

— Comment les connaissez-vous ?

— Voici. Le matin de sa mort, votre oncle avait reçu une lettre. Il en recevait journellement un grand nombre... Il avait le cœur généreux et tous ceux qui se trouvaient dans le besoin ne manquaient pas de s'adresser à lui. Par extraordinaire, ce matin-là, le courrier n'apporta qu'une lettre... Je la remarquai davantage... Elle venait de Coombe Tracey... Une femme en avait écrit la suscription[1].

— Après ?

— Je n'y pensai plus, et, sans ma femme, je ne m'en serais certainement plus souvenu. Seulement, il y a quelques jours, en nettoyant le cabinet de sir Charles – on n'y avait pas touché depuis le

---

1. **Suscription :** adresse.

Le Chien des Baskerville

jour de sa mort –, Élisa trouva au fond de la cheminée les cendres d'une lettre qu'on avait brûlée. Auparavant on l'avait déchirée en menus morceaux. Cependant, sur une petite bande de papier – une fin de page – on pouvait encore lire l'écriture qui se détachait en gris sur le vélin[1] calciné. Il nous sembla que c'était un post-scriptum. Nous lûmes : 'Je vous en prie, je vous en supplie, vous êtes un homme d'honneur, brûlez cette lettre et venez ce soir, à dix heures, à la porte de la lande.' On avait signé des deux initiales L. L.

— Avez-vous conservé cette bande de papier ?

— Non, monsieur ; dès que nous la touchâmes, elle tomba en poussière.

— Sir Charles avait-il reçu d'autres lettres de cette même écriture ?

— Je ne prenais pas garde à ses lettres. Je n'aurais prêté aucune attention à celle-là, si d'autres l'avaient accompagnée.

— Vous ne soupçonnez pas qui peut être L. L. ?

— Non, monsieur… pas plus que vous-même. Je crois que si nous parvenions à percer l'anonymat de cette dame, nous en saurions plus long sur la mort de sir Charles.

— Je ne m'explique pas, Barrymore, pourquoi vous avez caché un détail de cette importance.

— Que voulez-vous, monsieur ?… Le malheur nous avait frappés, nous aussi… Selden, mon beau-frère !… Et puis nous aimions beaucoup sir Charles, il nous avait fait tant de bien !… Raconter ce détail n'aurait pas ressuscité notre pauvre maître ; nous nous sommes tus par égard pour lui… Dame ! il faut toujours se montrer prudent, lorsque la réputation d'une femme est en jeu. Le meilleur d'entre nous…

— En quoi la mémoire de mon oncle aurait-elle souffert ?

— En tout cas, je ne pensais pas que cette révélation dût la servir. Mais maintenant j'aurais mal reconnu votre bonté, si je ne vous avais pas dit tout ce que je savais sur ce sujet.

— Très bien, Barrymore ; vous pouvez vous retirer."

Lorsque le valet de chambre fut sorti, sir Henry se retourna vers moi.

---

1. **Vélin** : papier très blanc.

Chapitre X

"Eh bien, Watson, votre opinion sur ce fait nouveau ?
— Je crois qu'il plonge l'affaire dans des ténèbres plus épaisses qu'auparavant.
— C'est également mon avis. Ah ! si nous découvrions qui est cette L. L., tout se trouverait singulièrement éclairci. Nous avons fait néanmoins un grand pas. Nous savons qu'il existe une femme qui, si nous la retrouvons, devra nous expliquer ce nouvel incident. Quel est votre avis ?
— Communiquer d'abord ceci à Sherlock Holmes, nous tenons peut-être la clef du mystère qu'il cherche encore à cette heure."
Je montai dans ma chambre et je rédigeai immédiatement pour Sherlock Holmes la relation[1] de cette intéressante conversation. Mon ami devait être fort occupé à Londres, car les notes que je recevais de Baker Street étaient rares, courtes, sans commentaires sur les renseignements transmis par moi, et ne contenaient que de brèves recommandations au sujet de ma mission. Probablement, le cas de chantage soumis à Holmes absorbait tous ses instants. Cependant je pensai que ce nouveau facteur introduit dans l'affaire de Baskerville appellerait sûrement son attention et raviverait son intérêt. Je souhaitais du fond du cœur qu'il fût près de moi. »

« 17 octobre. — La pluie n'a cessé de tomber toute la journée, fouettant les vitres et les feuilles du lierre qui tapissse le château. Malgré moi, je songeais au prisonnier évadé qui errait sans abri sur la lande morne et glaciale. Le pauvre diable! Quels que soient ses crimes, il faut lui tenir compte de ce qu'il a souffert. Ce souvenir en évoque d'autres : celui de l'homme entrevu à travers la glace du cab et la silhouette qui se profila sur le ciel, au sommet du pic. Était-il également dehors, sous ce déluge, cet ami des ténèbres, ce veilleur inconnu ?
Vers le soir, je passai mon manteau en caoutchouc et je sortis sur la lande. La pluie me battait le visage ; le vent sifflait à mes oreilles. J'étais en proie aux plus sombres pensées. Que Dieu vienne en aide à ceux qui s'engagent à cette heure sur la fondrière de Grimpen, car la terre ferme n'est déjà plus qu'un immense marécage ! Je gravis le pic Noir, celui sur lequel j'avais aperçu le veilleur soli-

---

1. **Relation :** rapport, compte-rendu.

Le Chien des Baskerville

taire, et du haut de sa cime rocheuse, je contemplai à mon tour la plaine dénudée qui s'étendait à mes pieds. Les rafales de pluie s'écrasaient sur la surface rouge de la terre et les nuages, lourds, aux teintes d'ardoise, formaient comme de grises couronnes aux sommets des collines fantastiques. À gauche, dans un bas-fond à moitié caché par les embruns, les deux tourelles du château de Baskerville se dressaient au-dessus des arbres du parc. Elles représentaient, avec les huttes préhistoriques qui se pressaient sur le flanc des coteaux, les seuls indices de vie humaine que je pusse apercevoir. Je ne découvris aucune trace de l'homme entrevu, deux nuits auparavant, à l'endroit même où je me trouvais. En revenant à Baskerville par un petit sentier, je rencontrai Mortimer en dog-cart[1]. Le docteur s'était montré plein d'attentions pour nous. Il ne se passait pas de jour qu'il ne vînt au château s'informer de ce que nous devenions. Mortimer insista pour me faire monter dans sa voiture, il voulait me reconduire un bout de chemin. Il me fit part de la préoccupation que lui causait la perte de son caniche. Le chien s'était échappé sur la lande et, depuis lors, son maître ne l'avait plus revu. Je prodiguai à ce bon docteur toutes sortes de consolations, mais je revis dans mon esprit le cheval disparaissant dans la fondrière de Grimpen, et je me dis que notre ami ne retrouverait plus son fidèle compagnon.

"À propos, Mortimer, lui dis-je, tandis que la voiture nous cahotait, je présume que vous connaissez toutes les personnes qui habitent ici, dans un rayon de plusieurs milles.

— Vous avez raison.

— Dans ce cas, pourriez-vous m'apprendre quelle est la femme dont le nom et le prénom commencent tous les deux par la lettre L ?"

Le docteur réfléchit pendant un instant.

"Non, fit-il. Il existe bien quelques laboureurs et quelques bohémiens dont j'ignore le nom ; mais, parmi les femmes de bourgeois ou de fermiers, je n'en vois pas qui aient ces initiales. Attendez un peu ! reprit-il après une pause... Il y a Laura Lyons... ses initiales sont bien L. L. ;... seulement elle demeure à Coombe Tracey.

— Qui est-elle ? demandai-je.

---

1. **Dog-cart :** voiture à cheval.

Chapitre X

— C'est la fille de Frankland.
— Quoi ! de ce vieux toqué de Frankland ?
— Parfaitement, elle a épousé un artiste, nommé Lyons, qui venait prendre des croquis sur la lande. Il s'est conduit envers elle comme un goujat[1]... il l'a abandonnée. S'il faut en croire la rumeur publique, il n'avait pas tous les torts. Quant à Frankland, il ne veut plus entendre parler de sa fille, sous prétexte qu'elle s'est mariée malgré lui — et peut-être aussi pour deux ou trois autres raisons. En tout cas, abandonnée de son mari et de son père, la jeune femme n'a pas beaucoup d'agrément[2].
— De quoi vit-elle ?
— Je crois que Frankland lui envoie quelques subsides[3]... bien maigres probablement, car ses affaires sont peu prospères. Quels que soient les torts de Laura, on ne pouvait la laisser dans cette affreuse misère. Son histoire a transpiré, et plusieurs de nos amis ont fait leur possible pour l'aider à gagner honnêtement sa vie. Stapleton, sir Charles et moi-même, nous y avons contribué dans la mesure de nos moyens. Nous voulions la placer à la tête d'une entreprise de dactylographie[4]."

Mortimer essaya de connaître le pourquoi de ces questions. Je m'arrangeai de façon à satisfaire sa curiosité, sans toutefois lui en dire trop long, car je ne jugeais pas utile de lui confier mes projets. Je me promis d'aller le lendemain matin à Coombe Tracey. J'espérais que, si je parvenais à joindre cette Laura Lyons, de si équivoque[5] réputation, j'aurais fait un grand pas vers l'éclaircissement de tous ces mystères enchevêtrés les uns dans les autres. Au cours de ma conversation avec Mortimer, je dus user de l'astuce du serpent. À un moment, le docteur me pressa de questions embarrassantes ; je m'en tirai en lui demandant d'un air fort innocent à quelle catégorie appartenait le crâne de Frankland. À partir de cet instant, nous ne parlâmes plus que de phrénologie[6]. — Je ne

---

1. **Goujat :** homme sans usage, mufle.
2. **Agrément :** occupations qui plaisent, qui charment.
3. **Subsides :** subvention, ici, aide financière.
4. **Dactylographie :** métier qui consiste à saisir un texte sur un clavier de machine à écrire sans le regarder en utilisant ses dix doigts avec rapidité, fluidité et précision.
5. **Équivoque :** douteuse.
6. **Phrénologie :** étude du caractère par l'observation de la forme du crâne.

pouvais avoir passé inutilement de si longues années auprès de Sherlock Holmes ! À noter encore pour ce jour-là une conversation avec Barrymore, qui m'a fourni un atout que je compte bien jouer au moment opportun.

Nous avions retenu Mortimer à dîner. Le soir, le baronnet et lui se livrèrent à d'interminables parties d'écarté[1]. Barrymore m'avait servi le café dans la bibliothèque, et je profitai de ce que nous étions seuls pour lui poser quelques questions.

"Votre cher beau-frère est-il parti, lui dis-je, ou bien vagabonde-t-il toujours sur la lande ?

— Je l'ignore, monsieur. J'aime à croire que nous en sommes enfin débarrassés, car il ne nous a jamais procuré que des ennuis. Je lui ai porté des provisions pour la dernière fois, il y a trois jours ; depuis, il ne nous a pas donné signe de vie.

— Ce jour-là, l'avez-vous vu ?

— Non, monsieur. Mais, le lendemain, les provisions avaient disparu.

— Donc, il était encore là.

— Oui… à moins que ce ne soit l'autre qui les ait prises."

La tasse que je portais à mes lèvres s'arrêta à mi-chemin de son parcours et je regardai Barrymore avec étonnement.

"Vous saviez qu'un autre homme se cachait sur la lande !

— Oui, monsieur.

— L'avez-vous aperçu ?

— Non, monsieur.

— Alors comment l'avez-vous appris ?

— Selden m'en a parlé… cet homme se cache également ; mais, d'après ce que je suppose, ce n'est pas un convict[2]… Tout cela me semble louche, docteur Watson,… je vous le dis en vérité, cela me semble très louche."

Barrymore avait prononcé ces paroles avec un grand accent de sincérité.

"Écoutez-moi, répliquai-je. Je n'ai d'autre souci que l'intérêt de votre maître et ma présence à Baskerville n'a d'autre but que de

---

1. **Écarté :** jeu de cartes.
2. **Convict :** criminel condamné (en droit anglais).

Chapitre X

lui prêter mon concours. Dites-moi bien franchement ce qui vous paraît louche."

Barrymore hésita un instant ; regrettait-il déjà sa confidence et éprouvait-il de la difficulté à expliquer ses propres sentiments ? Enfin, il agita ses mains vers la fenêtre fouettée par la pluie, et, désignant la lande dans un geste de colère, il s'écria :

"Ce sont tous les potins[1] qui courent !... Il y a quelque anguille sous roche[2]... On prépare quelque scélératesse[3] ; ça, j'en jurerais ! Je ne me sentirai heureux que lorsque sir Henry sera reparti pour Londres.

— Quelle est la cause de vos alarmes ?

— Souvenez-vous de la mort de sir Charles !... Le juge d'instruction nous a dit qu'elle était singulière[4]... Rappelez-vous les bruits de la lande pendant la nuit ! Une fois le soleil couché, aucun homme, même à prix d'argent, n'oserait s'y aventurer... Et puis cet étranger qui se cache là-bas, guettant, attendant ! Qu'attend-il ? Que signifie tout cela ? Certainement rien de bon pour celui qui porte le nom de Baskerville. Je ne serai vraiment soulagé d'un grand poids que le jour où les nouveaux serviteurs de sir Henry prendront leur service au château.

— Parlons de cet inconnu, fis-je, en ramenant la conversation sur le seul sujet qui m'intéressât. Pouvez-vous m'apprendre quelque chose sur son compte ? Que vous a raconté Selden ? Sait-il pourquoi cet homme se cache ? Quelles sont ses intentions ?...

— Mon beau-frère l'a aperçu une ou deux fois ; mais, comme il est peu communicatif, il ne s'est pas montré prodigue de[5] renseignements. Tout d'abord Selden a cru que cet inconnu appartenait à la police ; mais, comme il cherchait également la solitude, mon beau-frère a vite reconnu son erreur. D'après ce que Selden a pu en juger, ce nouvel habitant de la lande aurait les allures d'un gentleman. Que fait-il là ?... Mon parent l'ignore.

— Où vit-il ?

---

1. **Potins :** rumeurs.
2. **Il y a quelque anguille sous roche :** quelque chose se passe que l'on est en train de dissimuler.
3. **Scélératesse :** action criminelle.
4. **Singulière :** étrange.
5. **Prodigue :** généreux en matière de.

Le Chien des Baskerville

— Sur le versant de la colline, au milieu de ces huttes de pierres habitées autrefois par nos ancêtres.

— Comment se procure-t-il de la nourriture ?

— Un jeune garçon prend soin de lui et lui apporte tout ce dont il a besoin. Selden croit que le gamin va s'approvisionner à Coombe Tracey.

— Fort bien, Barrymore, répondis-je. Nous reprendrons plus tard cette conversation."

Le valet de chambre sorti, je m'approchai de la fenêtre. Dehors, il faisait noir. À travers les vitres recouvertes de buée, je contemplai les nuages que le vent chassait dans le ciel et la cime des arbres qui se courbait sous la bourrasque. La nuit, déjà dure pour les gens calfeutrés[1] dans une maison confortable, devait être terrible pour ceux qui n'avaient d'autre abri sur la lande qu'une hutte de pierre ! Fallait-il qu'elle fût profonde, la haine qui poussait un homme à errer à une pareille heure et dans un tel endroit ! Seul un mobile bien puissant pouvait justifier une semblable séquestration[2] du monde ! Ainsi donc, dans une hutte de la lande, se trouvait la solution du problème que je brûlais du désir de résoudre. Je jurai que vingt-quatre heures ne s'écouleraient pas sans que j'eusse tenté tout ce qu'il est humainement possible de faire pour aller jusqu'au tréfonds[3] même de ce mystère. »

---

1. **Calfeutrés :** enfermés chez eux.
2. **Séquestration :** isolement.
3. **Aller jusqu'au tréfonds :** aller tout au fond.

Clefs d'analyse
Chapitres VIII-X

Action et personnages

1. Les chapitres VIII et IX suivent le fil de deux intrigues distinctes. Lesquelles ?
2. Quel suspect est mis hors de cause par le récit de Watson au chapitre VIII ? Pourquoi ?
3. En quoi les attitudes de Barrymore et de sa femme sont-elles énigmatiques ? Comment s'expliquent-elles ?
4. Barrimore apporte une nouvelle information à propos de la mort de sir Charles. Quelle est-elle ? Comment Watson en tire-t-il parti ?
5. L'histoire d'amour qui se noue entre sir Henry et mademoiselle Stapleton pose un problème de conscience à Watson. Lequel ? Comment réagit-il quand le baronnet part seul dans la lande ?
6. Le comportement de Stapleton est considéré par sir Henry et Watson comme celui d'un fou. À quelle occasion ?
7. Stapleton demande un délai de trois mois à sir Henry durant lesquels il pourra voir sa sœur en ami sans lui parler d'amour. Comment justifie-t-il sa demande ?

Langue

1. Décomposez le mot « invisible » (p. 116, l. 101) et donnez son sens exact. Trouvez trois autres mots construits avec les mêmes préfixes et suffixes.
2. Sir Henry parle de fauteuil « loué », de « dernier rang » et de « premières loges » (p. 117, l. 163-167). À quel lexique particulier appartiennent ces mots ? Quelle est la figure de style employée ? Pourquoi est-elle bien choisie ?
3. Quelle remarque pouvez-vous faire sur la phrase qui introduit le 16 octobre de l'agenda de Watson : « Journée triste, brumeuse ; il bruine presque sans relâche » (p. 131, l. 10-11) ?

Genre et thème

1. Le personnage narrateur, Watson, change sa manière de raconter l'histoire aux chapitres VIII et X. Comment le justifie-t-il ? À quels genres littéraires fait-il appel ?

Clefs d'analyse

Chapitres VIII-X

2. Retrouvez les procédés caractéristiques de l'écriture épistolaire dans les chapitres VIII et IX. Quel est l'intérêt pour le lecteur de présenter les événements de cette façon ?
3. Retrouvez les procédés de l'écriture du journal intime dans le chapitre X. Quel est l'intérêt pour le lecteur de présenter les événements de cette façon ?

Écriture

1. Des événements étranges ont lieu dans votre quartier. Vous menez l'enquête et résolvez l'énigme. Vous rendez compte des événements dans votre journal intime.
2. Watson assiste à l'entretien entre sir Henry et Stapleton. Il rapporte le dialogue en discours direct dans son agenda. Essayez d'imiter le style du narrateur-personnage.
3. À partir des deux lettres de Watson, Holmes fait des déductions et émet des hypothèses. Rapportez ses réflexions sous une forme que vous choisirez.

Pour aller plus loin

1. Faites des recherches sur le journal intime. Citez le titre d'un journal intime connu qui a été publié.
2. Certains romans sont écrits sous la forme d'un échange de lettres. Trouvez les titres de quelques romans, et les noms des auteurs.

> ### ✻ À retenir
> Le journal intime est une forme de l'écriture de soi. Il raconte plus ou moins quotidiennement les faits qui se sont déroulés dans la journée ou dans un passé proche. Le narrateur n'a pas le recul qu'il peut avoir dans une autobiographie. L'émotion de l'événement qu'il vient de vivre transparaît dans l'écriture. Le journal intime est le plus souvent destiné à soi-même.

# Chapitre XI

XI

L'homme du pic Noir

L'extrait de mon journal particulier qui forme le chapitre précédent m'a conduit jusqu'au 18 octobre, date à laquelle commença à se précipiter la conclusion de ces étranges événements. Tous les incidents des jours suivants sont gravés dans ma mémoire d'une façon indélébile, et je puis les conter par le menu sans recourir aux notes prises à cette époque.

Je recommence donc mon récit au lendemain du jour où j'avais établi deux faits d'une importante gravité : le premier, que Mme Laura Lyons, de Coombe Tracey, avait écrit à sir Charles Baskerville et pris rendez-vous avec lui pour le lieu et l'heure mêmes où il avait trouvé la mort ; le second, que l'inconnu de la lande se terrait[1] dans les huttes de pierre, sur le versant de la colline. Ces deux points acquis, je compris néanmoins que mon intelligence ou mon courage ne suffiraient pas pour mener à bien mon entreprise, si je ne parvenais à jeter un supplément de lumière sur ceux encore obscurs.

La veille, le docteur Mortimer et sir Henry avaient joué aux cartes jusqu'à une heure avancée de la nuit, et je n'avais pas eu l'occasion d'entretenir le baronnet de ce que j'avais appris sur Mme Laura Lyons. Pendant le déjeuner, je lui fis part de ma découverte, et je lui demandai s'il lui plairait de m'accompagner à Coombe Tracey. Tout d'abord, il se montra enchanté de cette petite excursion ; puis, après mûre réflexion, il nous parut préférable à tous deux que je la fisse seul. Plus la visite serait cérémonieuse, plus il nous serait difficile d'obtenir des renseignements. Je quittai sir Henry — non sans quelques remords — et je courus vers cette nouvelle piste. En arrivant à Coombe Tracey, j'ordonnai à Perkins de dételer les chevaux, et je m'enquis de[2] la dame que je venais interroger. Je la trouvai sans peine : elle habitait au centre de la petite localité. La bonne m'introduisit dans le salon, sans m'an-

---

1. **Se terrait :** se cachait.
2. **Je m'enquis de :** je m'informai au sujet de.

noncer. Une femme, assise devant une machine à écrire, se leva et s'avança vers moi avec un sourire de bienvenue. Quand elle se trouva en face d'un étranger, ce sourire s'évanouit ; elle se rassit et s'informa de l'objet de ma visite. À première vue, Mme Laura Lyons produisait l'impression d'une très jolie femme. Ses yeux et ses cheveux avaient cette chaude coloration de la noisette ; ses joues, quoique marquées de quelques taches de rousseur, possédaient l'éclat exquis des brunes avec, aux pommettes, ce léger vermillon[1] qui brille au cœur de la rose thé[2]. La première impression, je le répète, engendrait l'admiration. La critique ne naissait qu'à un second examen. Le visage avait quelque chose de défectueux — une expression vulgaire, peut-être une dureté de l'œil ou un relâchement de la lèvre en altéraient la parfaite beauté. Mais la remarque de ces défectuosités ne venait qu'après une étude plus approfondie des traits. Sur le moment, je n'éprouvai que la sensation d'être en présence d'une très jolie femme, qui me demandait le motif de ma visite. Jusqu'alors, je ne m'étais nullement douté de la délicatesse[3] de ma démarche.

« J'ai le plaisir, dis-je, de connaître monsieur votre père. »

Ce préambule[4] était maladroit, la dame me le fit aussitôt comprendre.

« Il n'existe rien de commun entre mon père et moi, répliqua-t-elle, et ses amis ne sont pas les miens. Si je n'avais eu que mon père, à cette heure je serais morte de faim. Fort heureusement, sir Charles Baskerville et quelques autres âmes généreuses...

— Je suis précisément venu vous voir à propos de sir Charles Baskerville, interrompis-je. »

À ces mots, les taches de rousseur devinrent plus apparentes sur les joues de Mme Lyons.

« Que puis-je vous dire sur lui ? demanda-t-elle, tandis que ses doigts jouaient nerveusement sur les touches de sa machine à écrire.

— Vous le connaissiez, n'est-ce pas ?

---

1. **Vermillon :** rouge.
2. **Rose thé :** variété de rose.
3. **Délicatesse :** difficulté.
4. **Préambule :** entrée en matière.

Chapitre XI

— Je vous ai déjà dit que je lui étais redevable de grands services. Si je puis me suffire à moi-même, je le dois surtout à l'intérêt que lui avait inspiré ma triste situation.
— Lui écriviez-vous ? »
La dame releva vivement la tête ; un éclair de colère passa dans ses beaux yeux veloutés[1].
« Dans quel but toutes ces questions ? interrogea-t-elle sèchement.
— Dans quel but ? répétai-je.... Pour éviter un scandale public.... Il vaut mieux que je vous adresse ces questions, ici, dans l'intimité, sans que l'affaire qui m'amène franchisse cette enceinte. »
Mme Lyons garda le silence et ses joues devinrent excessivement pâles. Puis, en me jetant un regard de défi :
« Soit ! dit-elle, je vous répondrai. Que désirez-vous savoir ?
— Correspondiez-vous avec sir Charles ?
— Oui ; je lui ai écrit une ou deux fois pour le remercier de sa délicate générosité.
— Vous rappelez-vous les dates de vos lettres ?
— Non.
— Vous êtes-vous rencontrés ?
— Oui ; une ou deux fois... quand il est venu à Coombe Tracey. C'était un homme très simple, qui faisait le bien sans ostentation[2].
— Puisque vous l'avez peu vu et que vous ne lui avez écrit que fort rarement, comment pouvait-il connaître assez vos besoins pour vous aider ainsi qu'il l'a fait, d'après vos propres aveux ? »
Mme Lyons réfuta cette objection avec une extrême promptitude :
« Plusieurs personnes connaissant mon dénuement s'étaient associées pour me secourir. L'une d'elles était M. Stapleton, voisin et ami intime de sir Charles Baskerville. Excessivement bon, il consentit à parler de moi à sir Charles. »
Je savais déjà que, dans plusieurs circonstances, le vieux gentilhomme s'était servi de l'intermédiaire de Stapleton pour distribuer ses aumônes. Le récit de la dame paraissait donc très vraisemblable. Je continuai :

---

1. **Veloutés :** qui ont l'apparence et la douceur du velours.
2. **Sans ostentation :** sans étalage.

Le Chien des Baskerville

« Avez-vous écrit à sir Charles pour lui donner un rendez-vous ? »

La colère empourpra de nouveau les joues de Mme Lyons :

« Vraiment, monsieur, répondit-elle, vous me posez là une question bien extraordinaire.

— Je le regrette, madame, mais je dois la renouveler.

— Je vous répondrai : certainement non !

— Pas même le jour de la mort de sir Charles ? »

La rougeur du visage de Mme Laura Lyons fit place à une pâleur cadavérique. Ses lèvres desséchées s'entrouvrirent à peine pour laisser tomber un « non », que je vis, plutôt que je ne l'entendis.

« Votre mémoire vous trahit sûrement, dis-je. Je puis vous citer un passage de votre lettre. Le voici : «Je vous en prie, je vous en supplie, vous êtes un homme d'honneur, brûlez cette lettre et soyez ce soir, à dix heures, à la porte de la lande.» »

Je crus que Mme Lyons allait s'évanouir ; mais, par un suprême effort de volonté, elle se ressaisit.

« Je croyais un galant homme incapable d'une telle action ! bégaya-t-elle.

— Vous êtes injuste pour sir Charles... Il a brûlé votre lettre. Mais quelquefois une lettre, même carbonisée, reste encore lisible... Reconnaissez-vous l'avoir écrite ?

— Oui, je l'ai écrite ! » s'écria-t-elle.

Et, répandant son âme dans un torrent de mots, elle ajouta :

« Oui, je l'ai écrite ! Pourquoi le nierais-je ? Je n'ai pas à en rougir !... Je désirais qu'il me secourût et j'espérais l'y amener, s'il consentait à m'écouter. Voilà pourquoi je lui ai demandé une entrevue.

— Pourquoi avoir choisi cette heure tardive ?

— Parce que j'avais appris le matin que sir Charles partait le lendemain pour Londres et que son absence se prolongerait pendant plusieurs mois.

— Mais pourquoi lui donner rendez-vous dans le jardin plutôt que dans le château ?

— Pensez-vous qu'il soit convenable qu'une femme seule aille, à cette heure-là, chez un célibataire ?

— Qu'arriva-t-il au cours de votre entrevue ?

Chapitre XI

— Je ne suis pas allée à Baskerville.
— Madame Lyons !
— Je vous le jure sur tout ce que j'ai de plus sacré !... Non, je ne suis pas allée à Baskerville... Un événement imprévu m'en a empêchée.
— Quel est-il ?
— Il est d'ordre tout intime. Je ne puis vous le dire.
— Alors vous reconnaissez avoir donné rendez-vous à sir Charles à l'heure et à l'endroit où il a trouvé la mort, mais vous niez être venue à ce rendez-vous ?
— Je vous ai dit la vérité. »
À maintes reprises, j'interrogeai Mme Lyons sur ce fait ; ses réponses ne varièrent pas.

« Madame, lui dis-je en me levant pour clore cette longue et inutile visite, par votre manque de confiance et de franchise, vous assumez une lourde responsabilité et vous vous placez dans une situation très fausse. Si vous me forcez à requérir[1] l'intervention de la justice, vous verrez à quel point vous serez sérieusement compromise ! Si vous n'avez pas trempé dans ce tragique événement, pourquoi avez-vous nié tout d'abord la lettre envoyée par vous à sir Charles à cette date ?

— Je craignais qu'on ne tirât de ce fait une conclusion erronée[2] et que je ne fusse ainsi mêlée à un scandale.

— Pourquoi avez-vous tant insisté pour que sir Charles brûlât votre lettre ?

— Vous devez le savoir, puisque vous l'avez lue.

— Je ne prétends pas avoir lu cette lettre.

— Vous m'en avez cité un passage.

— Le post-scriptum seulement. Ainsi que je vous l'ai dit, la lettre avait été brûlée et cette partie demeurait seule lisible. Je vous demande encore une fois pourquoi vous insistiez si fort pour que sir Charles brûlât cette lettre, reçue quelques heures avant sa mort ?

— Ceci est également d'ordre intime.

— Raison de plus pour éviter une enquête publique.

---

1. **Requérir :** demander.
2. **Erronée :** fausse.

— Eh bien, je vais vous l'apprendre. Si vous connaissez un peu ma malheureuse histoire, vous devez savoir que j'ai fait un mariage ridicule et que je le déplore pour plusieurs raisons.

— Je le sais.

— Par ses persécutions quotidiennes, mon mari — que je déteste — m'avait rendu la vie commune odieuse. Mais il a la loi pour lui et je suis tous les jours exposée à ce qu'il m'oblige à réintégrer le foyer conjugal. À l'époque où j'écrivis cette lettre à sir Charles, j'avais appris que je pourrais reconquérir mon indépendance, moyennant certains frais qu'il fallait consigner[1]. Il s'agissait de tout ce qui m'est le plus cher au monde — tranquillité d'esprit, bonheur, respect de moi-même — de tout ! Je connaissais sir Charles, et je me disais que, s'il entendait mon histoire de ma propre bouche, il ne repousserait pas mes prières.

— Alors pourquoi n'êtes-vous pas allée le retrouver ?

— Dans l'intervalle, j'avais reçu du secours d'un autre côté.

— Pourquoi alors n'avez-vous pas écrit une seconde fois à sir Charles pour lui expliquer tout cela ?

— Je l'eusse certainement fait si les journaux du lendemain matin n'avaient pas annoncé sa mort. »

Le récit de Mme Lyons était vraisemblable et cohérent. Pour en contrôler la véracité, il ne me restait plus qu'à vérifier si, vers cette époque, elle avait introduit une action en divorce contre son mari. D'autre part, il me paraissait invraisemblable qu'elle osât affirmer ne pas être allée à Baskerville si elle s'y était réellement rendue ; elle aurait dû s'y faire porter en voiture et ne rentrer à Coombe Tracey qu'aux premières heures du matin. Or, comment tenir ce voyage secret ? Selon toute probabilité, Mme Lyons m'avait confessé toute la vérité — ou tout au moins une partie de la vérité. Je m'en retournai confus et découragé. Ainsi donc, une fois encore, je me heurtais à un obstacle qui me barrait la voie au bout de laquelle j'espérais trouver la clef du mystère que j'avais mission de découvrir. Et, cependant, plus je songeais au visage et à l'attitude de Mme Lyons, plus j'avais le pressentiment qu'elle me cachait quelque chose.

Pourquoi était-elle devenue si pâle ?

---

1. **Consigner :** mettre par écrit.

Chapitre XI

Pourquoi avais-je dû lutter pour lui arracher certaines explications ?

Pourquoi enfin avait-elle gardé le silence au moment du drame ?

Et ses explications mêmes ne la rendaient pas aussi innocente à mes yeux qu'elle aurait voulu le paraître. Pour l'instant, je résolus de ne pas pousser plus loin mes investigations du côté de Mme Lyons et de chercher, au contraire, la solution du problème parmi les huttes de pierre de la lande. Le renseignement fourni par Barrymore était très vague. Je m'en convainquis pendant mon retour au château, à la vue de cette succession de collines qui portaient toutes les traces de l'habitation des anciens hommes. La seule indication précise consistait à affecter à l'inconnu une de ces antiques demeures de pierre. Or, j'en comptais plus de cent disséminées un peu partout sur la lande. Cependant, depuis que j'avais vu l'homme juché sur le sommet du pic Noir, j'avais un point de repère pour me guider. Je me promis de concentrer mes recherches autour de ce point. De là-haut, je pouvais explorer successivement toutes les huttes, jusqu'à ce que j'eusse découvert la bonne. Si j'y rencontrais mon inconnu, je saurais bien, mon revolver aidant, lui arracher son secret. Il faudrait qu'il m'apprenne qui il est et pourquoi il nous espionne depuis si longtemps ! Il nous avait échappé au milieu de la foule de Regent Street ; dans cette contrée déserte, la même manœuvre serait plus difficile. Si, au contraire, la hutte était vide, je m'y installerais aussi longtemps qu'il le faudrait pour attendre le retour de son hôte. Holmes l'avait manqué à Londres... Quel triomphe pour moi si je réussissais là où mon maître avait échoué ! Dans cette enquête, la malchance s'était acharnée contre nous.

Mais tout à coup la fortune tourna et commença à me sourire. Le messager de bonheur se présenta sous les traits de M. Frankland qui, la figure rubiconde[1] encadrée par ses favoris[2] grisonnants, se tenait sur le pas de la porte de son jardin. La grande route que je suivais passait devant cette porte.

---

1. **Rubiconde :** très rouge.
2. **Favoris :** touffes de barbe qui encadrent les joues.

Le Chien des Baskerville

« Bonjour, docteur Watson ! s'écria-t-il avec une bonne humeur inaccoutumée. Vos chevaux ont besoin de repos... Entrez donc vous rafraîchir... Vous me féliciterez. »

Depuis que je connaissais la conduite de Frankland envers sa fille, je n'éprouvais plus aucune sympathie pour lui. Mais comme je souhaitais un prétexte pour renvoyer Perkins et la voiture au château, l'occasion me parut excellente. Je mis pied à terre et je fis dire à sir Henry par le cocher que je rentrerais pour l'heure du dîner. Puis je pénétrai dans la maison de Frankland.

« C'est un grand jour pour moi, fit cet original, un de ces jours qu'on marque avec un caillou blanc. J'ai remporté aujourd'hui un double succès. Je voulais apprendre aux gens de ce pays que la loi est la loi et qu'il existe un homme qui ne craint pas de l'invoquer. J'avais revendiqué un droit de passage au beau milieu du parc du vieux Middleton, monsieur, sur un espace de cent mètres et devant la porte de la maison. Qu'en pensez-vous ?... Ils verront bien, ces grands seigneurs, qu'ils ne nous écraseront pas toujours sous le sabot ferré de leurs chevaux !... Ensuite, j'avais entouré de clôtures le bois où les habitants de Fenworthy ont coutume d'aller en pique-nique. Les maroufles[1] croient vraiment qu'on a abrogé[2] les lois qui protègent la propriété et qu'ils peuvent déposer partout leurs papiers graisseux et leurs tessons[3] de bouteilles ! Ces deux procès ont été jugés, docteur Watson, et j'ai obtenu gain de cause dans les deux affaires. Je n'avais plus remporté de succès pareil depuis le jour où j'avais fait condamner sir John Morland parce qu'il tirait des lapins sur sa propre garenne[4].

— Comment diable vous y êtes-vous pris ?

— Feuilletez les recueils de jurisprudence[5]... Vous y lirez : "Frankland contre Morland, Cour du Banc de la Reine..." Ça m'a coûté deux cents livres, mais j'ai eu mon jugement !

— Quel profit en avez-vous tiré ?

---

1. **Maroufles :** hommes grossiers.
2. **Qu'on a abrogé :** qu'on a annulé.
3. **Tessons :** débris de verre.
4. **Garenne :** espace protégé où pullulent les lapins.
5. **Jurisprudence :** ensemble des décisions de justice relatives à une question juridique donnée.

Chapitre XI

— Aucun, monsieur, aucun... Je suis fier de dire que je n'avais aucun intérêt dans l'affaire... Je remplis mon devoir de citoyen... Par exemple, je ne doute pas que les gens de Fenworthy ne me brûlent ce soir en effigie. La dernière fois qu'ils se sont livrés à ce petit divertissement, j'avais averti la police qu'elle eût à intervenir. La police du comté s'est déplorablement conduite, monsieur ; elle ne m'a pas accordé la protection à laquelle j'avais droit ! Le procès Frankland contre la Reine portera la cause devant le public... J'ai prévenu les agents qu'ils se repentiront de leur attitude envers moi — et déjà ma prédiction se réalise.

— Comment ? demandai-je.

— Je pourrais leur apprendre ce qu'ils meurent d'envie de connaître ; mais, pour rien au monde, je n'aiderais des coquins de cette espèce. »

Depuis un moment, je cherchais un prétexte pour échapper aux bavardages de ce vieux fou. En entendant ces paroles, je voulus en savoir davantage. Je connaissais suffisamment le caractère de Frankland pour être certain que le moindre signe d'intérêt arrêterait immédiatement ses confidences.

« Quelque délit de braconnage sans doute ? dis-je d'un air indifférent.

— Ah ! ouiche !... La chose est bien plus importante... Que pensez-vous du contumace qui erre sur la lande ? »

Je le regardai, stupéfait.

« Insinueriez-vous que vous savez où il est ?

— J'ignore l'endroit précis où il se cache ; mais je pourrais tout de même procurer à la police le moyen de lui mettre la main au collet[1]. Que faudrait-il pour s'emparer de lui ? Découvrir le lieu où il vient chercher sa nourriture et, de là, le suivre à la trace. »

Certainement Frankland touchait à la vérité.

« Vous avez raison, répondis-je. Mais comment avez-vous deviné qu'il habitait la lande ?

— J'ai vu, de mes yeux vu, le commissionnaire qui lui apporte ses provisions. »

---

1. **Collet** : col.

Je tremblai pour Barrymore, car c'était chose dangereuse que de se trouver à la merci de cet incorrigible bavard. La phrase qui suivit me rassura.

« C'est un jeune garçon qui lui sert de pourvoyeur[1], ajouta Frankland. À l'aide du télescope que j'ai installé sur mon toit, je l'aperçois tous les jours, parcourant à la même heure le même chemin. Qui irait-il retrouver, sinon le prisonnier évadé ? »

Ce renseignement marquait le retour de la bonne fortune. Et cependant je ne l'accueillis par aucun témoignage d'intérêt. Un enfant !... Barrymore n'avait-il pas affirmé qu'un enfant ravitaillait l'inconnu ? Alors Frankland se trouvait sur la piste de mon inconnu, et non pas sur celle de Selden ! Que de longues et pénibles recherches n'éviterais-je pas s'il consentait à partager ce secret avec moi ! Il me fallait jouer serré, feindre l'incrédulité et l'indifférence.

« Il est plus probable, repris-je, que c'est le fils de quelque berger de la lande qui porte le dîner de son père. »

La moindre velléité[2] de contradiction mettait le vieil entêté hors de lui. Il me lança un mauvais regard et ses favoris gris se hérissèrent comme les poils d'un chat sauvage.

« Un fils de fermier !... Vraiment ? fit-il en désignant de la main la lande solitaire que nous apercevions à travers la croisée. Voyez-vous le pic Noir, là-bas ? »

Je fis un signe affirmatif.

« Voyez-vous plus loin, reprit-il, cette colline peu élevée couronnée de buissons ? C'est la partie la plus pierreuse de la lande... Un berger voudrait-il y établir son parc ?... Tenez, votre supposition est tout bonnement absurde ! »

Je répondis humblement que j'avais parlé dans l'ignorance de tous ces détails. Mon humilité désarma Frankland, qui continua ses confidences.

« Je vous assure que j'ai de bonnes raisons de croire que je ne me trompe pas. Maintes fois, j'ai vu ce jeune garçon, chargé de son paquet, parcourir le même chemin. Chaque jour, et souvent deux fois par jour, j'ai pu... Mais attendez donc, docteur Watson ! Mes

---

1. **Pourvoyeur :** fournisseur.
2. **Velléité :** faible intention.

Chapitre XI

yeux me trompent-ils ? N'y a-t-il pas quelque chose qui se meut sur le versant de la colline ? »

Plusieurs milles nous séparaient du point indiqué. Cependant je distinguai une forme se dessinant en noir sur les teintes vertes et grises du paysage.

« Venez, monsieur, venez ! s'écria Frankland, en se précipitant vers l'escalier. Vous verrez par vous-même et vous jugerez. »

Un énorme télescope, monté sur un trépied, encombrait le faîte[1] de la maison. Avidement, Frankland y appliqua son œil et poussa un cri de satisfaction.

« Vite, docteur Watson, vite, avant qu'il ait disparu ! »

À mon tour, je collai mon œil à la lentille, et j'aperçus un jeune garçon qui, un paquet sur l'épaule, grimpait la colline. Arrivé au sommet, sa silhouette se profila[2] sur l'azur du ciel. Il regarda autour de lui, de l'air inquiet de ceux qui redoutent d'être poursuivis ; puis il s'éclipsa derrière l'autre versant.

« Eh bien, ai-je raison ? demanda Frankland.

— J'en conviens. Voilà un garçon qui me paraît engagé dans une expédition secrète.

— Un agent de police lui-même ne se tromperait pas sur la nature de l'expédition. Mais je ne leur communiquerai rien et je vous requiers[3], docteur Watson, d'imiter mon silence. Pas un mot !... Vous comprenez ?

— Je vous le promets.

— La police s'est indignement conduite envers moi... indignement ! Quand le procès Frankland contre la Reine dévoilera l'ensemble des faits, un frisson d'indignation secouera tout le comté. Rien ne pourrait me décider à seconder la police... la police qui aurait été ravie si, au lieu de mon effigie, on avait brûlé ma modeste personne ! Vous vous tairez, n'est-ce pas ?... Acceptez donc de vider un flacon en l'honneur de mes récentes victoires ! »

Je résistai à toutes les sollicitations de Frankland et j'eus toutes les peines du monde à le dissuader de m'accompagner au château. Je suivis la grande route jusqu'au moment où Frankland devait me

---

1. **Faîte :** toit.
2. **Se profila :** se dessina, se détacha.
3. **Requiers :** demande.

perdre de vue ; puis je me dirigeai vers la colline derrière laquelle le jeune garçon avait disparu. Les choses prenaient une tournure favorable et je jurai d'employer toute mon énergie et toute ma persévérance à profiter des chances que le hasard mettait à ma disposition. Le soleil était à son déclin lorsque je parvins au sommet de la colline. Les longues pentes qui dévalaient vers la plaine revêtaient, du côté de l'occident, des teintes dorées, tandis que, de l'autre côté, l'ombre croissante les colorait d'un gris sombre. Le brouillard, au-dessus duquel le Belliver et le pic du Renard faisaient encore saillie, montait lentement sur l'horizon. Aucun bruit ne troublait le silence de la lande. Un grand oiseau gris – une mouette ou un courlis – planait dans le ciel bleu. Lui et moi, nous semblions être les deux seules créatures vivantes s'agitant entre l'arc immense du firmament et le désert qui se développait au-dessous. Ce paysage aride, cette impression de solitude, ce mystère, ainsi que les dangers de l'heure présente, tout cela me glaçait le cœur. Le gamin entrevu à travers le télescope de Frankland restait invisible. Mais, en bas, dans la déchirure de la colline, se dressaient de nombreuses huttes de pierre dont l'agglomération[1] affectait[2] la forme d'un immense cercle. Il en était une qui conservait encore une toiture suffisante pour abriter quelqu'un contre les intempéries des saisons. À cette vue, mon cœur battit à tout rompre.

Mon inconnu gîtait certainement là ! Je touchais à sa cachette – son secret était à portée de ma main ! Avec autant de précaution que Stapleton s'approchant, le filet levé, d'un papillon posé sur une fleur, je fis quelques pas en avant. Un sentier, à peine frayé[3] à travers les blocs de rochers, conduisait à une ouverture béante qui tenait lieu de porte. À l'intérieur, tout était silencieux. De deux choses l'une : l'inconnu s'y trouvait blotti ou bien il rôdait sur la lande. Mes nerfs vibraient sous la solennité du moment. Jetant ma cigarette, je saisis la crosse de mon revolver, et, courant précipitamment vers la porte, je regardai dans la hutte. Elle était vide. Une rapide inspection me montra qu'elle était habitée. Je vis des couvertures, doublées de toile cirée, étendues sur la large

---

1. **L'agglomération :** amas.
2. **Affectait :** reproduisait.
3. **Frayé :** tracé.

Chapitre XI

dalle de pierre où les hommes néolithiques avaient coutume de reposer. Des cendres s'amoncelaient[1] dans un foyer rudimentaire. On avait placé dans un coin quelques ustensiles de cuisine et une jarre pleine d'eau. De vieilles boîtes de conserve mises en tas indiquaient que le lieu était occupé depuis assez longtemps, et, dès que mes yeux furent habitués à cette demi-obscurité, je distinguai une miche de pain et une bouteille de cognac entamées. Au centre de la hutte, une grande pierre plate remplaçait la table absente. On y avait posé un paquet enveloppé d'étoffe – le même sans doute qu'une heure auparavant le gamin portait sur ses épaules. Il contenait un morceau de pain frais, de la langue fumée et deux petits pots de confiture. Lorsque je le replaçai sur la pierre, après l'avoir examiné, je tressaillis à la vue d'une feuille de papier sur laquelle une main inexpérimentée avait, d'une grosse écriture, griffonné ces mots :

« Le docteur Watson est allé à Coombe Tracey. »

Pendant une minute, je demeurai immobile, ce papier à la main, me demandant ce que signifiait ce laconique[2] message. C'était donc moi – et non pas sir Henry – qu'espionnait l'inconnu ! N'osant pas me suivre lui-même, il avait lancé quelqu'un à mes trousses – le gamin, sans doute – et j'avais son rapport sous les yeux ! Peut-être, depuis mon arrivée sur la lande, n'avais-je pas fait un pas ou dit un mot qui n'eût été observé et rapporté ! Je ressentis alors le poids d'une force invisible, d'un filet tendu autour de nous avec une adresse si surprenante et nous enserrant si légèrement, qu'il ne fallait rien moins qu'une circonstance solennelle pour deviner qu'on était enveloppé dans ses mailles. D'autres rapports avaient dû précéder celui-ci. Je les cherchai partout. Je n'en trouvai de traces nulle part – pas plus d'ailleurs que d'indices révélateurs de la personnalité et des intentions de l'homme qui vivait dans cette retraite. De mon examen de la hutte, je ne pouvais déduire que deux choses : sa sobriété spartiate[3] et son mépris du confort de la vie. Songeant à la pluie torrentielle des jours précédents et regardant les pierres disjointes qui formaient son toit,

---

1. **S'amoncelaient :** s'entassaient.
2. **Laconique :** concis, bref.
3. **Spartiate :** austère, rigoureuse.

je compris combien fort et inébranlable devait être le dessein qui le retenait sous un semblable abri. Cet homme était-il un ennemi implacable ou un ange gardien ? Je me promis de ne pas quitter la hutte sans l'avoir appris.

Au-dehors, le soleil empourprait l'horizon sous le flot de ses derniers rayons. Ses reflets teintaient de rouge les flaques marécageuses de la grande fondrière. Dans le lointain, pointaient les deux tours du château de Baskerville et, plus loin, un panache de fumée montant dans l'espace marquait l'emplacement du village de Grimpen. Entre les deux, derrière la colline, s'élevait la maison de Stapleton. Tout était calme, doux, paisible, dans ce glorieux crépuscule. Et cependant, tout en l'admirant, mon âme ne partageait pas la paix de la nature. J'éprouvais comme une vague terreur à la pensée de l'entrevue que chaque minute rendait plus prochaine. Les nerfs tendus, mais le cœur très résolu, je m'assis dans le coin le plus obscur de la hutte et j'attendis avec une impatience fébrile[1] l'arrivée de son hôte. Je l'entendis enfin venir. Je perçus le bruit d'un talon de botte sonnant sur les cailloux du chemin. Les pas se rapprochaient de plus en plus. Je me blottis dans mon coin et j'armai mon revolver, déterminé à ne me montrer qu'au moment où l'inconnu aurait pénétré dans la hutte. Une longue pause m'apprit qu'il s'était arrêté. Puis les pas se rapprochèrent encore et une ombre se dessina dans l'encadrement de la porte.

« Quelle belle soirée, mon cher Watson ! me dit une voix bien connue. Je crois vraiment que nous serons mieux dehors que dedans. »

---

1. **Fébrile :** agitée, nerveuse.

# Chapitre XII

XII

Mort sur la lande

Pendant une ou deux minutes, la surprise me suffoqua ; j'eus toutes les peines du monde à en croire mes oreilles. Cependant je me ressaisis et, en même temps que je reprenais ma respiration, je sentis mon âme soulagée du poids de la terrible responsabilité qui l'oppressait. Cette parole froide, incisive, ironique, ne pouvait appartenir qu'à un seul homme.

« Holmes ! m'écriai-je... Holmes !

— Venez ! me dit-il... et ne faites pas d'imprudence avec votre revolver. »

Je me courbai pour passer sous le linteau[1] de la porte, et, près de la hutte, j'aperçus mon ami, assis sur une pierre. À la vue de mon visage étonné, ses yeux gris papillotèrent de joie. Holmes paraissait amaigri, fatigué, mais toujours aussi vif et aussi alerte. Dans son complet de cheviotte[2], avec son chapeau de drap sur la tête, on l'aurait pris pour un simple touriste visitant la lande. Soigneux de sa personne comme un chat de sa fourrure — c'est une de ses caractéristiques —, il s'était arrangé pour avoir son menton aussi finement rasé et son linge aussi irréprochable que s'il fût sorti de son cabinet de toilette de Baker Street.

« Je n'ai jamais été plus heureux de voir quelqu'un, fis-je, en lui secouant les mains.

— Ni plus étonné, hein ?

— Je l'avoue.

— Croyez bien que ma surprise a égalé la vôtre. Comment supposer que vous auriez retrouvé ma retraite momentanée... Jusqu'à vingt mètres d'ici, je ne me serais pas douté que vous occupiez la hutte.

— Vous avez reconnu l'empreinte de mes pas ?

— Non, Watson. Je ne me livrerais pas à une recherche aussi ardue. Seulement, si vous désirez vous cacher de moi, je vous

---

1. **Linteau :** partie haute du cadre d'une porte.
2. **Cheviotte :** laine fine d'origine écossaise.

Le Chien des Baskerville

conseille de changer de marchand de tabac. Lorsque je trouve un bout de cigarette portant la marque de Bradley, Oxford Street, je devine que mon ami Watson n'est pas loin. Regardez, en voilà une à peu près intacte dans le sentier. Vous l'avez jetée, sans doute, au moment de faire irruption dans la hutte vide ?

— Oui.

— Je l'aurais parié !... Et, connaissant votre admirable ténacité[1], j'étais certain de vous y trouver embusqué, une arme à portée de votre main, attendant ainsi le retour de celui qui l'habite. Vous pensiez donc qu'elle servait de refuge à un criminel ?

— J'ignorais le nom de son hôte de passage, mais j'étais déterminé à découvrir son identité.

— Très bien, Watson. Mais comment aviez-vous appris la présence d'un étranger sur la lande ? Peut-être m'avez-vous vu, la nuit où vous avez donné la chasse au convict — cette nuit où je fus assez imprudent pour m'exposer à la clarté de la lune ?

— En effet, je vous ai vu, cette nuit-là.

— Alors, vous avez fouillé toutes les huttes, jusqu'à ce que vous soyez arrivé à celle-ci ?

— Non ; j'ai guetté votre jeune commissionnaire et j'ai su où venir tout droit.

— Je comprends... le vieux bonhomme au télescope !... J'aurais dû m'en méfier lorsque, pour la première fois, je vis ses lentilles étinceler aux feux du soleil. »

Holmes se leva et jeta un coup d'œil dans l'intérieur de la hutte.

« Ah ! reprit-il, Cartwright m'a ravitaillé... Tiens, un papier !... Vous êtes donc allé à Coombe Tracey ?

— Oui.

— Voir Mme Laura Lyons ?

— Parfaitement.

— Bonne idée ! Nos enquêtes suivaient une route parallèle, et, à l'heure où nous combinerons nos renseignements respectifs, nous ne serons pas loin d'avoir fait la lumière.

— Si vous saviez, mon cher Holmes, combien je suis heureux de vous retrouver ici !... Ce mystère, cette responsabilité pesaient trop lourdement sur mes pauvres nerfs. Mais pourquoi diable êtes-vous

---

1. **Ténacité :** obstination.

Chapitre XII

venu à Dartmoor et qu'y faisiez-vous ? Je vous croyais toujours à Baker Street, occupé à débrouiller cette affaire de chantage.

– J'avais intérêt à ne pas vous détromper[1].

– Ainsi, vous vous moquez de moi et, qui plus est, vous me refusez votre confiance ! fis-je avec quelque amertume. Je méritais mieux que cela, Holmes.

– Mon cher ami, dans ce cas, comme dans beaucoup d'autres, votre concours m'a été très utile, et je vous prie de me pardonner ce semblant de méfiance. En vérité, je ne me suis caché de vous que par souci de votre propre sécurité, et, seul, le sentiment du danger que vous couriez m'a poussé à venir examiner par moi-même la situation. Auprès de sir Henry et de vous, j'aurais partagé votre manière de voir et ma présence aurait mis en garde nos redoutables adversaires. Notre séparation, au contraire, m'a permis d'atteindre un résultat que je n'aurais pas osé espérer, si j'avais vécu au château. Je reste un facteur inconnu, prêt à se lancer dans la bagarre au moment opportun.

– Pourquoi ne pas me prévenir ?

– Cela ne nous aurait été d'aucune utilité et aurait peut-être amené ma découverte. Vous auriez eu à me parler ; avec le cœur compatissant que je vous connais, vous m'auriez apporté des provisions de toutes sortes, que sais-je ?... Enfin nous aurions couru un risque inutile. Cartwright – le gamin de l'Express Office, vous vous rappelez ? – m'avait accompagné ; il a pourvu à mes besoins peu compliqués : une miche de pain et un col propre. Que faut-il de plus ? Ensuite, il représentait une paire d'yeux supplémentaires, surmontant deux pieds excessivement agiles. J'ai tiré grand profit des uns et des autres.

– Mes rapports ont donc été perdus ! » m'écriai-je.

Au souvenir de la peine et de l'orgueil éprouvés en les rédigeant, ma voix tremblait. Holmes tira de sa poche un paquet de papiers.

« Les voilà, vos rapports, dit-il, lus et relus, je vous l'assure. J'avais pris toutes mes précautions pour qu'on me les réexpédiât sans retard de Baker Street. Je tiens à vous féliciter du zèle et de l'intelligence que vous avez déployés dans une affaire aussi difficile. »

---

1. **Détromper :** tirer d'erreur.

Le Chien des Baskerville

Je gardais encore rancune à Holmes du tour qu'il m'avait joué, mais la spontanéité et la chaleur de ses louanges[1] dissipèrent bien vite mon ressentiment[2]. Dans mon for intérieur[3], je convenais qu'il avait raison et qu'il était préférable, pour la réussite de nos projets, que sa présence sur la lande demeurât ignorée.

« Je vous aime mieux ainsi, dit mon ami, en voyant s'éclaircir mon visage rembruni. Et maintenant, racontez-moi votre visite à Mme Laura Lyons... J'ai deviné sans peine que vous alliez là-bas pour causer avec elle... Je suis convaincu qu'elle seule, à Coombe Tracey, peut nous rendre quelques services. Si vous n'aviez pas tenté cette démarche aujourd'hui, moi, je l'aurais faite demain. »

Le soleil s'était couché. Peu à peu l'obscurité envahissait la lande. Le vent ayant fraîchi, nous entrâmes dans la hutte pour y chercher un abri. Là, assis dans la pénombre, je narrai à Holmes ma conversation avec la fille de Frankland ; le récit l'intéressa à tel point que je dus le recommencer.

« Tout ceci est fort important, me dit Sherlock, lorsque j'eus terminé. Vous avez éliminé du problème une inconnue que j'étais incapable de dégager : peut-être savez-vous qu'il existe une grande intimité entre Mme Lyons et Stapleton ?

— Je l'ignorais.

— Si, une très grande intimité. Ils se rencontrent. Ils s'écrivent ; il y a entre eux une entente parfaite. C'est une arme puissante entre nos mains... Si je pouvais seulement l'utiliser pour détacher sa femme de lui...

— Sa femme ? interrompis-je.

— Oui, sa femme. Je vous donne des renseignements en échange des vôtres. La dame qui passe ici pour Mlle Stapleton est en réalité la femme du naturaliste.

— Grands dieux, Holmes ! Êtes-vous sûr de ce que vous dites ? Comment aurait-il permis que le baronnet en devînt amoureux ?

— L'amour de sir Henry ne devait nuire qu'à lui-même. Stapleton — vous en avez été témoin vous-même — ne veillait qu'à une

---

1. **Louanges :** félicitations.
2. **Ressentiment :** rancune.
3. **For intérieur :** conscience.

Chapitre XII

chose : empêcher sir Henry de courtiser sa femme. Je vous répète que la dame n'est pas mademoiselle, mais bien madame Stapleton.

– Pourquoi ce mensonge ?

– Son mari prévoyait qu'elle servirait mieux ses projets, si le baronnet se croyait en face d'une jeune fille à marier. »

Tous mes secrets pressentiments, tous mes vagues soupçons prirent corps et se concentrèrent sur le naturaliste. Dans cet homme impassible, terne, avec son chapeau de paille et son filet à papillons, je découvrais maintenant quelque chose de terrible – un être infiniment patient, diaboliquement rusé, qui dissimulait une âme de meurtrier sous un visage souriant.

« Alors c'est lui qui nous a espionnés à Londres ? demandai-je à Holmes. Notre ennemi, le voilà donc ?

– Oui. J'explique ainsi l'énigme.

– Et la lettre d'avis ? Elle émanait de sa femme ?

– Parfaitement. »

Des ténèbres qui nous environnaient, je voyais poindre une monstrueuse infamie.

« Ne vous trompez-vous pas, Holmes ? insistai-je. Comment avez-vous découvert qu'ils étaient mariés ?

– La première fois que Stapleton vous rencontra, il eut le tort de vous confier une partie de sa véritable biographie. Depuis, il a dû regretter bien souvent ce moment de franchise... J'appris par vous qu'il avait ouvert autrefois une école dans le nord de l'Angleterre. Rien n'est plus aisé que de retrouver les traces d'un magister[1]. Il existe des agences à l'aide desquelles on peut identifier tout homme ayant exercé cette profession. Quelques recherches me montrèrent qu'on avait supprimé une école dans d'assez vilaines circonstances... Son propriétaire – le nom différait – avait disparu ainsi que sa femme. Les signalements concordaient. Lorsque je sus que l'homme s'adonnait à[2] l'entomologie[3], je ne conservai plus de doutes sur son identité. »

Le nuage se déchirait insensiblement ; toutefois beaucoup de points restaient encore dans l'ombre.

---

1. **Magister :** maître d'école.
2. **S'adonnait à :** se consacrait à.
3. **Entomologie :** partie de la science qui s'intéresse aux insectes.

Le Chien des Baskerville

Je questionnai de nouveau Sherlock Holmes.

« Si cette femme est vraiment Mme Stapleton, dis-je, que vient faire ici Mme Laura Lyons ?

— Vos enquêtes ont élucidé ce point. Votre entrevue avec cette jeune femme a considérablement déblayé la situation... J'ignorais l'existence d'un projet de divorce entre son mari et elle. Si les tribunaux prononçaient la séparation, elle espérait que Stapleton, qu'elle croyait célibataire, l'épouserait.

— Qu'adviendra-t-il, lorsqu'elle connaîtra la vérité ?

— Elle nous sera un précieux allié. Demain nous irons la voir ensemble... Mais ne pensez-vous pas, Watson, que vous avez abandonné votre poste depuis bien longtemps ? Votre place, mon ami, est au château de Baskerville. »

Les dernières lueurs du crépuscule venaient de s'éteindre dans la direction de l'occident, et la nuit était descendue sur la lande. Quelques étoiles clignotaient sur la surface violacée du ciel.

« Une dernière question, Holmes ! fis-je, en me levant. Il ne peut y avoir de secrets entre vous et moi... Que signifie tout ceci ? Où Stapleton veut-il en arriver ? »

Sherlock baissa la voix pour me répondre.

« À un meurtre, Watson... à un meurtre longuement prémédité, froidement exécuté avec d'odieux raffinements. Ne me demandez pas de détails. Mes filets se resserrent autour du meurtrier — autant que les siens autour de sir Henry et, grâce à votre appui, je le sens déjà à ma merci. Un seul danger nous menace : c'est qu'il frappe avant que nous soyons prêts à frapper nous-mêmes. Encore un jour — deux au plus — et j'aurai réuni toutes mes preuves. Jusque-là veillez sur le baronnet avec la sollicitude[1] d'une tendre mère pour son enfant malade. Votre sortie d'aujourd'hui s'imposait, et cependant je souhaiterais que vous n'eussiez pas quitté sir Henry... Écoutez ! »

Un cri perçant, cri d'horreur et d'angoisse, éclata dans le silence de la lande et nous glaça le sang.

« Oh ! mon Dieu ! balbutiai-je. Que se passe-t-il ? Pourquoi ce cri ? »

---

1. **Sollicitude :** intérêt affectueux.

Chapitre XII

Holmes s'était dressé vivement. Sa silhouette athlétique se profilait dans l'encadrement de la porte, les épaules voûtées, la tête penchée en avant, ses yeux fouillant l'épaisseur des ténèbres.

« Silence ! dit-il tout bas... Silence ! »

Ce cri n'était parvenu jusqu'à nous qu'en raison de sa violence. Tout d'abord il avait surgi des profondeurs lointaines de la lande. Maintenant il se rapprochait, plus fort et plus pressant que jamais.

« Où est-ce ? reprit Holmes, en sourdine. Où est-ce, Watson ? »

Au tremblement de sa voix, je reconnus que cet homme d'airain[1] était remué jusqu'au fond de l'âme. J'indiquai un point dans la nuit.

« Là, répondis-je.

— Non, là », rectifia Holmes.

Une fois encore, ce cri, toujours plus proche et plus strident, passa sur la lande. Il s'y mêlait un nouveau son, un grondement profond, rythmé quoique menaçant, qui s'élevait et s'abaissait, semblable au murmure continu de la mer.

« Le chien ! s'écria Holmes. Venez, Watson, venez vite ! Pourvu que nous n'arrivions pas trop tard ! »

Mon ami partit comme une flèche ; je courais sur ses talons. D'un endroit quelconque de ce sol tourmenté, en avant de nous, monta un dernier appel désespéré, suivi du bruit sourd que fait un corps en s'abattant comme une masse. Nul autre bruit ne troubla plus le calme de cette nuit sans vent. Je vis Holmes porter la main à son front, comme un homme affolé. Il frappait du pied avec impatience.

« Ce Stapleton nous a vaincus, dit-il. Nous arriverons trop tard.

— Non, non ! répondis-je, sûrement non !

— J'ai été assez insensé pour ne pas lui mettre la main au collet !... Et vous, Watson, voyez ce que nous coûte votre sortie du château ! Mais par Dieu ! si sir Henry est mort, nous le vengerons ! »

En aveugles, nous marchions dans l'obscurité, trébuchant contre les quartiers de roches, escaladant les collines, dégringolant les pentes, dans la direction des appels déchirants que nous avions entendus. Du haut de chaque sommet, Holmes regardait avide-

---

1. **D'airain :** dur, implacable.

Le Chien des Baskerville

ment autour de lui ; mais l'ombre était épaisse sur la lande et rien ne bougeait sur cette immense solitude. Holmes me demanda :
« Apercevez-vous quelque chose, Watson ?
— Non, rien.
— Écoutez ! »
Sur notre gauche, on avait poussé un faible gémissement. De ce côté, une ligne de rochers formait une sorte de falaise, surplombant un escarpement parsemé de grosses pierres. Au bas, nous distinguâmes vaguement quelque chose de noir et d'informe. La face contre terre, un homme gisait sur le sol, la tête repliée sous lui, suivant un angle horrible à voir, les épaules remontées et le corps en boule, dans le mouvement de quelqu'un qui va exécuter un saut périlleux. L'attitude était si grotesque que, sur le moment, je ne pus admettre que le gémissement qui avait appelé notre attention fût un râle d'agonie[1]. Pas une plainte, pas un souffle ne sortait de cette masse noire sur laquelle nous étions penchés. Holmes promena sa main sur ce corps inerte, mais il la retira aussitôt avec une exclamation d'horreur. Je frottai une allumette et je vis que ses doigts étaient ensanglantés... Un filet de sang suintait du crâne de la victime. L'allumette nous permit de voir autre chose encore : le corps de sir Henry Baskerville. Nous faillîmes nous évanouir. Nous ne pouvions pas ne pas reconnaître ce complet de cheviotte rougeâtre si particulier – celui que le baronnet portait le matin où il se présenta pour la première fois à Baker Street. Nous l'aperçûmes l'espace d'une seconde, au moment où l'allumette jeta une dernière clarté avant de s'éteindre – de même que s'éteignait en nos âmes notre suprême lueur d'espoir. Holmes soupira profondément, et, malgré l'obscurité, je le vis pâlir.

« La brute ! Oh ! la brute ! m'écriai-je, les mains crispées. Je ne me pardonnerai jamais d'avoir causé ce malheur.

— Je suis tout autant à blâmer que vous, Watson... Pour satisfaire mon amour-propre professionnel, pour réunir un faisceau[2] de preuves irréfutables, j'ai laissé tuer mon client !... C'est le plus gros échec de toute ma carrière... Mais comment pouvais-je prévoir

---

1. **Râle d'agonie :** bruit que fait quelqu'un sur le point de mourir.
2. **Faisceau :** ensemble.

Chapitre XII

que, malgré mes avis réitérés, sir Henry s'aventurerait seul sur la lande !... Oui, comment pouvais-je le prévoir ?

— Dire que nous avons entendu ses appels — et quels appels, mon Dieu ! — et qu'il nous a été impossible de le sauver ! Où est ce chien qui l'a tué ? Il doit errer parmi ces roches... Et Stapleton ? Où se cache-t-il ? Il le payera cher, ce meurtre !

— Oui, mais ce soin me regarde, répondit Holmes avec énergie. L'oncle et le neveu sont morts, le premier, de la frayeur ressentie à la vue d'un animal qu'il croyait surnaturel ; le second, d'une chute faite en voulant échapper à la bête. Il ne nous reste plus qu'à prouver la complicité de l'homme et du chien. Malheureusement, nous ne pouvons affirmer l'existence de ce dernier que pour l'avoir entendu aboyer, car sir Henry est évidemment mort à la suite de sa chute. Mais, quelque rusé que soit Stapleton, je jure bien que je le tiendrai en mon pouvoir avant la nuit prochaine. »

Le cœur serré, abattus par l'épouvantable accident qui terminait si brusquement notre longue et ingrate mission, nous nous tenions chacun d'un côté de ce cadavre. La lune se levait. Nous gravîmes le sommet des roches du haut desquelles cet infortuné sir Henry était tombé et, de ce point culminant, nous promenâmes nos regards sur la lande, irrégulièrement illuminée par les pâles rayons de l'astre de la nuit. Dans le lointain, à plusieurs milles de distance, brillait, dans la direction de Grimpen, une petite lumière jaune. Elle ne pouvait venir que de la demeure isolée de Stapleton. Je me tournai vers elle et, montrant le poing dans un geste de menace :

« Pourquoi n'avons-nous pas arrêté cet homme ? dis-je à Sherlock Holmes.

— Les preuves suffisantes nous manquent. Le coquin est habile et rusé au suprême degré. En justice, il ne faut pas se contenter de savoir, il faut encore prouver. À la première fausse manœuvre, le drôle nous aurait échappé certainement.

— Alors qu'allons-nous faire ?

— La journée de demain sera bien remplie. Pour cette nuit, bornons-nous à rendre les derniers devoirs à notre pauvre ami. »

Nous nous rapprochâmes du cadavre de sir Henry. J'eus un accès de douleur à la vue de ces membres tordus par les dernières

Le Chien des Baskerville

convulsions de l'agonie, et mes yeux se remplirent de larmes. Holmes avait poussé un cri et s'était penché sur le cadavre. Il riait, il dansait, en se frottant les mains. Était-ce bien là mon compagnon, si flegmatique[1], si maître de lui ?

« Une barbe ! une barbe ! s'écria-t-il. Cet homme a une barbe !

— Une barbe ? répétai-je, de plus en plus étonné.

— Ce n'est pas le baronnet... c'est... oui, c'est mon voisin le convict ! »

Fiévreusement, nous retournâmes le cadavre en le plaçant sur le dos. Une barbe, raidie par le sang coagulé, dressa sa pointe vers le ciel. Impossible de se méprendre sur ce front proéminent[2] ni sur ces yeux caves[3]. Je reconnus le visage aperçu quelques jours auparavant au-dessus de la bougie placée dans une anfractuosité[4] de roche — le visage de Selden l'assassin. La lumière se fit aussitôt dans mon esprit. Je me souvins que le baronnet avait donné ses vieux effets à Barrymore. Celui-ci les avait remis à son beau-frère pour l'aider à fuir. Bottines, chemise, chapeau, tout avait appartenu à sir Henry. Certes, cet homme avait trouvé la mort dans des circonstances particulièrement tragiques, mais les juges ne l'avaient-ils pas déjà condamné ? Le cœur transporté d'allégresse[5], je racontai à Holmes que le baronnet avait fait cadeau de sa vieille garde-robe à son valet de chambre.

« Ces vêtements ont occasionné la mort de ce pauvre diable, me répondit Sherlock. Pour dresser son chien, Stapleton s'est servi d'un objet soustrait à sir Henry — probablement de la bottine volée à l'hôtel — et la bête a poursuivi Selden. Une chose cependant me paraît inexplicable. Comment, dans les ténèbres, le convict a-t-il su que le chien lui donnait la chasse ?

— Il l'a entendu probablement.

— Parce qu'un chien aboie sur la lande, un homme de la rudesse de Selden ne s'expose pas, en criant comme un forcené, au risque d'une arrestation. Il devait être arrivé au paroxysme[6] de la terreur.

---

1. **Flegmatique :** imperturbable.
2. **Proéminent :** bombé.
3. **Caves :** enfoncés.
4. **Anfractuosité :** creux, cavité.
5. **Allégresse :** joie.
6. **Paroxysme :** summum.

Chapitre XII

D'ailleurs, de la durée de ses appels, je puis conclure qu'il a couru longtemps devant le chien et à une assez grande distance de lui. Comment savait-il que l'animal avait pris sa piste ?

— En supposant que nos conjectures soient vraies, je trouve plus inexplicable encore...

— Je ne suppose rien, interrompit Sherlock Holmes.

— Alors, ripostai-je, pourquoi aurait-on lâché ce chien sur la lande, cette nuit ? Je ne présume pas qu'on le laisse continuellement vagabonder. Stapleton l'aura mis en liberté parce qu'il avait de bonnes raisons de croire que sir Henry sortirait ce soir.

— Il est plus difficile de répondre à mes points d'interrogation qu'aux vôtres. Nous serons bientôt fixés sur ce qui vous préoccupe, tandis que les questions que je me pose demeureront éternellement un mystère pour nous... En attendant, nous voilà bien embarrassés de ce cadavre. Nous ne pouvons l'abandonner en pâture aux vautours et aux renards.

— Je propose de le placer dans une de ces huttes, jusqu'à ce que nous ayons prévenu la police.

— Accepté, dit Holmes. À nous deux, nous l'y porterons facilement... Mais qui vient là, Watson ?... C'est Stapleton lui-même ! Quelle audace ! Pas un mot qui donne l'éveil... pas un mot, sinon toutes mes combinaisons[1] s'effondreront. »

Sur la lande, une forme indécise s'avançait vers nous ; je distinguais le cercle rouge d'un cigare allumé. Sous la lumière incertaine de la lune, je reconnus la démarche saccadée[2] du naturaliste. À notre vue, il s'arrêta ; puis, presque aussitôt, il continua son chemin.

« Hé quoi, docteur Watson, vous ici ? fit-il. Vous êtes le dernier homme que je comptais rencontrer à cette heure sur la lande. Mais que vois-je ? Un blessé ! Ce n'est pas ?... Dites-moi vite que ce n'est pas sir Henry ! »

Il passa rapidement devant moi et se baissa pour regarder le cadavre. Je l'entendis aspirer l'air profondément ; en même temps son cigare s'échappa de ses doigts.

« Quel est cet homme ? bégaya-t-il.

---

1. **Combinaisons :** hypothèses.
2. **Saccadée :** brusque, irrégulière.

Le Chien des Baskerville

— Selden, le prisonnier évadé de la prison de Princetown. »

Stapleton tourna vers nous un visage hagard. Par un suprême effort, il refoula[1] au fond de son être son désappointement[2] et sa stupeur. Ses regards se portaient alternativement sur Holmes et sur moi.

« Quelle déplorable aventure ! » reprit-il enfin.

Et, s'adressant plus particulièrement à moi, il ajouta :

« De quoi est-il mort ?

— Nous croyons, répondis-je, qu'il se sera cassé la tête en tombant de ces rochers. Nous nous promenions sur la lande mon ami et moi, lorsque nous avons entendu des cris.

— Moi aussi... Je ne suis même accouru que pour cela. J'avais des inquiétudes au sujet de sir Henry. »

Je ne pus m'empêcher de demander :

« Pourquoi plutôt au sujet de sir Henry que de toute autre personne ?

— Je l'avais invité à passer la soirée chez nous. J'étais fort surpris qu'il ne fût pas venu et, naturellement, en entendant crier, j'ai redouté quelque malheur... Auriez-vous par hasard entendu autre chose ? »

Bien que Stapleton eût prononcé négligemment cette dernière phrase, il nous couvait des yeux tout, en parlant.

« Non... n'est-ce pas, Watson ? répliqua Holmes.

— Non.

— Mais pourquoi cette question ? interrogea mon ami d'un air innocent.

— Vous connaissez les sottes histoires que racontent les paysans sur un chien-fantôme... On prétend qu'il hurle parfois la nuit sur la lande... Je me demandais si, par hasard, cet étrange bruit n'aurait pas retenti ce soir.

— Pas que je sache, répondis-je.

— Quel est votre avis sur l'accident survenu à ce pauvre diable ? continua Stapleton.

---

1. **Refoula :** enfouit.
2. **Désappointement :** déception.

Chapitre XII

— Les transes[1] perpétuelles dans lesquelles il vivait et les privations auxquelles l'exposait son genre de vie ont probablement ébranlé sa raison. Dans un accès de folie, il s'est mis à courir sur le plateau et, en tombant du haut de ces roches, il se sera fracturé le crâne.

— Cela me paraît très vraisemblable, approuva Stapleton, avec un soupir qui témoignait d'un soulagement interne. Et vous, monsieur Holmes, quel est votre avis ? »

Mon ami esquissa un vague salut.

« Je trouve, dit-il, que vous acceptez bien facilement les solutions.

— Depuis la venue du docteur Watson, reprit le naturaliste, nous vous attendions tous les jours... Vous arrivez pour assister à un drame.

— Oui. Demain, en retournant à Londres, j'emporterai avec moi un pénible souvenir.

— Vous repartez demain ?

— J'en ai l'intention.

— Je souhaite que votre visite ait fait un peu de lumière sur ces événements qui troublent la contrée. »

Holmes haussa les épaules.

« On ne cueille pas toujours autant de lauriers que l'on croit, fit-il. Pour dégager la vérité, il faut des faits et non des légendes ou des rumeurs. J'ai complètement échoué dans ma mission. »

Mon ami parlait sur un ton de franchise et d'indifférence parfaitement joué.

Cependant Stapleton ne le perdait pas des yeux. Il se retourna vers moi, en disant :

« Je voudrais bien transporter chez moi le cadavre de ce malheureux, mais je crains d'effrayer ma sœur. Recouvrons-lui le visage... Il restera ainsi sans danger jusqu'à demain matin. »

Nous fîmes ce que conseillait Stapleton. Puis, malgré son insistance pour nous emmener à Merripit House, Holmes et moi nous reprîmes le chemin de Baskerville, laissant le naturaliste rentrer seul chez lui. En nous retournant nous vîmes sa silhouette s'éloigner lentement à travers l'immensité de la lande.

---

1. **Transes :** craintes.

Le Chien des Baskerville

« Nous touchons au moment critique, me dit Sherlock, tandis que nous marchions silencieusement. Cet homme est joliment fort ! Au lieu de sir Henry, c'est Selden qui tombe victime de ses machinations... Avez-vous remarqué comment il a supporté ce coup, qui en aurait paralysé bien d'autres. Je vous l'ai dit à Londres, Watson, et je vous le répète ici, nous n'avons jamais eu à combattre d'ennemi plus digne de nous.

— Je regrette qu'il vous ait vu.

— Je le regrettais aussi, tout d'abord. Mais il n'y avait pas moyen d'éviter cette rencontre.

— Pensez-vous que votre présence au château modifie ses plans ? demandai-je.

— Elle peut le rendre plus prudent ou, au contraire, le pousser à la témérité. Comme la plupart des criminels habiles, il est capable de trop compter sur son habileté et de croire qu'il nous a dupés.

— Pourquoi ne l'avons-nous pas arrêté ?

— Mon cher Watson, vous êtes un homme d'action, vous ! Votre tempérament vous porte aux actes d'énergie. Mais supposons, par exemple, que nous l'ayons arrêté tout à l'heure, qu'en serait-il résulté de bon pour nous ? Quelles preuves fournirions-nous contre lui ? C'est en cela qu'il est rusé comme un démon. Si nous tenions un complice qui fût en mesure de déposer devant les juges, passe encore ! J'admets même que nous nous emparions de ce chien... Il ne constituerait pas une preuve suffisante pour qu'on nouât une corde autour du cou de son maître.

— Il y a la mort de sir Charles.

— L'examen de son cadavre n'a révélé aucune trace de blessure. Vous et moi, nous savons qu'une frayeur l'a tué et nous connaissons la cause de cette frayeur. Mais comment faire pénétrer cette certitude dans le cœur de douze jurés[1] imbéciles ? Comment prouver l'intervention du chien ? Où est la marque de ses crocs ? D'ailleurs, un chien ne mord jamais un cadavre, et sir Charles était trépassé, lorsque l'animal l'atteignit. Nous devrions établir tout cela, vous dis-je, et nous sommes loin de pouvoir le faire.

— Et le drame de cette nuit ?

---

1. **Jurés :** membres d'un jury ; ils prennent part à la décision de justice lors d'un jugement.

Chapitre XII

— Il ne nous a rien apporté de concluant. Quelle relation directe existe-t-il entre le chien et la mort de Selden ? Avons-nous vu la bête ?

— Non ; mais nous l'avons entendue.

— Je vous l'accorde. Prouvez-moi qu'elle poursuivait le convict... Pour quelle raison, cette poursuite ? Moi, je n'en trouve pas... Non, mon cher Watson, il faut nous résigner à la pensée que nous ne pouvons formuler aucune accusation précise et nous efforcer de recueillir des preuves indiscutables.

— Comment y arriver ?

— Par Mme Laura Lyons. Lorsque nous l'aurons renseignée sur le compte de Stapleton, elle nous sera d'un grand secours. J'ai mes plans, moi aussi !... Attendons-nous à de graves événements pour la journée de demain... Toutefois, avant vingt-quatre heures, j'espère bien avoir définitivement le dessus. »

Holmes borna là ses confidences. Il continua à marcher, perdu dans ses réflexions, jusqu'à la porte du château de Baskerville.

« Entrez-vous ? lui demandai-je.

— Pourquoi pas ? Je n'ai plus de raisons de me cacher... Encore un mot, Watson. Ne parlez pas du chien à sir Henry... Qu'il pense de la mort de Selden ce que Stapleton voulait que nous crussions nous-mêmes ! Il n'en sera que plus dispos[1] pour l'épreuve qu'il subira demain. Vous m'avez dit qu'il est invité à dîner à Merripit House ?

— Je le suis également.

— Vous vous excuserez... Sir Henry doit seul accepter l'invitation. Nous inventerons un bon prétexte à votre absence. Et maintenant allons prier le baronnet de nous donner à souper. »

---

1. **Dispos :** qui a toutes les dispositions pour agir.

Clefs d'analyse

Chapitres XI-XII

Action et personnages

1. À partir du chapitre VIII, les dates sont clairement précisées. Combien de jours se sont déroulés depuis le premier rapport de Watson ? Pourquoi reprend-il le fil de son récit au chapitre XI ?
2. Watson annonce clairement qu'il veut parvenir à deux objectifs au début du chapitre XI. Quels sont ses projets ? Parvient-il à les mener jusqu'au bout ?
3. De quelle façon inattendue le vieux Frankland vient-il en aide à Watson ?
4. Quel personnage a été tué sur la lande ? Comment est-il mort exactement ? Quelqu'un regrette-t-il sa mort ?
5. Qui était clairement visé ? Justifiez votre réponse en donnant tous les indices nécessaires.

Langue

1. Qui mène le dialogue entre Watson et Mme Lyons ? Justifiez votre réponse.
2. Frankland emploie souvent des phrases exclamatives quand il s'adresse à Watson. Relevez deux de ces phrases et justifiez l'utilisation de ce type de phrase par le personnage.
3. Sur quel ton Holmes s'adresse-t-il à Watson à la fin du chapitre XI ? Pour quelle raison ?

Genre et thème

1. Qui mène l'enquête dans ces deux chapitres ? Quelle est la particularité de ce roman policier ?
2. Watson a les qualités d'observation d'un enquêteur. Quelle est sa première impression quand il voit Mme Lyons ?
3. L'attitude et le comportement de Mme Lyons permettent à Watson d'en déduire les sentiments qui l'animent. Montrez-le en relevant certains exemples.
4. De quelle façon Watson fait-il pression sur Mme Lyons ?
5. Quelles conclusions Watson tire-t-il de son entrevue avec cette femme ?

Clefs d'analyse

Chapitres XI-XII

6. Qu'apprend Holmes à Watson à propos de Mme Lyons et à propos de Stapleton ?
7. Qui est le principal suspect à la fin du chapitre XII ? Donnez les éléments qui pèsent sur lui. Pourquoi est-il impossible de l'arrêter ?
8. Quelle question reste en suspens à propos de ce suspect ? Holmes compte sur un personnage pour lui apporter des éclaircissements. De qui s'agit-il ? Comment compte-t-il faire pression sur ce personnage ?

Écriture

1. Rédigez un dialogue mené par un enquêteur auprès d'un suspect. Vous montrerez les réactions du personnage interrogé. Introduisez rapidement le dialogue en le plaçant dans un contexte. Expliquez dans la conclusion ce que l'enquêteur peut tirer de son interrogatoire.
2. Imaginez les réflexions de Stapleton au moment où il quitte la scène de crime. Il a découvert un cadavre inattendu. Les présences de Watson et de Holmes doivent lui déplaire au plus haut point.

Pour aller plus loin

1. Recherchez quelles sont les qualités d'un bon enquêteur selon vous.
2. Le personnage de l'enquêteur est essentiel dans un roman policier. Recherchez les noms de quelques-uns parmi les plus célèbres dans la littérature et au cinéma.

> ### ✳ À retenir
> Les paroles rapportées au discours direct introduisent une rupture dans la narration. Elles sont un moyen de caractériser un personnage. Le niveau de langue, le lexique permettent de connaître son milieu social. Le ton, l'attitude, le comportement indiqués en marge ou dans le discours donnent des indications sur son caractère. Dans un dialogue, les relations entre les personnages sont perceptibles.

Le Chien des Baskerville

XIII

Filets tendus

En raison des derniers événements, sir Henry attendait depuis quelques jours l'arrivée de Sherlock Holmes. Aussi se montra-t-il plus satisfait que surpris de le voir. Toutefois il ouvrit de grands yeux en s'apercevant que mon ami n'avait pas de bagages et ne lui donnait aucune explication sur cette absence de valise. Nous procurâmes à Sherlock tout ce dont il pouvait avoir besoin et, après un dîner servi bien longtemps après l'heure accoutumée, nous apprîmes au baronnet ce qu'il nous importait qu'il connût de mon aventure. Auparavant, j'avais eu la corvée de raconter à Barrymore et à sa femme la mort de Selden. Cette nouvelle causa au valet de chambre un soulagement sans égal ; mais Mme Barrymore porta son tablier à ses yeux et pleura amèrement. Pour tout le monde, le convict était un être violent, moitié brute et moitié démon ; pour elle, il demeurait toujours l'enfant volontaire qui s'attachait à ses jupes, à l'époque où elle était jeune fille.

« J'ai erré tristement dans la maison depuis le départ matinal de Watson, dit le baronnet. Je mérite des compliments pour la façon dont j'ai tenu ma promesse. Si je ne vous avais pas juré de ne pas sortir seul, j'aurais pu passer une meilleure soirée... Les Stapleton m'avaient prié d'aller dîner chez eux.

— Je suis certain que vous auriez passé une meilleure soirée, répondit Holmes sèchement. En tout cas, vous n'avez pas l'air de vous douter que nous avons pleuré votre mort. »

Sir Henry releva la tête.

« Comment cela ? demanda-t-il.

— Ce pauvre diable de Selden portait des vêtements qui vous avaient appartenu. Je crains fort que votre domestique, de qui il les tenait, n'ait maille à partir[1] avec la police.

— C'est impossible. Autant qu'il m'en souvienne, ces vêtements n'étaient pas marqués à mon chiffre[2].

---

1. **N'ait maille à partir :** n'ait des difficultés.
2. **Mon chiffre :** mes initiales.

Chapitre XIII

— Tant mieux pour Barrymore... et pour vous aussi, car, tous, dans cette affaire, vous avez agi contre les prescriptions[1] de la loi. Je me demande même si, en ma qualité de détective consciencieux, mon premier devoir ne serait pas d'arrêter toute la maisonnée... Les rapports de Watson vous accablent...

— Faites ! » dit le baronnet en riant.

Puis, redevenant sérieux, il ajouta :

« Quoi de neuf, à propos de votre affaire ? Avez-vous un peu débrouillé l'écheveau ? Je ne crois pas que, depuis votre arrivée ici, nous ayons fait un pas en avant, Watson et moi.

— Avant qu'il soit longtemps, j'espère avoir déblayé le terrain et rendu votre situation sensiblement plus claire. Tout cela est très difficile, très compliqué. Il existe encore quelques points sur lesquels la lumière est nécessaire... Mais elle est en marche, la lumière !

— Watson vous a certainement appris que nous avions acquis une certitude, reprit le baronnet. Nous avons entendu le chien hurler sur la lande, et je jurerais bien que la légende accréditée[2] dans le pays n'est pas une vaine superstition. Autrefois, quand je vivais en Amérique, dans le Far West, j'ai eu des chiens et je ne puis me méprendre sur leurs hurlements. Si vous parvenez à museler celui-là, je vous proclamerai partout le plus grand détective des temps modernes.

— Je crois que je le musellerai et que je l'enchaînerai facilement, à la condition que vous consentiez à m'aider.

— Je ferai tout ce que vous me commanderez.

— Parfait... Je vous demande en outre de m'obéir aveuglément, sans vous enquérir des raisons qui me guident.

— Je m'y engage.

— Si vous tenez cette promesse, nous avons les plus grandes chances de résoudre bientôt le problème qui vous intéresse. Je n'ai aucun doute... »

Sherlock Holmes s'arrêta soudain pour regarder en l'air, au-dessus de ma tête.

---

1. **Prescriptions :** ordres.
2. **Accréditée :** à laquelle on croit.

Le Chien des Baskerville

La lumière de la lampe tombait d'aplomb sur son visage, qui avait pris une expression si attentive, si immobile, qu'il ressemblait à une tête de statue personnifiant l'étonnement et la réflexion.

« Qu'y a-t-il ? » criâmes-nous, le baronnet et moi.

Lorsque les yeux de Sherlock se reportèrent sur nous, je vis qu'il réprimait[1] une violente émotion intérieure.

« Excusez l'admiration d'un connaisseur, dit-il à sir Henry, en étendant la main vers la série de portraits qui couvraient le mur. Watson me dénie[2] toute compétence en matière d'art, par pure jalousie, parce que nous ne sommes pas de la même école. Vous avez là une fort belle collection de portraits.

— Je suis heureux de vous les entendre vanter, fit sir Henry, avec surprise. Je ne connais pas grand-chose à tout cela, et je ne puis mieux juger un cheval qu'un tableau. Je ne croyais pas que vous eussiez le temps de vous occuper de ces bagatelles[3].

— Je sais apprécier le beau, quand je l'ai sous les yeux. Tenez, ceci est un Kneller... Je parierais que cette dame en soie bleue, là-bas, ainsi que ce gros gentilhomme en perruque doivent être des Reynolds. Des portraits de famille, je suppose ?

— Tous.

— Savez-vous le nom de ces ancêtres ?

— Barrymore m'en a rebattu les oreilles, et je crois que je puis réciter ma leçon.

— Quel est ce gentilhomme avec un télescope ?

— Il s'appelait le vice-amiral de Baskerville et servit aux Indes sous Rodney. Celui qui a cet habit bleu et ce rouleau de papiers à la main fut sir William Baskerville, président des commissions de la Chambre des communes, sous Pitt.

— Et ce cavalier, en face de moi... celui qui porte un habit de velours noir garni de dentelles ?

— Il mérite qu'on vous le présente, car il est la cause de tous nos malheurs. Il se nomme Hugo, Hugo le maudit, celui pour qui l'enfer a vomi le chien des Baskerville. Nous ne sommes pas près de l'oublier. »

---

1. **Réprimait :** étouffait.
2. **Dénie :** refuse.
3. **Bagatelles :** choses sans importance.

Chapitre XIII

Intéressé et surpris, j'examinai le portrait.

« Vraiment ! dit Holmes. Il a l'air d'un homme simple et paisible, mais cependant on devine dans ses yeux une pensée de mal qui sommeille. Je me le figurais plus robuste et d'aspect plus brutal.

— L'authenticité du portrait n'est pas douteuse ; le nom et la date — 1647 — se trouvent au dos de la toile. »

Pendant le dîner, Holmes parla peu. Le portrait du vieux libertin[1] exerçait sur lui une sorte de fascination, et ses yeux ne s'en détachèrent pas.

Ce ne fut que plus tard, à l'heure où sir Henry se retira dans sa chambre, que mon ami me communiqua ses pensées.

Nous redescendîmes dans la salle à manger, et, là, son bougeoir à la main, Holmes attira mon attention sur la vieille peinture que le temps avait recouverte de sa patine[2].

« Apercevez-vous quelque chose ? » me demanda Sherlock.

J'examinai ce visage long et sévère, encadré par un grand chapeau à plumes, une abondante chevelure bouclée et une collerette de dentelles blanches. La physionomie, point bestiale, avait toutefois un air faux et mauvais, avec sa bouche en coup de sabre, ourlée de lèvres minces, et ses yeux insupportablement fixes.

« Ressemble-t-il à quelqu'un que vous connaissiez ? me demanda Sherlock Holmes.

— Il a quelque chose des maxillaires de sir Henry, répondis-je.

— Un phénomène de suggestion, probablement. Attendez un instant ! »

Holmes monta sur une chaise et, élevant son bougeoir qu'il tenait de la main gauche, il arrondit son bras sur le portrait, de façon à cacher le large chapeau à plumes et les boucles de cheveux.

« Grand Dieu ! » m'écriai-je étonné.

Le visage de Stapleton venait de surgir de la toile.

« Voyez-vous, maintenant ? fit Holmes. Mes yeux sont exercés à détailler les traits des visages et non pas les accessoires. La pre-

---

1. **Libertin :** personne aux mœurs déréglés.
2. **Patine :** teinte que prend une peinture avec le temps et l'usure.

mière qualité de ceux qui se vouent[1] à la recherche des criminels consiste à savoir percer les déguisements.

— C'est merveilleux. On dirait le portrait de Stapleton.

— Oui. Nous nous trouvons en présence d'un cas intéressant d'atavisme[2] — aussi bien au physique qu'au moral. Il suffit d'étudier des portraits de famille pour se convertir à la théorie de la réincarnation. Ce Stapleton est un Baskerville — la chose me paraît hors de doute.

— Un Baskerville — avec des vues sur la succession, repartis-je.

— Exactement. L'examen de ce portrait nous a procuré le plus intéressant des chaînons qui nous manquaient... Nous le tenons, Watson, nous le tenons ! Je jure qu'avant demain soir, il se débattra dans nos filets aussi désespérément que ses propres papillons. Une épingle, un bouchon, une étiquette, et nous l'ajouterons à notre collection de Baker Street !... »

En s'éloignant du portrait, Holmes fut pris d'un de ces accès de rire peu fréquents chez lui. Je l'ai rarement entendu rire ; mais sa gaieté a toujours été fatale à quelqu'un.

Le lendemain matin, je me levai de bonne heure. Holmes avait été plus matinal que moi, puisque, de ma fenêtre, je l'aperçus dans la grande allée du parc.

« Nous aurons aujourd'hui une journée bien remplie », fit-il, en se frottant les mains, à la pensée de l'action prochaine. « Les filets sont tendus et la "traîne"[3] va commencer. Avant la fin du jour, nous saurons si nous avons ramené le gros brochet que nous guettons ou s'il a passé à travers les mailles.

— Êtes-vous allé déjà sur la lande ?

— De Grimpen, j'ai envoyé à la prison de Princetown un rapport sur la mort de Selden. Je ne pense pas m'avancer trop, en promettant qu'aucun de vous ne sera inquiété à ce sujet. J'ai écrit aussi à mon fidèle Cartwright. Le pauvre garçon se serait lamenté sur la porte de ma hutte, comme un chien sur le tombeau de son maître, si je n'avais eu la précaution de le rassurer sur mon sort.

— Et maintenant, qu'allons-nous faire en premier lieu ?

---

1. **Se vouent :** se consacrent.
2. **Atavisme :** hérédité.
3. **La « traîne » :** façon de pêcher.

Chapitre XIII

— Causer avec sir Henry... Justement, le voici.

— Bonjour, Holmes, dit le baronnet. Vous ressemblez à un général en chef dressant un plan avec son chef d'état-major.

— Votre comparaison est exacte... Watson me demandait les ordres.

— Je vous en demande aussi pour moi.

— Très bien. Vous êtes invité à dîner ce soir chez les Stapleton ?

— Oui ; vous y viendrez également. Ce sont des gens très accueillants... Ils seront très heureux de vous voir.

— Je crains que nous ne soyons obligés, Watson et moi, d'aller à Londres aujourd'hui.

— À Londres ?

— Oui ; j'ai le pressentiment que, dans les présentes conjonctures, notre présence là-bas est indispensable. »

La figure du baronnet s'allongea considérablement.

« J'espérais que vous étiez venus ici pour m'assister. Quand on est seul, le séjour du château et de la lande manque de gaieté.

— Mon cher ami, répliqua Holmes, vous devez vous fier aveuglément à moi et exécuter fidèlement mes ordres. Vous direz aux Stapleton que nous aurions été très heureux de vous accompagner, mais que des affaires urgentes nous ont rappelés à Londres. Vous ajouterez que nous comptons revenir bientôt dans le Devonshire. Voulez-vous ne pas oublier de faire cette commission à vos amis ?

— Si vous y tenez.

— Certainement... C'est très important. »

Je vis au front rembruni[1] de sir Henry que notre désertion — il qualifiait ainsi intérieurement notre départ — l'affectait péniblement.

« Quand désirez-vous partir ? interrogea-t-il d'un ton sec.

— Aussitôt après déjeuner... Nous irons en voiture à Coombe-Tracey... Afin de vous prouver que son absence sera de courte durée, Watson laissera ici tous ses bagages. »

Et, se retournant vers moi, Holmes continua :

« Watson, envoyez donc un mot aux Stapleton pour leur dire que vous regrettez de ne pouvoir accepter leur invitation.

---

1. **Rembruni** : sombre, chagriné.

Le Chien des Baskerville

— J'ai bien envie de vous suivre à Londres, fit le baronnet. Pourquoi resterais-je seul ici ?

— Parce que le devoir vous y retient... Parce que vous avez engagé votre parole d'exécuter tous mes ordres, et que je vous commande de demeurer ici.

— Très bien alors... je resterai...

— Encore une recommandation, reprit Sherlock. Je veux que vous alliez en voiture à Merripit House et qu'ensuite vous renvoyiez votre cocher, en disant aux Stapleton que vous rentrerez à pied au château.

— À pied... À travers la lande ?

— Oui.

— Mais c'est précisément la chose que vous m'avez le plus expressément défendue !

— Aujourd'hui vous pouvez faire cette promenade en toute sécurité. Si je n'avais la plus entière confiance dans la solidité de vos nerfs et la fermeté de votre courage, je ne vous y autoriserais pas... Il est essentiel que les choses se passent ainsi.

— Je vous obéirai.

— Si vous tenez à votre existence, ne suivez, sur la lande, d'autre route que celle qui conduit de Merripit House au village de Grimpen... C'est d'ailleurs votre chemin tout naturel pour retourner au château.

— Je ferai ce que vous me commandez.

— À la bonne heure, approuva Holmes. Je partirai le plus tôt possible, après déjeuner, de façon à arriver à Londres dans le courant de l'après-midi. »

Ce programme ne manquait pas de me surprendre, bien que, la nuit précédente, Holmes eût dit à Stapleton que son séjour à Baskerville ne se prolongerait pas au-delà du lendemain. Il ne m'était jamais venu à l'idée que Sherlock pût m'emmener avec lui – pas plus que je ne comprenais que nous fussions absents l'un et l'autre, à un moment que mon ami lui-même qualifiait de très critique.

Il n'y avait qu'à obéir en silence. Nous prîmes congé de notre pauvre sir Henry et, une couple d'heures plus tard, nous arrivions

Chapitre XIII

à la gare de Coombe Tracey. La voiture repartit pour le château et nous passâmes sur le quai où nous attendait un jeune garçon.

« Avez-vous des ordres à me donner, monsieur ? demanda-t-il à Sherlock Holmes.

— Oui, Cartwright. Vous prendrez le train pour Londres... Aussitôt en ville, vous expédierez en mon nom à sir Henry un télégramme pour le prier de m'envoyer à Baker Street, sous pli recommandé, le portefeuille que j'ai laissé tomber dans le salon.

— Oui, monsieur.

— Allez donc voir maintenant au télégraphe si l'on n'a pas un message pour moi. »

Cartwright revint avec une dépêche. Holmes me la tendit.

Elle était ainsi conçue :

> « Selon votre désir, j'arrive avec un mandat d'arrêt[1] en blanc[2].
> Serai à Grimpen à cinq heures quarante.
>
> « Lestrade. »

« Ceci, me dit Holmes, répond à un de mes télégrammes de ce matin. Ce Lestrade est le plus habile détective de Scotland Yard, et nous pouvons avoir besoin d'aide... Tâchons, Watson, d'utiliser notre temps. Nous n'en trouverons pas de meilleur emploi qu'en allant rendre visite à votre connaissance, Mme Laura Lyons. »

Le plan de campagne de Sherlock Holmes commençait à devenir évident. Par le baronnet, il voulait convaincre les Stapleton de notre départ, alors que nous devions reprendre clandestinement le chemin de Grimpen, pour nous trouver là au moment où notre présence serait nécessaire. Le télégramme, expédié de Londres par Cartwright, achèverait de dissiper les soupçons des Stapleton, si sir Henry leur en parlait.

Je voyais déjà les filets se resserrer davantage autour du brochet que nous désirions capturer.

---

1. **Mandat d'arrêt :** ordre d'arrêter quelqu'un.
2. **En blanc :** sans nom écrit dessus.

Le Chien des Baskerville

Mme Laura Lyons nous reçut dans son bureau. Sherlock Holmes ouvrit le feu avec une franchise et une précision qui la déconcertèrent[1] un peu.

« Je suis en train de rechercher, dit-il, les circonstances qui ont accompagné la mort de feu[2] Charles Baskerville. Mon ami le docteur Watson m'a fait part de ce que vous lui aviez raconté et aussi de ce que vous lui aviez caché à ce sujet.

— Qu'ai-je caché ? demanda Mme Lyons, devenue subitement défiante.

— Vous avouez avoir prié sir Charles de venir à la porte du parc, à dix heures du soir. Nous savons que le vieux gentilhomme a trouvé la mort à cette heure et à cet endroit. Pourquoi avez-vous passé sous silence la relation qui existe entre ces différents événements ?

— Il n'existe entre eux aucune relation.

— Permettez-moi de vous faire remarquer qu'en tout cas, la coïncidence est au moins extraordinaire. J'estime cependant que nous parviendrons à établir cette relation. Je veux agir franchement avec vous, madame Lyons. Un meurtre a été commis, nous en sommes certains, et l'enquête peut impliquer non seulement votre ami M. Stapleton, mais encore sa femme. »

Laura Lyons quitta brusquement son fauteuil.

« Sa femme ! s'écria-t-elle.

— C'est aujourd'hui le secret de Polichinelle[3]. Celle que l'on croyait sa sœur est bien réellement sa femme. »

Mme Lyons se rassit. Ses mains s'étaient à tel point crispées sur les bras du fauteuil que ses ongles — roses quelques minutes auparavant — avaient blanchi sous la violence de l'étreinte.

« Sa femme ! répéta-t-elle. Sa femme ! Il était donc marié ? »

Sherlock Holmes se contenta de hausser les épaules.

« Prouvez-le-moi !… Prouvez-le-moi, reprit-elle… Et si vous m'apportez cette preuve… »

L'éclair qui passa alors dans ses yeux en dit plus long que tous les discours.

---

1. **Déconcertèrent :** troublèrent.
2. **Feu :** décédé, défunt.
3. **Secret de Polichinelle :** secret divulgué, que tout le monde connaît.

Chapitre XIII

« Je suis venu dans cette intention, continua Holmes, en tirant plusieurs papiers de sa poche. Voici d'abord une photographie du couple prise à York, il y a plusieurs années. Lisez la mention écrite au dos : "M. et Mme Vandeleur..." Vous le reconnaîtrez sans peine – et elle aussi, si vous l'avez vue. Voilà trois signalements de M. et Mme Vandeleur, signés par des témoins dignes de foi. Le ménage tenait à cette époque l'école de Saint-Olivier. Lisez ces attestations et voyez si vous pouvez douter de l'identité de ces gens. »

Mme Lyons prit les documents, les parcourut et tourna ensuite vers nous un visage consterné.

« Monsieur Holmes, dit-elle, cet homme m'a proposé de m'épouser, si je divorçais d'avec mon mari. Il m'a menti, le lâche, d'une inconcevable façon. Il ne m'a jamais dit un mot de vérité... Et pourquoi ?... pourquoi ? Je croyais qu'il n'agissait que dans mon seul intérêt. Mais maintenant je me rends compte que je n'étais qu'un instrument entre ses mains... Pourquoi me montrerais-je généreuse envers celui qui m'a si indignement trompée ? Pourquoi tenterais-je de le soustraire aux conséquences de ses actes déloyaux ? Interrogez-moi ! Demandez-moi ce que vous voulez savoir, je vous répondrai sans ambages[1]... Je vous jure qu'au moment d'écrire à sir Charles Baskerville, je n'aurais jamais imaginé qu'il arriverait malheur à ce vieillard que je considérais comme le meilleur de mes amis.

– Je vous crois absolument, madame, dit Sherlock Holmes. Je comprends que le récit de ces événements vous soit très pénible et peut-être vaudrait-il mieux qu'il vînt de moi... Reprenez-moi si je commets quelque erreur matérielle... L'envoi de cette lettre vous fut suggéré par Stapleton ?

– Il me l'a dictée.

– Je présume qu'il fit miroiter à vos yeux le secours que sir Charles vous enverrait pour faire face aux dépenses nécessitées par votre instance en divorce.

– Très exact.

– Puis, après le départ de votre lettre, il vous dissuada d'aller au rendez-vous ?

---

1. **Sans ambages :** sans détours.

Le Chien des Baskerville

— Il me dit qu'il se sentirait froissé si un autre homme me remettait de l'argent pour une semblable destination. Il ajouta que, quoique pauvre, il dépenserait volontiers jusqu'à son dernier sou pour abattre l'obstacle qui nous séparait.

— Ah ! il se montrait d'une logique irréfutable, dit Holmes... Ensuite, vous n'avez plus entendu parler de rien jusqu'au moment où vous avez lu dans les journaux les détails de la mort de sir Charles ?

— Non.

— Je suppose qu'il vous fit jurer de ne révéler à personne votre rendez-vous avec le vieux baronnet.

— En effet. Il prétexta que cette mort était environnée de mystères, et que, si je parlais de ma lettre, on me soupçonnerait certainement. Il m'effraya pour obtenir mon silence.

— Évidemment. Cependant vous eûtes des doutes ? »

Mme Lyons hésita et baissa la tête.

« Je le connaissais, reprit-elle. Toutefois, s'il s'était conduit autrement à mon égard, jamais je ne l'aurais trahi.

— À mon avis, vous l'avez échappé belle, dit Sherlock Holmes. Vous le teniez en votre pouvoir, il le savait et vous vivez encore ! Pendant plusieurs mois, vous avez côtoyé un précipice... Maintenant, madame, il ne nous reste plus qu'à prendre congé de vous. Avant peu, vous entendrez parler de nous. »

Nous allâmes à la gare attendre l'arrivée du train de Londres. Sur le quai, Holmes me dit :

« Tout s'éclaircit et, peu à peu, les difficultés s'aplanissent autour de nous. Bientôt, je pourrai raconter d'une façon cohérente le crime le plus singulier et le plus sensationnel de notre époque. Ceux qui se livrent à l'étude de la criminalité se souviendront alors d'événements analogues survenus à Grodno, dans la Petite-Russie, en 1866. Il y a aussi les meurtres d'Anderson commis dans la Caroline du Nord... Mais cette affaire présente des particularités qui lui sont propres. Ainsi, à cette heure encore, la culpabilité de ce Stapleton n'est pas matériellement établie. Seulement j'espère bien y être arrivé ce soir, avant de me mettre au lit. »

L'express de Londres pénétrait en gare. Un petit homme, trapu, musclé, sauta d'un wagon de première classe. Nous échangeâmes

Chapitre XIV

avec lui une poignée de main et je devinai, à la façon respectueuse dont Lestrade regarda mon compagnon, qu'il avait appris beaucoup de choses depuis le jour où nous avions « travaillé » ensemble pour la première fois. Je me souvenais du profond mépris avec lequel le praticien[1] accueillit alors les raisonnements d'un théoricien tel que Sherlock Holmes.

« Un cas sérieux ? interrogea Lestrade.

— Le fait le plus extraordinaire qui se soit produit depuis nombre d'années, répondit Holmes. Nous avons devant nous deux heures avant de songer à nous mettre en route... Dînons ! Puis, mon cher Lestrade, vous chasserez le brouillard de Londres en aspirant à pleins poumons la fraîche brise vespérale de Dartmoor... Jamais venu dans ces parages ?... Non ?... Eh bien, je ne pense pas que vous oubliiez de longtemps votre première visite. »

XIV

Le chien des Baskerville

Un des défauts de Sherlock Holmes – si l'on peut appeler cela un défaut – consistait en sa répugnance à communiquer ses projets à ceux qui devaient l'aider dans leur exécution. Il préférait attendre le dernier moment. J'attribue cette retenue, partie[2] à son caractère impérieux[3] qui le portait à dominer et à surprendre ses amis, et partie aussi à sa méfiance professionnelle, qui le poussait à ne négliger aucune précaution. Le résultat n'en était pas moins fort désagréable pour ceux qui l'assistaient dans ses entreprises. Pour mon compte, j'en ai souvent souffert, mais jamais autant que pendant la longue course en voiture que nous fîmes, ce soir-là, dans l'obscurité.

Nous étions sur le point de tenter la suprême épreuve ; nous allions enfin donner notre dernier effort, et Holmes ne nous avait

---

1. **Praticien :** homme de terrain, technicien.
2. **Partie à :** en partie à.
3. **Impérieux :** autoritaire.

Le Chien des Baskerville

encore rien dit. À peine pouvais-je soupçonner ce qu'il comptait faire. Je frémis par anticipation, lorsque le vent glacial qui nous frappait le visage et les sombres espaces qui s'étendaient de chaque côté de l'étroite route m'apprirent que nous retournions de nouveau sur la lande. Chaque tour de roue, chaque foulée des chevaux nous rapprochaient davantage de notre ultime[1] aventure.

La présence du conducteur s'opposait à toute espèce de conversation intéressante, et nous ne parlâmes que de choses insignifiantes, alors que nos nerfs vibraient sous le coup de l'émotion et de l'attente.

Après cette longue contrainte, je me sentis soulagé à la vue de la maison de Frankland et en reconnaissant que nous nous dirigions vers le château.

Au lieu de nous arrêter à l'entrée principale, nous poussâmes jusqu'à la porte de l'avenue.

Là, Sherlock Holmes paya le cocher, et lui ordonna de retourner sur-le-champ à Coombe Tracey. Nous nous acheminâmes vers Merripit House.

« Êtes-vous armé, Lestrade ? » demanda mon ami.

Le petit détective sourit.

« Tant que j'aurai un pantalon, dit-il, j'y ferai coudre une poche-revolver, et aussi longtemps que j'aurai une poche-revolver, il se trouvera quelque chose dedans.

– Bien. Nous sommes également prêts pour toute éventualité, Watson et moi.

– Vous êtes peu communicatif, monsieur Holmes, reprit Lestrade. Qu'allons-nous faire ?

– Attendre.

– Vrai ! l'endroit ne me semble pas folâtre[2], fit le détective, en frissonnant à l'aspect des pentes sombres de la colline et de l'immense voile de brouillard qui recouvrait la grande fondrière de Grimpen. Je crois apercevoir devant nous les lumières d'une maison.

---

1. **Ultime :** dernière.
2. **Folâtre :** folichon.

Chapitre XIV

« C'est Merripit House, le terme de notre voyage, murmura Holmes. Je vous enjoins[1] de marcher sur la pointe des pieds et de ne parler qu'à voix très basse. »

Nous suivîmes le sentier qui conduisait à la demeure des Stapleton ; mais, à deux cents mètres d'elle, Holmes fit halte.

« Cela suffit, dit-il. Ces rochers, à droite, nous serviront d'abri.

— C'est ici que nous devons attendre ? demanda Lestrade.

— Oui. Nous allons nous mettre en embuscade ici. Placez-vous dans ce creux, Lestrade. Vous, Watson, vous avez pénétré dans la maison, n'est-ce pas ? Pouvez-vous m'indiquer la situation des pièces ? Qu'y a-t-il derrière ces fenêtres grillées, de ce côté ?

— Les cuisines probablement.

— Et, plus loin, celles qui sont si brillamment éclairées ?

— La salle à manger.

— Les stores sont levés. Vous connaissez mieux le terrain... Rampez sans bruit et voyez ce qui s'y passe... Mais au nom du ciel, que Stapleton ne se doute pas qu'on le surveille. »

Sur la pointe des pieds, je m'avançai dans le sentier et je parvins au petit mur qui entourait le verger.

À la faveur de cet abri, je me glissai jusqu'à un endroit d'où je pus apercevoir l'intérieur de la pièce.

Deux hommes étaient assis en face l'un de l'autre : sir Henry et Stapleton. Je distinguais nettement leur profil. Ils fumaient. Du café et des liqueurs se trouvaient devant eux, sur la table.

Stapleton parlait avec animation ; le baronnet semblait pâle et distrait. La longue promenade nocturne qu'il devrait faire sur cette lande maudite assombrissait peut-être ses pensées.

Un instant, Stapleton se leva et sortit. Sir Henry remplit son verre, s'enfonça dans son fauteuil et souffla vers le plafond la fumée de son cigare.

J'entendis le grincement d'une porte et le craquement d'une chaussure sur le gravier.

Les pas suivaient l'allée qui borde le mur derrière lequel j'étais accroupi. Je risquai un œil et je vis le naturaliste s'arrêter à la porte d'un pavillon construit dans un coin du verger.

---

1. **Enjoins :** ordonne.

Le Chien des Baskerville

Une clef tourna dans la serrure et, comme Stapleton pénétrait dans le réduit, je perçus un bruit singulier, semblable au claquement d'une lanière de fouet.

Stapleton ne resta pas enfermé plus d'une minute. La clef tourna de nouveau ; il repassa devant moi et rentra dans la maison.

Quand il eut rejoint son hôte, je revins doucement auprès de mes compagnons auxquels je racontai ce dont j'avais été témoin.

« Vous dites donc, Watson, que la dame n'est pas là ? me demanda Holmes, lorsque j'eus terminé mon rapport.

— Non.

— Où peut-elle être, puisque, sauf celles de la cuisine, toutes les autres fenêtres sont plongées dans l'obscurité ?

— Je l'ignore. »

J'ai dit qu'au-dessus de la grande fondrière de Grimpen s'étendait un voile de brouillard, épais et blanchâtre. Lentement, comme un mur mobile, bas, mais épais, il se rapprochait de nous. La lune l'éclairait, lui donnant, avec la cime des pics éloignés qui émergeaient de sa surface, l'aspect d'une gigantesque banquise.

Holmes se tourna de ce côté et laissa échapper quelques paroles d'impatience, arrachées sans doute par la marche lente — mais continue — du brouillard.

« Il va nous gagner, Watson, fit-il, en me le désignant d'un geste.

— Est-ce un contretemps fâcheux ?

— Très fâcheux... La seule chose au monde qui pût déranger mes combinaisons... Sir Henry ne tardera pas à partir maintenant !... Il est déjà dix heures... Notre succès — et même sa vie à lui — dépendent de sa sortie, avant que le brouillard ait atteint ce sentier. »

Au-dessus de nos têtes, la nuit était calme et sereine. Les étoiles scintillaient, pareilles à des clous d'or fixés sur la voûte céleste, et la lune baignait tout le paysage d'une lumière douce et incertaine.

Devant nous se détachait la masse sombre de la maison dont les toits dentelés, hérissés de cheminées, se profilaient sur un ciel teinté d'argent. De larges traînées lumineuses, partant des fenêtres du rez-de-chaussée, s'allongeaient sur le verger et jusque sur la lande. L'une d'elles s'éteignit subitement. Les domestiques venaient de quitter la cuisine.

Chapitre XIV

Il ne resta plus que la lampe de la salle à manger où les deux hommes, le maître de céans[1] aux pensées sanguinaires et le convive inconscient du danger qui le menaçait, continuaient à causer en fumant leur cigare.

De minute en minute, le voile opaque[2] qui recouvrait la lande se rapprochait davantage de la demeure de Stapleton.

Déjà les légers flocons d'ouate[3] avant-coureurs de la brume, s'enroulaient autour du rayon de lumière projeté par la fenêtre illuminée. Le mur du verger le plus éloigné de nous devenait invisible et les arbres disparaissaient presque derrière un nuage de vapeurs blanches.

Bientôt des vagues de brouillard léchèrent les deux angles de la maison et se rejoignirent, la faisant ressembler à un vaisseau-fantôme qui voguerait sur une mer silencieuse.

Holmes crispa sa main sur le rocher qui nous cachait et frappa du pied dans un mouvement d'impatience.

« Si sir Henry n'est pas sorti avant un quart d'heure, dit-il, le sentier sera envahi à son tour. Dans une demi-heure, il nous sera impossible de distinguer notre main au bout de notre bras.

— Si nous nous retirions jusqu'à l'endroit où le terrain se relève ? insinuai-je.

— Oui, c'est préférable. »

À mesure que cette inondation de brouillard nous gagnait, nous fuyions devant elle. Maintenant six cents mètres environ nous séparaient de la maison. Et ce flot inexorable[4], dont la lune argentait la crête, nous repoussait toujours.

« Nous reculons trop, dit Holmes. Nous ne devons pas courir le risque que le baronnet soit terrassé avant d'arriver jusqu'à nous. Restons où nous sommes, à tout prix. »

Mon ami se baissa et appliqua son oreille contre la terre.

« Merci, mon Dieu ! fit-il en se relevant... il me semble que je l'entends venir ! »

Un bruit de pas précipités rompit le silence de la lande.

---

1. **Le maître de céans :** le maître des lieux.
2. **Opaque :** impénétrable.
3. **Ouate :** coton.
4. **Inexorable :** implacable, que l'on ne peut arrêter.

Le Chien des Baskerville

Blottis au milieu des pierres, nous regardions avec insistance la muraille floconneuse qui nous barrait la vue de la maison.

Les pas devinrent de plus en plus distincts et, du brouillard, sortit, comme d'un rideau, l'homme que nous attendions.

Dès qu'il se retrouva dans une atmosphère plus claire, il regarda autour de lui, surpris de la limpidité de la nuit.

Rapidement, sir Henry descendit le sentier, passa tout près de l'endroit où nous étions tapis, et commença l'ascension de la colline qui se dressait derrière nous. Tout en marchant, il tournait à chaque instant la tête de côté et d'autre, comme un homme qui se sent mal à l'aise.

« Attention ! cria Holmes. Gare à vous ! je l'entends ! »

En même temps, je perçus le bruit sec d'un pistolet qu'on arme.

Il s'élevait du sein de cette mer de brume un bruit continu, semblable à un fouaillement[1]. Les nuées ne se trouvaient plus qu'à cinquante mètres de nous et, tous trois, nous ne les perdions pas de vue, incertains de l'horreur qu'elles allaient nous vomir.

Mon coude touchait celui d'Holmes, et, à ce moment, je levai la tête vers lui. Il était pâle, mais exultant[2]. Ses yeux étincelaient, à la pâle clarté de la lune. Soudain, ils devinrent fixes et ses lèvres s'entrouvrirent d'étonnement.

En même temps, Lestrade poussa un cri de terreur et se jeta la face contre terre.

Je sautai sur mes pieds. Ma main inerte[3] se noua sur la crosse de mon revolver ; je sentis mon cerveau se paralyser devant l'effrayante apparition qui venait de surgir des profondeurs du brouillard.

C'était un chien ! un énorme chien noir, tel que les yeux des mortels n'en avaient jamais contemplé auparavant.

Sa gueule soufflait du feu ; ses prunelles luisaient comme des charbons ardents ; autour de ses babines et de ses crocs vacillaient des flammes.

Jamais les rêves les plus insensés d'un esprit en délire n'enfantèrent rien de plus sauvage, de plus terrifiant, de plus diabolique,

---

1. **Fouaillement :** coups répétés.
2. **Exultant :** transporté d'une joie extrême.
3. **Inerte :** sans réaction.

Chapitre XIV

que cette forme noire et cette face féroce qui s'étaient frayé un passage à travers le mur de brouillard.

Avec des bonds énormes, ce fantastique animal flairait la piste de notre ami, le serrant de près.

Cette apparition nous hypnotisait à tel point qu'elle nous avait déjà dépassés lorsque nous revînmes à nous.

Holmes et moi fîmes feu simultanément.

La bête hurla hideusement, ce qui nous prouva qu'au moins l'un de nous l'avait touchée. Cependant elle bondit en avant et continua sa course.

Sir Henry s'était retourné. Nous aperçûmes son visage décomposé et ses mains étendues en signe d'horreur devant cet être sans nom qui lui donnait la chasse.

Au cri de douleur du chien, toutes nos craintes s'évanouirent. Il était mortel, puisque vulnérable, et, si nous l'avions blessé, nous pouvions également le tuer.

Je n'ai jamais vu courir un homme avec la rapidité que Sherlock Holmes déploya cette nuit-là. Je suis réputé pour ma vitesse, mais il me devança avec autant de facilité que celle avec laquelle je dépassai moi-même le petit Lestrade.

Tandis que nous volions sur les traces du chien, nous entendîmes plusieurs cris répétés de sir Henry, ainsi que l'aboiement furieux de la bête. Je la vis s'élancer sur sa victime, la précipiter à terre et la saisir à la gorge. Holmes déchargea cinq fois son revolver dans les flancs du monstre. Dans un dernier hurlement d'agonie et après un dernier coup de dents lancé dans le vide, il roula sur le dos. Ses quatre pattes s'agitèrent convulsivement, puis il s'affaissa sur le côté, immobile.

Je m'avançai, tremblant encore, et j'appuyai le canon de mon revolver sur cette horrible tête. Inutile de presser la détente, le chien-géant était mort – et bien mort, cette fois !

Sir Henry s'était évanoui. Nous déchirâmes son col et Holmes murmura une prière d'action de grâces[1], en ne découvrant aucune trace de blessure. Dans quelques minutes, le baronnet serait revenu à lui.

Déjà notre jeune ami ouvrait ses yeux et essayait de se lever.

---

1. **Action de grâces :** acte de reconnaissance, de gratitude.

Le Chien des Baskerville

Lestrade lui desserra les dents et lui fit avaler quelques gouttes de cognac.

« Mon Dieu ! balbutia-t-il en tournant vers nous des yeux que la frayeur troublait encore. Qu'était-ce ? Au nom du ciel, dites-moi ce que c'était !

— Peu importe, puisqu'il est mort ! dit Holmes. Nous avons tué une bonne fois pour toutes le revenant de la famille Baskerville. »

L'animal qui gisait à nos pieds avait des proportions qui le rendaient effrayant. Ce n'était ni un limier[1] ni un dogue[2]. Élancé, sauvage, aussi gros qu'une petite lionne, il était mâtiné[3] de ces deux races. Même en ce moment, dans le repos de la mort, une flamme bleuâtre semblait suinter de son énorme gueule et un cercle de feu cernait ses yeux, petits, féroces.

« Je posai la main sur ce museau lumineux et, quand je retirai mes doigts, ils brillèrent dans les ténèbres.

— C'est du phosphore[4] ! dis-je.

— Oui… une très curieuse préparation, répliqua Holmes, en flairant l'animal. Elle ne répand aucune odeur capable de nuire à l'odorat de la bête. Nous vous devons des excuses, sir Henry, pour vous avoir exposé à une semblable frayeur. Je croyais avoir affaire à un chien et non pas à une créature de cette sorte. Et puis le brouillard nous avait laissé peu de temps pour lui faire l'accueil que nous lui réservions.

— Vous m'avez sauvé la vie.

— Après l'avoir d'abord mise en péril. Vous sentez-vous assez fort pour vous tenir debout ?

— Versez-moi encore une gorgée de cognac et je serai prêt à tout… Là, merci !… Maintenant voulez-vous m'aider à me mettre sur pied… Qu'allez-vous faire ?

— Vous n'êtes pas en état de tenter cette nuit de nouvelles aventures. Attendez un moment et l'un de nous retournera avec vous au château. »

---

1. **Limier :** grand chien de chasse.
2. **Dogue :** gros chien de garde.
3. **Mâtiné :** croisé.
4. **Phosphore :** substance qui devient lumineuse dans l'obscurité.

Chapitre XIV

Sir Henry essaya de s'affermir sur ses jambes ; mais il était encore pâle comme un spectre et il tremblait de tous ses membres.

Nous le conduisîmes jusqu'à une roche sur laquelle il s'assit, tout frissonnant, la tête enfouie entre ses mains.

« Il faut que nous vous quittions, dit Holmes. Nous devons achever notre tâche et chaque minute a une importance capitale. Nous tenons notre crime, à cette heure ; il ne nous manque plus que le criminel. »

Et, tandis que nous nous hâtions dans le petit sentier, mon ami ajouta :

« Il y a mille à parier contre un que nous ne trouverons plus Stapleton chez lui. Les coups de revolver lui auront appris qu'il a perdu la partie.

— Nous étions assez loin de Merripit House, hasardai-je ; le brouillard aura étouffé le bruit des détonations.

— Il suivait le chien pour l'exciter... vous pouvez en être certain... Non, non... il est déjà loin !... D'ailleurs nous fouillerons la maison pour nous en assurer. »

La porte d'entrée était ouverte. Nous nous ruâmes à l'intérieur, courant d'une chambre à l'autre, au grand étonnement d'un vieux domestique que nous rencontrâmes dans le corridor.

Seule, la salle à manger était restée éclairée. Holmes prit la lampe et explora jusqu'aux plus petits recoins. Nous ne découvrîmes aucune trace de Stapleton. Cependant, à l'étage supérieur, on avait fermé une porte à clef.

« Il y a quelqu'un ! s'écria Lestrade. J'ai entendu du bruit... Ouvrez ! »

Une plainte étouffée, un gémissement, partit de l'intérieur.

Holmes prit son élan et, d'un violent coup de pied appliqué à la hauteur de la serrure, fit voler la porte en éclats. Le revolver au poing, nous nous précipitâmes dans la pièce.

Nous ne vîmes rien qui ressemblât à l'affreux coquin que nous espérions y surprendre. Au contraire, nous nous arrêtâmes devant un objet si étrange, si inattendu, que nous en demeurâmes saisis pendant un moment.

Le Chien des Baskerville

Stapleton avait converti cette pièce en un petit musée. Dans des casiers vitrés, fixés au mur, cet être dangereux et complexe avait réuni ses collections de papillons et de phalènes.

Au centre, une poutre verticale soutenait l'armature de chêne vermoulu qui supportait les ardoises du toit. De cette poutre, pendait un corps si enveloppé, si emmailloté dans un drap qu'il nous fut impossible de reconnaître sur le moment si c'était celui d'un homme ou d'une femme.

Une première serviette enroulée autour du cou du pendu était fortement assujettie à la poutre par un clou. Une seconde enveloppait la partie inférieure du visage, laissant à découvert deux grands yeux noirs – pleins de surprise et de honte – qui nous regardaient avec angoisse.

En l'espace d'une seconde, nous eûmes tranché le bâillon[1], desserré les liens, et Mme Stapleton s'affaissait à nos pieds sur le parquet. Au moment où sa jolie tête retombait sur sa poitrine, je distinguai sur la blancheur du cou le sillon rouge produit par une mèche de fouet.

« La brute ! cria Holmes... Vite, Lestrade, votre bouteille de cognac ! Asseyons-la dans un fauteuil... Elle s'est évanouie d'épuisement. »

La jeune femme entr'ouvrit les yeux.

« Est-il sauvé ? s'écria-t-elle, s'est-il échappé ?...

— Il ne peut nous échapper, madame, répondit froidement Sherlock Holmes.

— Non, non... pas mon mari... sir Henry ? Est-il sain et sauf ?

— Oui.

— Et le chien ?

— Mort. »

Mme Stapleton poussa un long soupir de satisfaction.

« Merci, mon Dieu, merci !... Oh ! le misérable !... Voyez dans quel état il m'a mise ! »

Elle releva ses manches et nous montra ses bras couverts d'ecchymoses[2].

---

1. **Bâillon :** morceau de tissu plaqué sur la bouche de quelqu'un pour l'empêcher de crier.
2. **Ecchymoses :** bleus.

Chapitre XIV

« Mais cela n'est rien... rien ! reprit-elle, d'une voix entrecoupée de sanglots. C'est mon esprit et mon âme qu'il a torturés et souillés ! J'aurais tout supporté : les mauvais traitements, la solitude, ma vie brisée, tout, si j'avais pu conserver l'espoir qu'il m'aimait encore ! Aujourd'hui, mes illusions se sont envolées, et je sais que je n'ai été qu'un instrument entre ses mains.

— Vous n'éprouvez plus pour lui que du ressentiment, n'est-ce pas, madame ? demanda Holmes. Désignez-nous sa retraite. Vous l'avez aidé dans le mal, venez-nous en aide maintenant ; ce sera votre expiation[1].

— Il ne peut avoir dirigé ses pas que vers un seul endroit, répondit-elle. Au cœur même de la grande fondrière, il existe, sur un îlot de terre ferme, une ancienne mine d'étain. C'était là qu'il cachait son chien. Là, également, il s'était ménagé un refuge pour le cas où il aurait dû fuir précipitamment. Il y a couru certainement. »

Holmes prit la lampe et l'approcha de la fenêtre. Le brouillard en obscurcissait les vitres.

« Voyez, madame, dit-il. Je défie qui que ce soit de retrouver cette nuit son chemin à travers la grande fondrière de Grimpen. »

Mme Stapleton battit des mains ; ses yeux brillèrent d'une joie mauvaise.

« Il peut y pénétrer, mais il n'en ressortira jamais ! s'écria-t-elle. Comment, par cette nuit épaisse, verrait-il les balises[2] qui doivent le guider ?... Nous les avons plantées ensemble, lui et moi, pour marquer le seul chemin praticable... Ah ! s'il m'avait été permis de les arracher aujourd'hui, vous l'auriez à votre merci ! »

Il était évident que, pour commencer nos recherches, nous étions condamnés à attendre que le brouillard se fût dissipé. Nous confiâmes à Lestrade la garde de la maison et nous reprîmes, Holmes et moi, le chemin du château de Baskerville en compagnie du baronnet.

Impossible de taire plus longtemps à sir Henry l'histoire des Stapleton... Il supporta courageusement le coup que lui porta au cœur la vérité sur la femme qu'il avait aimée.

---

1. **Expiation :** punition destinée à racheter une faute.
2. **Balises :** marques laissées pour guider quelqu'un.

Le Chien des Baskerville

La secousse produite sur ses nerfs par les aventures de cette nuit déterminèrent une fièvre cérébrale[1]. Le docteur Mortimer, accouru à son chevet, déclara qu'il ne faudrait rien moins qu'un long voyage autour du monde pour rendre à sir Henry la vigueur et la santé qu'il possédait avant de devenir propriétaire de ce néfaste[2] domaine.

J'arrive rapidement à la conclusion de cette singulière histoire, dans laquelle je me suis efforcé de faire partager au lecteur les angoisses et les vagues soupçons qui, pendant quelques jours, avaient troublé notre existence et qui venaient de se terminer d'une si tragique façon.

Le lendemain du drame de Merripit House, le brouillard se dissipa, et Mme Stapleton nous guida vers l'endroit où son mari et elle avaient tracé un chemin à travers la fondrière. Pendant le trajet, nous pûmes mesurer, à l'empressement qu'elle mettait à nous conduire sur les traces du naturaliste, combien cette femme avait souffert.

Elle resta sur une sorte de promontoire que la terre ferme jetait dans l'intérieur du marécage. À partir de ce point, de petites balises, plantées çà et là, indiquaient le sentier qui serpentait d'une touffe d'ajoncs à l'autre, au milieu de trous tapissés d'écume verdâtre et de flaques bourbeuses qui barraient la route aux étrangers. Des roseaux desséchés et des plantes aquatiques limoneuses[3] exhalaient des odeurs fades de choses en décomposition ; une vapeur lourde, chargée de miasmes[4], nous montait au visage.

Au moindre faux pas, nous enfoncions jusqu'au-dessus du genou dans cette boue visqueuse, frissonnante, qui ondulait sous la pression de nos pieds jusqu'à plusieurs mètres de distance. Elle se collait à nos talons et, lorsque nous y tombions, on aurait dit qu'une main homicide[5] nous tirait en bas, tellement était tenace l'étreinte qui nous enserrait.

---

1. **Fièvre cérébrale :** fièvre intense accompagnée de délire et d'accidents cérébraux.
2. **Néfaste :** marqué par le malheur.
3. **Limoneuses :** boueuses.
4. **Miasmes :** émanations putrides provenant de la décomposition de végétaux ou d'animaux.
5. **Homicide :** criminelle.

Chapitre XIV

Une seule fois, nous acquîmes la preuve que Stapleton nous avait devancés dans le sentier. Dans une touffe de joncs émergeant de la vase, il nous sembla distinguer quelque chose de noir.

Du sentier, Holmes sauta sur la touffe et s'enfonça jusqu'à la ceinture. Si nous n'avions pas été là pour le retirer, il n'aurait jamais plus foulé la terre ferme. Il tenait à la main une vieille bottine. À l'intérieur, on lisait cette adresse imprimée : « Meyer, Toronto ».

« Cela vaut bien un bain de boue, dit Sherlock. C'est la bottine volée à notre ami sir Henry.

— Stapleton l'aura jetée là dans sa fuite, fis-je.

— Certainement. Il l'avait conservée à la main, après s'en être servi pour mettre le chien sur la piste. Quand il a vu que tout était perdu, il s'est enfui de Merripit House, ayant toujours cette bottine, et il s'en est débarrassé ici. Cela nous montre qu'il a atteint, sain et sauf, ce point de la fondrière. »

Ce fut tout ce que nous découvrîmes de lui.

D'ailleurs, comment relever des traces de pas dans le marécage où cette surface de fange mobile reprenait son uniformité après le passage d'un homme ?

Parvenus sur un terrain plus solide formant une espèce d'île au milieu de la fondrière, nous poursuivîmes nos recherches avec un soin minutieux. Elles furent inutiles. Si la terre ne mentait pas, jamais Stapleton n'avait dû gagner cet endroit, malgré sa lutte désespérée contre le brouillard. Quelque part dans la grande fondrière de Grimpen, cet homme au cœur froid et cruel était enseveli, aspiré par la boue visqueuse.

Dans cette île surgie du milieu de la vase, nous trouvâmes de nombreuses traces de ses visites, ainsi que du séjour de son féroce allié. Une vieille roue et une brouette à demi remplie de décombres marquaient l'emplacement d'une mine abandonnée. Tout près de là, on retrouvait encore les vestiges des cabanes de mineurs, chassés sans doute par les exhalaisons pestilentielles[1] du marais.

Dans l'une de ces cabanes, une niche à laquelle était fixée une chaîne, puis un amas d'os, indiquaient l'endroit où Stapleton atta-

---

1. **Exhalaisons pestilentielles :** émanations, vapeurs nauséabondes.

chait son chien. Un crâne auquel adhéraient encore des poils noirs gisait au milieu des débris.

« Un chien ! fit Holmes, en le retournant du pied. Par Dieu ! c'était un caniche ! Pauvre Mortimer, il ne reverra plus son favori !... Je doute qu'il reste ici des secrets que nous n'ayons pas pénétrés... Stapleton pouvait cacher son chien, mais il ne pouvait l'empêcher d'aboyer ! De là ces hurlements si terrifiants à entendre, même en plein jour. Enfermer la bête dans un des pavillons de Merripit House exposait le naturaliste aux plus grands risques et ce ne fut que le dernier jour, alors qu'il se croyait au terme de ses efforts, qu'il osa s'y décider... La pâte contenue dans cette boîte d'étain est sans doute la composition phosphorescente dont il enduisait son chien. Cette idée lui fut sûrement suggérée par l'histoire du chien des Baskerville et par le désir d'effrayer sir Charles jusqu'à le tuer. Est-il étonnant que ce pauvre diable de Selden ait couru, ait crié – ainsi que sir Henry et nous-mêmes – lorsqu'il vit bondir à sa poursuite, dans les ténèbres de la lande, une créature aussi étrange ?... Il faut admirer l'ingéniosité de l'invention. En effet, indépendamment de la possibilité de tuer sa victime, cela présentait l'avantage d'éloigner du monstre tous les paysans qui, le rencontrant sur la lande – cela est arrivé à plusieurs – auraient eu l'intention de l'examiner de trop près. Je l'ai dit à Londres, Watson, et je le répète ici à cette heure, nous n'avons jamais donné la chasse à un homme plus dangereux que celui qui gît là-bas. »

En prononçant ces dernières paroles, Holmes étendit la main vers le grand espace moucheté de vert qui représentait la fondrière de Grimpen et qui s'étendait au loin jusqu'aux pentes sombres de la lande.

XV
Détails rétrospectifs

Un soir de novembre, âpre et brumeux, nous étions assis, Holmes et moi, au coin du feu qui pétillait gaiement dans la cheminée de notre salon de Baker Street. Depuis l'issue tragique de notre visite au château de Baskerville, mon ami s'était occupé de deux affaires de la plus haute importance. Dans la première, il avait dévoilé l'abominable conduite du colonel Upwood, lors du scandale des cartes à jouer au Nonpareil Club. Dans la seconde, au contraire, il avait démontré l'innocence de Mme Montpensier, accusée d'avoir assassiné sa belle-fille, Mlle Carère, jeune fille que l'on retrouva six mois plus tard à New York, vivante et mariée.

Le succès de ces dernières entreprises, si délicates et si importantes, avait mis Holmes en belle humeur ; je crus le moment venu de discuter les détails du mystère de Baskerville. J'avais patiemment attendu une occasion, car je savais qu'il n'aimait pas qu'on le troublât dans ses travaux, ni que son esprit, clair et méthodique, fût distrait de ses occupations présentes par un retour vers le passé.

Sir Henry et le docteur Mortimer, à la veille de partir pour le long voyage qui devait rendre au baronnet l'équilibre de ses nerfs rompu par les drames de la lande, se trouvaient de passage à Londres. Nos deux amis avaient passé l'après-midi avec nous et ce sujet de conversation était tout naturellement indiqué.

« En ce qui concerne l'homme qui se déguisait sous le nom de Stapleton, dit Holmes, la succession des événements était simple et compréhensible, bien qu'elle nous parût excessivement complexe, à nous qui n'avions, au début, aucune donnée sur le mobile de ses actions et qui ne pouvions connaître qu'une partie des faits. J'ai eu la bonne fortune de causer deux fois avec Mme Stapleton, et tous les points sont tellement élucidés que je crois être en mesure d'affirmer qu'il ne reste plus rien d'obscur dans cette affaire. Reportez-vous, d'ailleurs, aux différentes notes de mon répertoire classées à la lettre B.

Le Chien des Baskerville

— Alors, demandai-je à Sherlock Holmes, expliquez-moi de mémoire comment vous êtes arrivé à dégager la vérité.

— Volontiers. Cependant je ne vous garantis pas de ne rien oublier. Une intense contention[1] mentale produit le très curieux effet d'effacer le passé de notre esprit. Ainsi l'avocat, qui possède sa cause sur le bout du doigt et qui peut ergoter avec[2] un témoin sur des détails infimes, s'aperçoit, une ou deux semaines après sa plaidoirie, qu'il ne se souvient plus que de très peu de chose. De même, chacun des cas dont je m'occupe chasse le précédent, et Mlle Carère a remplacé dans ma mémoire sir Henry Baskerville. Demain, quelque nouveau problème soumis à mon appréciation chassera à son tour de mon souvenir la jeune Française et l'infâme colonel Upwood. Quant au chien des Baskerville, je suivrai de mon mieux l'ordre des événements ; si je viens à me tromper, vous me reprendrez.

Mes enquêtes démontrent irréfutablement que la ressemblance entre le portrait d'Hugo et Stapleton n'était pas menteuse et que ce dernier appartenait bien à la race des Baskerville. Il était le fils du plus jeune frère de sir Charles, de ce Roger qui partit, à la suite de plusieurs scandales, pour l'Amérique du Sud, où, prétendait-on, il mourut célibataire. Il se maria, au contraire, et eut un enfant, ce misérable Stapleton auquel nous devons restituer le nom de son père. Là, ce descendant des Baskerville épousa Béryl Garcia, une des beautés du Costa Rica, et, pour fuir les conséquences d'un vol considérable commis au préjudice de[3] l'État, il changea son nom en celui de Vandeleur, vint en Angleterre et ouvrit une école dans une petite localité du Yorkshire. La connaissance d'un pauvre précepteur[4], poitrinaire[5], faite sur le bateau qui amenait le naturaliste en Angleterre, l'avait décidé à se tourner vers l'enseignement et à mettre à profit le savoir de Fraser. Ainsi se nommait le précepteur. Mais Fraser succomba bientôt à la maladie qui le minait, et l'école, jusqu'alors en pleine prospérité, tomba peu à peu dans le discré-

---

1. **Contention :** concentration.
2. **Ergoter avec :** contester les arguments de quelqu'un.
3. **Au préjudice de :** contre l'intérêt de ; qui cause des dommages.
4. **Précepteur :** personne chargée de l'instruction d'un enfant à domicile.
5. **Poitrinaire :** souffrant de la tuberculose, une maladie pulmonaire.

Chapitre XV

dit[1]. Stapleton se vit un beau jour forcé de mettre la clef sous la porte. Une fois encore, les Vandeleur abandonnèrent leur nom, et le naturaliste transporta dans le sud de l'Angleterre les restes de sa fortune, ses projets d'avenir et son goût pour l'entomologie. J'ai appris qu'au Bristish Museum il faisait autorité en la matière, et que le nom de Vandeleur était pour toujours attaché à une certaine phalène qu'il avait décrite le premier, lors de son séjour dans le Yorkshire.

Arrivons maintenant à la seule partie de sa vie qui offre vraiment de l'intérêt pour nous. Stapleton avait pris ses informations et savait que deux existences seulement le séparaient de la possession du riche domaine de Baskerville. Je crois qu'à son arrivée dans le Devonshire, son plan était encore mal défini. Mais, dans le fait de présenter sa femme comme sa sœur, je trouve la preuve que, dès le début, il nourrissait déjà de mauvais desseins. Il avait l'intention manifeste de se servir d'elle comme d'un appât, quoiqu'il ne sût pas encore exactement de quelle façon il tendrait sa toile. Il convoitait le domaine et, pour en venir à ses fins, il était prêt à employer tous les moyens, à courir tous les risques. D'abord il s'installa dans le plus immédiat voisinage de la demeure de ses ancêtres ; puis il tâcha de conquérir l'amitié de sir Charles Baskerville et de ses autres voisins.

Le baronnet lui-même se chargea de lui apprendre l'histoire du chien de la famille, et prépara ainsi les voies de sa propre mort. Stapleton – je continuerai à l'appeler de ce nom – fut mis au courant, par Mortimer, de la maladie de cœur dont souffrait le vieux gentilhomme, qu'une émotion pouvait tuer. Sir Charles, acceptant comme véridique la lugubre légende, lui sembla également être quelqu'un de superstitieux. Aussitôt, son esprit ingénieux lui suggéra le moyen de se débarrasser du baronnet. Et c'est vrai qu'il serait difficile de justifier une accusation de meurtre contre ce coquin. Cette idée une fois conçue, il commença à la mettre à exécution avec une incontestable finesse. Un criminel vulgaire se serait contenté de recourir purement et simplement à un chien sauvage. L'artifice dont il usa pour donner à la bête un aspect diabolique fut un trait de génie de sa part. Il l'avait achetée à Londres

---

1. **Discrédit :** absence de considération, d'estime.

Le Chien des Baskerville

chez Ross et Mangles, les grands marchands de Fulham Street ; elle était la plus grosse et la plus féroce qu'ils eussent à vendre alors. Il la conduisit à Grimpen par la ligne du chemin de fer du North Devon et fit à pied, sur la lande, une grande partie de la route, afin de ne pas attirer l'attention des gens du pays. Au cours de ses recherches entomologiques, il avait découvert le sentier qui conduisait au cœur de la grande fondrière ; il trouva la cachette sûre pour l'animal, et il l'enchaîna à une niche. Puis il attendit une occasion propice.

Elle ne se présenta pas immédiatement. Impossible d'attirer, la nuit, le vieux gentilhomme hors de chez lui. Plusieurs fois, Stapleton rôda dans les environs, accompagné de son chien – mais sans succès. Ce fut pendant ces infructueuses[1] tournées que des paysans aperçurent son terrible allié et que la légende du chien-démon reçut une nouvelle confirmation. Il avait espéré que sa femme le seconderait dans ses projets contre sir Charles, mais elle s'y refusa énergiquement. Elle ne voulait pas entraîner le vieux gentilhomme dans un commerce sentimental qui le livrerait sans défense à son ennemi. Les menaces et même les coups – je suis honteux de le dire – ne purent briser la résistance de la pauvre femme. Elle s'obstina à ne se mêler de rien, et Stapleton se trouva fort embarrassé. En s'éprenant d'une belle amitié pour ce drôle et en l'instituant[2] le dispensateur[3] de ses libéralités envers l'infortunée Laura Lyons, sir Charles lui fournit l'occasion qu'il recherchait depuis longtemps. Il se dit célibataire et exerça rapidement une influence considérable sur l'esprit de la fille de Frankland ; il lui persuada qu'il l'épouserait, si elle parvenait à obtenir son divorce. Dès qu'il fut informé que, sur l'avis de Mortimer – avis qu'il appuya de tous ses efforts –, sir Charles se disposait à quitter le château de Baskerville, il dressa promptement ses batteries[4]. Il devait agir immédiatement, sous peine de voir sa victime lui échapper. Stapleton pressa donc Mme Lyons d'écrire la lettre pour

---

1. **Infructueuses :** sans résultat.
2. **En l'instituant :** en le désignant.
3. **Dispensateur :** personne qui dispense, qui distribue.
4. **Il dressa [...] ses batteries :** il prit les mesures nécessaires pour faire aboutir son projet.

Chapitre XV

laquelle elle suppliait le vieillard de lui accorder une entrevue, la veille de son départ pour Londres. Ensuite, à l'aide d'un argument spécieux[1], il la dissuada de se rendre à la grille de la lande. Sir Charles était à sa merci. Le soir, il revint de Coombe Tracey assez tôt pour aller chercher son chien, l'enduire de son infernale mixture et le conduire près de la porte, où, avec juste raison, il savait que sir Charles faisait le guet. Le chien, excité par son maître, sauta par-dessus la claire-voie[2] et poursuivit le malheureux baronnet, qui s'engagea en criant dans l'allée des Ifs. Pouvez-vous imaginer un spectacle plus saisissant que celui de cette énorme bête noire, à la gueule enflammée, aux yeux injectés de feu, bondissant, le long de cette sombre avenue, après ce vieillard inoffensif ! Au milieu de l'allée, la frayeur et son anévrisme[3] terrassèrent sir Charles. L'animal galopait sur la bordure de gazon, tandis que le baronnet suivait la partie sablée, de telle sorte qu'on ne remarqua que les pas de l'homme. En le voyant immobile, le chien s'approcha probablement pour le flairer ; mais, le voyant mort, il fit demi-tour. C'est alors qu'il laissa sur le sol l'empreinte si judicieusement relevée par Mortimer. Stapleton le rappela et le reconduisit immédiatement au chenil de la grande fondrière de Grimpen. Le mystère demeura une énigme indéchiffrable pour la police, alarma toute la contrée et provoqua finalement la visite dont le docteur nous honora ici même, il y a quelques mois. Voilà pour la mort de sir Charles Baskerville.

Comprenez-vous maintenant l'astuce infernale qui présidait à ces préparatifs ? Cependant, il serait absolument impossible de baser sur elle une accusation contre Stapleton. Son unique complice ne pouvait jamais le trahir, et le moyen employé était si grotesque, si inconcevable, que son efficacité en était accrue par cela même. Les deux femmes mêlées à l'affaire, Mme Stapleton et Laura Lyons, conçurent bien quelques soupçons à l'encontre du naturaliste. Mme Stapleton n'ignorait pas ses sinistres desseins contre le vieillard ; elle connaissait aussi l'existence du chien. Mme Laura Lyons ne savait rien de tout cela ; mais la nouvelle de la mort de

---

1. **Spécieux :** trompeur.
2. **Claire-voie :** grillage.
3. **Anévrisme :** dilatation d'un vaisseau sanguin.

Le Chien des Baskerville

sir Charles l'avait d'autant plus impressionnée, qu'elle était survenue à l'heure précise d'un rendez-vous donné à l'instigation de[1] Stapleton et non contremandé[2] par elle. Comme l'une et l'autre vivaient sous la dépendance de ce dernier, il n'avait rien à redouter de leur part. Le succès couronna la première moitié de sa tâche ; il restait encore la seconde – de beaucoup la plus difficile. Il se peut que Stapleton ait ignoré l'existence de l'héritier canadien. En tout cas, il en entendit bientôt parler par le docteur Mortimer et, par lui, il apprit tous les détails de la prochaine arrivée de sir Henry Baskerville. Il s'arrêta d'abord à la pensée de tuer, à Londres, ce jeune étranger tombé du Canada, sans lui permettre d'atteindre le Devonshire. Depuis que sa femme avait refusé de l'aider à creuser la chausse-trappe[3] dans laquelle il espérait prendre sir Charles, Stapleton se méfiait d'elle. Dans la crainte de la voir se soustraire à son influence, il n'osa pas la perdre de vue trop longtemps. Aussi l'emmena-t-il à Londres avec lui. Ils logèrent à Mexborough Hotel, dans Craven Street, l'un des établissements visités sur mon ordre par Cartwright pour rechercher un commencement de preuve. Il retint sa femme prisonnière dans sa chambre, tandis que, affublé d'une fausse barbe, il suivait le docteur à Baker Street, puis à la gare et enfin à Northumberland Hotel. Mme Stapleton avait pressenti une partie des projets de son mari, mais elle en avait une telle peur – peur fondée sur sa brutalité et sur les mauvais procédés dont il l'abreuvait – qu'elle n'osa pas écrire à sir Henry pour le prévenir de dangers éventuels. Si sa lettre tombait entre les mains de Stapleton, sa propre existence serait compromise. Elle adopta l'expédient[4] de découper dans un journal les mots composant le message et de déguiser son écriture sur l'adresse. La missive parvint au jeune baronnet et lui donna la première alarme.

Pour lancer facilement le chien à la poursuite de sir Henry, il était essentiel que Stapleton se procurât un objet ayant appartenu au jeune homme. Avec une promptitude et une audace caractéristiques, il se mit en quête de cet objet, et nous ne pouvons douter

---

1. **À l'instigation de :** poussé par.
2. **Contremandé :** annulé.
3. **Chausse-trappe :** piège.
4. **Expédient :** solution.

Chapitre XV

que le valet d'étage ou la femme de chambre de l'hôtel n'aient été soudoyés[1] par lui dans ce but. Par hasard, la première bottine remise était neuve et par conséquent sans utilité. Il la renvoya et en demanda une autre – une vieille. Cet incident, très instructif, me prouva immédiatement qu'il s'agissait d'un chien en chair et en os ; aucune autre supposition n'aurait expliqué ce besoin d'une bottine vieille et cette indifférence pour une neuve. Plus un détail est futile, ridicule, plus il mérite qu'on l'examine, et le point même qui semble compliquer une affaire est, quand on le considère attentivement, celui qui très probablement l'élucidera.

Ensuite nous reçûmes, le lendemain matin, la visite de nos nouveaux amis, toujours espionnés par Stapleton dans son cab. Il savait où je demeurais, il me connaissait de vue ; j'en conclus que la carrière criminelle de Stapleton ne se bornait pas à cette seule tentative contre les Baskerville. En effet, pendant ces trois dernières années, on a commis dans l'ouest de l'Angleterre quatre vols qualifiés[2], tous restés impunis. Le dernier, datant du mois de mai, à Folkestone, a été surtout remarquable par le sang-froid avec lequel le voleur masqué a brûlé la cervelle du domestique qui venait de le surprendre. Je ne serais pas étonné que Stapleton augmentât ainsi ses ressources, de jour en jour plus minces, et que, depuis longtemps déjà, il méritât d'être classé parmi les coquins les plus audacieux et les plus résolus. Il nous a donné la mesure de sa décision le matin où il nous a glissé entre les doigts si heureusement – pour lui –, et le fait de me renvoyer mon propre nom par le cocher prouve son audace. Dès lors, il comprit que je l'avais démasqué à Londres et qu'il n'y avait rien à tenter dans cette ville. Il retourna à Dartmoor et attendit l'arrivée du baronnet.

– Un moment ! dis-je. Vous avez certainement décrit les événements dans leur ordre chronologique, mais il est un point que vous avez laissé dans l'ombre. Que devint le chien pendant le séjour de son maître à Londres ?

– Je m'en suis préoccupé, répondit Holmes ; ce détail avait son importance. Il est hors de doute que Stapleton ait eu un confident ; mais je suis non moins certain qu'il a toujours évité avec

---

1. **Soudoyés :** achetés.
2. **Vols qualifiés :** vols commis avec des circonstances aggravantes.

Le Chien des Baskerville

soin de lui donner barre sur lui en lui confiant tous ses projets. Un vieux domestique, nommé Anthony, vivait à Merripit House. Ses rapports avec Stapleton remontent à plusieurs années, à l'époque où la famille habitait le Yorkshire. Cet homme ne pouvait donc ignorer que son maître et sa maîtresse fussent mari et femme. Il a disparu du pays. Or Anthony n'est pas un nom aussi commun en Angleterre qu'Antonio en Espagne ou dans l'Amérique du Sud. De même que Mme Stapleton, il parlait couramment anglais, quoique avec un curieux grasseyement. Je l'ai aperçu plusieurs fois traversant la grande fondrière de Grimpen et suivant le chemin que Stapleton avait balisé : en l'absence de son maître, il prenait probablement soin du chien, sans soupçonner toutefois l'usage auquel on le destinait. Les Stapleton revinrent donc à Dartmoor, bientôt suivis par sir Henry et par vous.

Un mot maintenant sur l'emploi de mon temps. Peut-être vous souvient-il qu'en examinant le papier sur lequel on avait collé les mots découpés dans le *Times*, je regardai attentivement le filigrane. Je tenais ce papier à quelques centimètres de mes yeux et je sentis un parfum à demi évaporé de jasmin blanc. Il existe soixante-quinze parfums qu'un expert en crime doit pouvoir distinguer les uns des autres, et bien souvent – j'en ai fait l'expérience – la solution rapide d'une affaire dépend de la subtilité de l'odorat. Le parfum me révéla la présence d'une femme, et déjà mes soupçons s'étaient tournés vers les Stapleton. Donc, avant même de partir pour le Devonshire, j'étais sûr de la présence d'un chien et j'avais flairé le criminel.

Mon jeu consistait à surveiller Stapleton. Pour ne pas éveiller ses soupçons, je ne pouvais le faire qu'à la condition de ne pas être avec vous. Je trompai tout le monde, même vous, et, tandis qu'on me croyait toujours à Londres, je vins en secret à Dartmoor. Je ne supportai pas autant de privations qu'il vous plairait de le supposer ; d'ailleurs, pour bien conduire une enquête, on ne doit jamais s'arrêter à d'aussi menus détails. Le plus souvent, je demeurais à Coombe Tracey et je n'habitais la hutte de la lande que lorsque je jugeais nécessaire de me trouver sur le théâtre de l'action. Cartwright m'avait accompagné et, sous son déguisement de jeune campagnard, il me rendit de grands services. Grâce à lui,

Chapitre XV

je ne manquai pas de nourriture ni de linge. Quand je surveillais Stapleton, Cartwright avait l'œil sur vous, de telle sorte que je tenais sous mes doigts toutes les touches du clavier.

Je vous ai déjà dit que vos rapports, expédiés sur-le-champ de Baker Street à Coombe Tracey, me parvenaient rapidement. Ils m'étaient fort utiles, et principalement celui qui contenait la biographie de Stapleton. Il me permit d'établir l'identité de l'homme et de la femme ; il affermit le terrain sous mes pieds. L'évasion du convict et ses relations avec les Barrymore embrouillèrent considérablement les choses, mais vous dégageâtes la lumière d'une façon très efficace, bien que mes observations personnelles m'eussent déjà imposé les mêmes conclusions.

Le jour où vous découvrîtes ma présence sur la lande, j'étais au courant de tout, sans avoir toutefois la possibilité de déférer Stapleton au jury[1]. Je vais plus loin : l'attentat dirigé contre sir Henry, la nuit où le malheureux convict trouva la mort, ne nous apporta pas la preuve concluante de la culpabilité du naturaliste. Il ne nous restait d'autre ressource que de le prendre sur le fait, les mains rouges de sang ; mais, pour cela, il fallait exposer sir Henry, seul, en apparence sans défense, comme un appât. Nous le fîmes, au prix de l'ébranlement des nerfs de notre client. Nous obligeâmes Stapleton à se découvrir. C'est ce qui le perdit.

J'avoue que je me reproche d'avoir ainsi mis en péril la vie de sir Henry. Cela tint aux dispositions que j'avais prises. Mais comment prévoir la terrible et stupéfiante apparition de cette bête et le brouillard grâce auquel, à peine entrevue, elle se trouva sur nous. La santé de sir Henry paya la réussite de nos projets. La maladie sera heureusement de courte durée, puisque les médecins affirment qu'un voyage de quelques mois ramènera l'équilibre dans ses nerfs et l'oubli dans son cœur. Le baronnet aimait profondément et sincèrement Mme Stapleton, et la pensée qu'elle l'avait trompé est la chose qui l'a le plus douloureusement affecté dans cette sombre aventure. Quel rôle a joué Mme Stapleton ? Il est incontestable que, soit par l'amour, soit par la crainte – peut-être par ces deux sentiments – son mari exerçait sur elle une réelle influence. Sur son ordre, elle consentit à passer pour sa sœur ;

---

1. **Déférer Stapleton au jury :** citer, conduire Stapleton devant un jury.

Le Chien des Baskerville

mais toutefois cette influence cessa, dès qu'il essaya de la convertir en un instrument de meurtre. Elle avait tenté d'avertir sir Henry autant qu'elle pouvait le faire sans compromettre son mari. De son côté, Stapleton connut les tortures de la jalousie. Quand il vit le baronnet courtiser sa femme – quoique cela rentrât dans ses plans –, il ne sut pas maîtriser un accès de colère ; ce fut une faute grave, qui dévoila toute la violence de son caractère, si habilement dissimulée jusqu'alors sous ses manières froides et compassées. En encourageant l'intimité des deux jeunes gens, il provoquait les fréquentes visites de sir Henry à Merripit House et préparait pour une heure quelconque l'opportunité qu'il désirait. Le jour de la crise, sa femme se retourna subitement contre lui. On avait vaguement parlé de la mort de Selden et Mme Stapleton avait découvert, dans le pavillon du verger[1], la présence du chien, ce même soir où sir Henry venait dîner chez eux. Elle accusa son mari de préméditer un crime. Une scène furieuse éclata, au cours de laquelle le naturaliste lui laissa entrevoir qu'elle avait une rivale. Sa fidélité se changea aussitôt en une haine féroce. Il comprit qu'elle le trahirait. Pour lui ôter toute possibilité de communiquer avec sir Henry, il l'enferma. Il espérait sans doute – ce qui se serait certainement produit – que toute la contrée mettrait la mort du baronnet sur le compte du maléfice héréditaire, et qu'il amènerait sa femme à accepter le fait accompli et à se taire. En tout cas, j'estime qu'il se trompait et que, même sans notre intervention, son arrêt était irrévocablement prononcé. Une femme d'origine espagnole ne pardonne pas aussi facilement un semblable affront. Maintenant, mon cher Watson, je ne pourrais, sans recourir à mes notes, vous fournir plus de détails sur cette curieuse affaire. Je ne crois pas avoir rien oublié d'essentiel.

– Stapleton, demandai-je, n'espérait-il pas, avec son diable de chien, faire mourir sir Henry de peur, ainsi que cela était arrivé pour sir Charles ?

– Non ; la bête était sauvage, affamée. Cette apparition, si elle ne tuait pas le baronnet, avait pour but de paralyser sa résistance.

– Sans doute... Autre chose ! Si Stapleton avait été appelé à la succession de son parent, comment lui, l'héritier, aurait-il expliqué

---

1. **Verger :** lieu planté d'arbres fuitiers.

Chapitre XV

son séjour, sous un nom déguisé, dans le voisinage du domaine des Baskerville ? Comment aurait-il pu revendiquer cette fortune sans éveiller de soupçons ?

— La chose aurait été fort difficile, en vérité, et vous exigeriez de moi l'impossible, si vous me demandiez de résoudre ce problème. Je puis discuter le présent, le passé... mais je me déclare incapable de prédire la résolution qu'un homme prendra dans l'avenir... Mme Stapleton a entendu son mari discuter la question à plusieurs reprises. Il envisageait trois éventualités possibles. Dans la première, il aurait revendiqué cette fortune du fond de l'Amérique du Sud et, sans avoir à paraître en Angleterre, il serait entré en possession de cet héritage, sur la simple justification de son identité devant les autorités anglaises de là-bas. Dans la seconde, il se serait rendu à Londres et y aurait vécu le temps nécessaire sous un habile déguisement. En troisième lieu, il se serait procuré un complice, lequel, après la remise de toutes les preuves exigées par la loi, aurait chaussé ses souliers moyennant une certaine commission. Par ce que nous savons de lui, nous sommes en mesure d'affirmer que Stapleton aurait tourné cette difficulté.

Après ces quelques semaines de dur labeur, je crois, mon cher Watson. que nous pouvons nous octroyer un peu de distraction. Ce soir, j'ai une loge pour *Les Huguenots*[1]... Soyez prêt dans une demi-heure... Nous nous arrêterons en route pour dîner chez Marcini. »

---

1. **Une loge pour Les Huguenots :** une loge à l'opéra pour aller y écouter Les Huguenots, un opéra d'un certain Édouard de Reszke.

Clefs d'analyse

Chapitres XIII-XV

Action et personnages

1. Que reproche Holmes à sir Henry et à Watson au début du chapitre XIII ? Quel trait de son caractère peut-on en déduire ?
2. Holmes demande deux choses à sir Henry au chapitre XIII. De quoi s'agit-il ?
3. Il est difficile au baronnet de respecter ce qui lui est demandé. Pourquoi ? Relevez une phrase et une expression qui mettent en évidence ses réactions.
4. Holmes dit à Laura Lyons : « À mon avis, vous l'avez échappé belle » (p. 186, l. 355). Expliquez pourquoi le détective peut lui faire cette remarque. Quel danger courait-elle ?
5. En quoi consiste la tactique de Holmes pour piéger Stapleton tout en sauvant Sir Henry de la mort ?
6. Quel élément inattendu risque de remettre en question le plan de Holmes ? Expliquez comment cet élément crée du suspense.
7. Le chien des Baskerville est un animal terrifiant. Expliquez pourquoi. Comment s'expliquent de façon rationnelle certains aspects de l'animal ?

Langue

1. Holmes utilise deux métaphores pour annoncer qu'il va confondre Stapleton. Relevez-les et expliquez-les.
2. Trouvez quatre mots de la famille de « flamme ».
3. Cherchez le sens du verbe « stupéfier » : « Mme Laura Lyons nous reçut dans son bureau. Sherlock Holmes ouvrit le feu avec une franchise et une précision qui la déconcertèrent » (p. 184, l. 268-270). Trouvez deux synonymes.

Genre et thème

1. Dans la série de tableaux qui orne la salle à manger de Baskerville Hall, le portrait de Hugo apporte un élément important pour la résolution de l'énigme. Quel est cet élément ? Quelle qualité propre à Holmes lui a permis de le découvrir ?

Clefs d'analyse

Chapitres XIII-XV

2. L'interrogatoire de Mme Laura Lyons par Sherlock Holmes apporte un autre élément important pour le dénouement. Lequel ?
3. Que deviennent à la fin du récit les personnages de Stapleton, Mortimer et sir Henry ?
4. Quel rôle joue le dernier chapitre, « Détails rétrospectifs », pour le dénouement ?

Écriture

1. Sir Henry raconte à Mortimer sa dernière soirée chez Stapleton et le dénouement de celle-ci. Il exprime ses sentiments pendant et après le dîner. Vous insisterez en particulier sur l'épisode du chien. Appuyez-vous sur le texte pour relater les événements et imaginer ce que ressent le personnage.
2. Il vous est arrivé d'être terrorisé dans la nuit par quelque chose de réel ou d'imaginaire. Racontez en prenant soin d'exprimer vos sentiments avec précision.
3. Le roman ne dit rien sur ce que deviennent Mme Stapleton et Laura Lyons. Imaginez un dénouement pour ces deux personnages.

Pour aller plus loin

1. Recherchez des romans ou des films qui font apparaître des animaux sauvages qui aident les héros.

> ### ✱ À retenir
>
> Les dernières pages d'un roman marquent le dénouement de l'histoire. Dans un roman policier, elles apportent les réponses aux énigmes. Le lecteur connaît le destin des personnages principaux et un nouvel équilibre est trouvé. La fin d'un récit reste parfois ouverte et laisse en suspens l'avenir d'un personnage. Comparer le début et la fin d'un roman permet de mesurer le chemin parcouru par les héros.

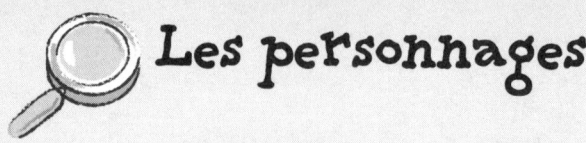
Les personnages

Avez-vous bien lu ?

1. **Reliez les personnages aux objets auxquels ils sont attachés :**

   a. une chaussure
   b. des provisions
   c. une pipe en terre noire
   d. un filet à papillons
   e. une machine à écrire
   f. une bougie
   g. des liens étroitement serrés
   h. une canne
   i. une plume et du papier
   j. un télescope

   1. Sherlock Holmes
   2. Stapleton
   3. sir Henry
   4. Mme Laura Lyons
   5. le Dr Mortimer
   6. Mme Stapleton
   7. Cartwright
   8. Watson
   9. Barrimore
   10. Frankland

2. **Rendez à chaque personnage son portrait physique :**

   Sherlock Holmes — Cartwright — Le Dr Mortimer — Stapleton — Barrimore — Mme Stapleton — Frankland — Mme Laura Lyons — Selden — Sir Henry — Sir Charles — Mme Barrimore.

   a. Je suis un jeune homme au teint hâlé, au regard tranquille et au maintien assuré.
   Je suis : ....

   b. Je suis un jeune homme grand et mince. J'ai un nez en forme de bec. Mes yeux sont rapprochés, gris clair et perçants. J'ai une voix aiguë et trépidante. Mes vêtements sont peu soignés.
   Je suis : ....

   c. J'ai un crâne particulièrement intéressant : une dolichocéphalie prononcée et un grand développement supraorbitaire.
   Je suis : ....

   d. Je suis un homme âgé qui souffre de troubles cardiaques. Mes problèmes physiques se manifestent par une pâleur subite, des essoufflements et des crises de dépression nerveuse.
   Je suis : ....

   e. Je suis un garçon de 14 ans au visage éveillé et intelligent.
   Je suis : ....

f. Je suis grand et bien bâti. Ma physionomie est pâle et distinguée. Je porte une barbe noire taillée en carré.
Je suis : ....
g. J'ai entre 30 et 40 ans. Je suis petit, mince et blond. J'ai la bouche en cœur et une mâchoire tombante.
Je suis : ....
h. Je suis un homme âgé au visage rouge et aux cheveux blancs. J'ai un petit rire de gorge.
Je suis : ....
i. J'ai un front sourcilleux, des yeux d'animal sauvage, un faciès bestial et je porte une barbe hirsute.
Je suis : ....
j. Je suis une jeune femme très belle, grande, mince et racée. Mes yeux sont d'un noir ardent. Mon visage est fin et régulier. Je m'habille avec élégance.
Je suis : ....
k. Je suis une femme solide et épaisse. J'ai souvent les yeux rouges et des traces de larmes sur le visage.
Je suis : ....
l. Je suis une femme d'une grande beauté. Mes yeux sont bruns et mes cheveux châtains. J'ai quelques taches de rousseur sur les joues. Mon regard est parfois dur et ma bouche relâchée.
Je suis : ....

3. **Rendez à chaque citation le personnage qui l'a prononcée :**
Le Dr Mortimer — Mme Laura Lyons — Le policier Lestrade — Stapleton — Watson — Sherlock Holmes — Mme Stapleton — Sir Henry — Mme Barrimore.

a. Je crains, mon cher Watson, que la plupart de vos conclusions ne soient erronées. Quand je prétendais que vous me stimuliez, cela signifiait qu'en relevant vos erreurs j'étais accidentellement amené à découvrir la vérité.

....

Avez-vous bien lu ?

Avez-vous bien lu ?

b. Ces papiers m'ont été confiés par sir Charles Baskerville, dont la mort tragique a causé dernièrement un si grand émoi dans le Devonshire. J'étais à la fois son médecin et son ami.

....

c. J'ai donc recueilli un héritage maudit !... Certes, dès ma plus tendre enfance, j'ai entendu parler de ce chien. C'est l'histoire favorite de ma famille, mais je ne pensai jamais à la prendre au sérieux.

....

d. Cet homme m'a proposé de l'épouser, si je divorçais d'avec mon mari. Il m'a menti, le lâche, d'une inconcevable façon.

....

e. Selon votre désir, j'arrive avec un mandat d'arrêt en blanc. Je serai à Grimpen à cinq heures quarante.

....

f. Oh ! Jean, Jean [...] je suis la cause de ton renvoi... Il n'y a que moi seule de coupable !... Il n'a fait que ce que je lui ai demandé...

....

g. Je ne suis ici que depuis deux ans. Les gens du pays me considèrent comme un nouveau venu...

....

h. Mes dépêches et mes lettres précédentes vous ont à peu près tenu au courant de tout ce qui s'est passé jusqu'à ce jour dans ce coin du monde, certainement oublié de Dieu.

....

i. Allez-vous-en ! [...] Retournez vite à Londres.

....

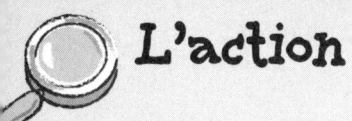

L'action

1. **QCM :**

   a. Le lecteur découvre la faculté déductive de Sherlock Holmes grâce à :
   ☐ une canne
   ☐ un manuscrit ancien
   ☐ une pipe de terre

   b. La perte de la chaussure de sir Henry s'explique par :
   ☐ son vol par un clochard
   ☐ la volonté de l'assassin de faire sentir l'odeur de sir Henry à un chien
   ☐ une plaisanterie d'un domestique de l'hôtel

   c. Barrymore fait des signaux lumineux dans la lande à :
   ☐ Stapleton
   ☐ Frankland
   ☐ Selden

   d. Melle Stapleton est :
   ☐ la femme de Stapleton
   ☐ sa sœur
   ☐ sa cousine

   e. Stapleton a été :
   ☐ professeur de sciences à l'université
   ☐ directeur d'école
   ☐ médecin dans un hôpital

   f. Frankland est un fanatique :
   ☐ de sport
   ☐ de la loi
   ☐ de chasse aux papillons

   g. Le mobile du meurtre de sir Charles est :
   ☐ hériter de sa fortune
   ☐ se venger de lui
   ☐ la jalousie

   h. Pour rendre le chien plus effrayant, Stapleton :
   ☐ l'entoure d'une armure de métal brillant
   ☐ le fait hurler à la mort
   ☐ le couvre de phosphore

Avez-vous bien lu ?

217

i. Mme Laura Lyons est loyale envers Stapleton :
☐ parce qu'elle croit qu'il va l'épouser
☐ parce qu'il lui fait du chantage
☐ parce qu'il est de sa famille

j. Pendant que Watson mène l'enquête, Sherlock Holmes :
☐ est resté à Londres
☐ est parti régler une affaire en Bohême
☐ est caché dans la lande

k. Sherlock Holmes découvre que Stapleton est le neveu de Sir Charles :
☐ en allant consulter des registres à la mairie
☐ en menant une enquête en Amérique centrale où a vécu le plus jeune frère de sir Charles
☐ en remarquant sa ressemblance avec un portrait de Hugo Baskerville

l. Le narrateur de l'histoire est :
☐ Watson
☐ Mortimer
☐ un narrateur extérieur

2. Reliez chaque péripétie de l'histoire au lieu dans lequel elle se déroule :

Le grand bourbier de Grimpen — Baker Street — L'allée des ifs de Baskerville Hall — Les rues de Londres — Coombe Tracy — Une fenêtre du manoir de Baskerville — Lafter Hall — Merripit.

a. Mortimer vient trouver Sherlock Holmes pour lui soumettre un problème.
b. Sherlock Holmes et Watson repèrent le barbu qui suit sir Henry.
c. Sir Charles y a été retrouvé mort.
d. Barrimore fait des signaux sur la lande.
e. Sir Henry est invité par Stapleton et sa sœur.
f. Watson va rendre visite à Frankland.
g. Watson rend visite à Laura Lyons.
h. Le chien redoutable y est caché et nourri.

Avez-vous bien lu ?

3. Retrouvez le mot qui convient et mettez-le à sa place dans le texte :

wigwam — orgie — étincelants — évadé — sauvage — engloutissent — désertiques — désolés — légende — bourbier — agile — obscurité — îlots — puissances du Mal.

L'action principale se déroule dans la lande qui entoure le manoir des Baskerville. C'est un vaste espace .... coupé par des collines .... aux arêtes vives. Sur une pente se sont établies des maisons néolithiques, une vingtaine de cercles de pierres grises, sortes de .... sans toit. La lande est l'endroit idéal pour celui qui veut échapper aux regards. Selden, le forçat .... y a trouvé refuge. Sherlock Holmes mène son enquête à distance tout en surveillant de près ce qui se passe. Vers le nord s'étend le grand .... de Grimpen, où il est très dangereux de s'aventurer à cause des trous de vase qui .... les imprudents. Stapleton a découvert des petits chemins qu'un homme .... peut emprunter pour aller sur des îlots au milieu du bourbier. Il dit qu'il y chasse les papillons rares et cueille des plantes qui ne se trouvent que dans ces lieux .... En réalité, il cache et nourrit un chien énorme et très dangereux. La lande est enfin un lieu de .... et de mystère. On dit qu'autrefois Hugo Baskerville y a trouvé une mort atroce après avoir vendu son corps et son âme aux .... Un chien énorme à la mâchoire tombante et aux yeux .... lui a tranché la gorge sous les yeux de ses compagnons d'.................................... . C'est pourquoi Sherlock Holmes invite sir Henry à éviter la lande pendant les heures d'.................................... où s'exaltent les ....

Avez-vous bien lu ?

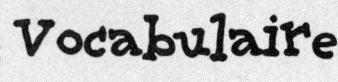
Vocabulaire

1. **Ôtez l'intrus de chaque liste :**
   a. peur, appréhension, étonnement, effroi
   b. audace, sérieux, bravoure, hardiesse
   c. étrange, bizarre, singulier, unique
   d. éliminer, cacher, celer, dérober
   e. terrifiant, harassant, épouvantable, effrayant
   f. démoniaque, infernal, diabolique, angélique
   g. poney, percheron, âne, pur-sang
   h. château, manoir, chaumière, castel

2. **Reconstituez les mots qui évoquent Sherlock Holmes :**

a. sag	1. uction
b. intelli	2. osité
c. déd	3. acité
d. obser	4. ique
e. act	5. ion
f. élé	6. tive
g. curi	7. gence
h. fu	8. meur
i. iron	9. mentaire
j. détec	10. vation

3. **Utilisez quatre des mots que vous avez retrouvés et écrivez une phrase qui évoque pour vous le personnage de Sherlock Holmes.**

Avez-vous bien lu ?

POUR APPROFONDIR

Thèmes et prolongements

❖ Le roman policier

> Suspense, angoisse, désir de découvrir le coupable et quête intellectuelle de la vérité, le roman policier procure des plaisirs variés au lecteur. Longtemps méprisé, considéré comme une littérature populaire, il a aujourd'hui conquis ses lettres de noblesse. Qu'est-ce qu'un roman policier ?

Définition du genre

« Le roman policier est le récit rationnel d'une enquête menée sur un problème dont le ressort principal est le crime. » Telle est la définition donnée par Georges Sadoul dans son *Anthologie de la littérature policière*. Les composantes principales du genre sont donc le crime, l'enquête et le mystère qui lui est attaché. Les personnages ont, par là même, des rôles définis : l'enquêteur, le criminel, la victime, auxquels il faut ajouter les suspects et parfois les complices. La notion de crime est à prendre au sens large. Il faut considérer comme tel toute transgression à l'ordre établi, du crime crapuleux au trafic de drogue en passant par les complots politiques. Quant à l'enquêteur, il peut être un policier, comme le commissaire Maigret de Georges Simenon, un amateur, comme Dupin dans les récits d'Edgar Poe, ou, comme Sherlock Holmes ou Nestor Burma, un privé qui travaille à la fois en marge de la police et avec elle.

Le policier est donc un récit apparemment bien cadré, assez pour que certains auteurs définissent des règles d'écriture : aux États-Unis, S.S. van Dine établit *Les 20 Règles du roman policier* tandis que Raymond Chandler présente ses propres règles, et en France, l'Oulipo formalise la structure du genre. Cependant, la grande variété des possibilités et l'originalité renouvelée des écrivains ne permettent pas vraiment d'établir des codes ou des formules stéréotypées d'écriture.

Le récit à énigme et le roman à suspense

Le roman policier est divisé en plusieurs catégories. *Le Chien des Baskerville* de Conan Doyle est classé dans les récits à énigme, mais il présente quelques caractéristiques du roman à suspense.

Thèmes et prolongements

On considère que le premier roman policier a été écrit par Edgar Poe en 1848 avec *Double Assassinat dans la rue Morgue*. Il est le modèle du récit à énigme qui repose essentiellement sur l'enquêteur. Celui-ci cherche à comprendre comment s'est déroulé un crime étrange et il montre comment il le résout. Dans cette mesure, le roman à énigme est un récit « à rebours » car il est le récit d'un autre récit, celui du crime. Dans la *Typologie du roman policier*, Todorov explique à propos de ce genre de roman : « Ce roman ne contient pas une mais deux histoires : l'histoire du crime et l'histoire de l'enquête. La première histoire, celle du crime, est terminée avant que ne commence la seconde (le livre). » La première histoire est ainsi révélée dans son intégralité seulement à la fin. C'est ce que fait Holmes en racontant le crime à Watson dans le dernier chapitre du *Chien des Baskerville*. La seconde histoire est celle de l'enquête, histoire fragmentée puisque les faits sont découverts en désordre et par morceaux.

Le roman à suspense est représenté par William Irish et Patricia Highsmith. Il est fondé sur la menace qui pèse sur la victime et sur l'attente. Les notions de temps sont importantes car elles expriment des échéances et une certaine urgence. Il faut résoudre l'affaire avant qu'un (nouveau) crime ne soit commis. Dans le roman de Conan Doyle, une menace pèse sur sir Henry et Holmes doit résoudre l'énigme pour éviter que le criminel ne fasse une seconde victime.

Une autre manière de lire

On ne lit pas un roman policier comme un autre livre. Le récit retarde la révélation de la vérité. La présence de suspects innocentés détourne par exemple du problème. Des descriptions de personnages ou de lieux inquiétants créent une attente en même temps qu'elles font naître une atmosphère angoissante. On lit donc très vite pour arriver à la résolution de l'énigme et pour soulager les tensions engendrées par le suspense. Mais on doit lire également de façon attentive et active. Il faut faire attention aux pièges, repérer les indices laissés pour essayer de résoudre l'énigme.

Thèmes et prolongements

✤ La structure du roman

> Roman à énigme, *Le Chien des Baskerville* commence par un crime qu'il s'agit pour Sherlock Holmes, détective brillant, d'élucider. Suit une enquête dans laquelle sont mêlés témoins, suspects, victimes et coupables. Des événements se succèdent sans logique apparente jusqu'à l'élucidation finale qui met en place les éléments du puzzle.

L'incipit : chapitres I à V

Les cinq premiers chapitres constituent l'incipit du roman. L'unité est donnée par le lieu de l'action : Londres. Le lecteur fait la connaissance des deux enquêteurs, Sherlock Holmes et Watson. Le premier domine par ses qualités intellectuelles, mais il n'est pas infaillible dans l'action (il laisse filer le barbu). Watson prend une petite revanche en donnant son ami comme inculte en matière de peinture. Le narrateur présente l'énigme (la mort mystérieuse de sir Charles) et l'enjeu (éviter que sir Henry, un jeune homme impulsif et sympathique, ne soit tué). L'action s'engage enfin avec trois événements : la lettre, la filature et la disparition de la chaussure qui restent sans explication.

Watson mène l'enquête : chapitres VI à XI

Le récit de Watson prend trois formes différentes : une narration à la première personne destinée au lecteur, les lettres envoyées à Holmes, et les extraits de son agenda où il a écrit pour lui-même. Trois modes de narration racontent le déroulement des événements. Les lettres et les notes permettent de les inscrire dans une logique temporelle qui se substitue à toute autre logique, les faits survenant sans ordre. Watson, à l'instigation de Sherlock Holmes, suit en effet plusieurs pistes. Il observe les voisins : Stapleton, sa sœur, Frankland. Quelques pièces du puzzle s'organisent. Celles qui concernent les Barrimore les écartent des suspects. L'implication de

Laura Lyons est la seule piste qui reste valable. Il faut attendre l'arrivée de Sherlock Holmes pour que les choses se mettent en place.

Sherlock Holmes boucle l'enquête : chapitres XII à XIV

Sherlock Holmes connaît le coupable et révèle son nom à Watson. Mais il lui manque quelques liens pour reconstruire la logique de l'histoire du meurtre. Un entretien avec Mme Laura Lyons lui permet de comprendre comment sir Charles a été attiré hors de chez lui. Un portrait de Hugo Baskerville révèle au détective physionomiste le mobile du meurtre : Stapleton est le dernier héritier des Baskerville. À ce stade de l'histoire, l'énigme est intellectuellement résolue. Il faut désormais punir le coupable et sauver une éventuelle victime, sir Henry, dont la vie est entre les mains de Holmes. La question est de savoir qui sera le plus habile, du meurtrier ou des représentants de la loi. Le suspense remplace l'énigme. Le détective prend des risques en faisant du baronnet un appât sans qu'il le sache. L'assassin finalement est (peut-être) puni, mais Sherlock Holmes a failli échouer.

Reconstruction rétrospective : chapitre XV

Le dernier chapitre, intitulé « Détails rétrospectifs », peut sembler inutile : le lecteur, en effet, a su reconstituer de lui-même l'histoire à partir du dénouement. Il ne manque pas d'intérêt cependant. Alors que le déroulement de l'enquête est l'objet du récit de Watson, Holmes restitue de manière chronologique l'histoire du crime. Il remplit ainsi les quelques vides laissés par son ami et il n'hésite pas à mettre en avant sa supériorité intellectuelle (il a compris avant tout le monde la culpabilité de Stapleton). Son récit rend parfaitement simple et claire une histoire qui est apparue sous un jour complexe. Holmes explique au début de son discours qu'il suffit de prendre le point de vue de Stapleton pour en comprendre la logique. Il montre ainsi le fonctionnement d'un récit à énigme : parti de la complexité de faits déconnectés les uns des autres, il aboutit à un récit simple et logique.

Thèmes et prolongements

✜ Sherlock Holmes et Watson

> Sherlock Holmes présente Watson comme son « ami et associé ». Les deux personnages de Conan Doyle sont en effet inséparables. Du côté de la justice et de la vérité, ils traquent le mensonge, le masque et les transgressions. Watson, le narrateur, reconnaît cependant volontiers la supériorité de son ami.

Sherlock Holmes

Conan Doyle dresse un portrait magistral de son héros en action dans la première scène de son roman *Le Chien des Baskerville*. Alors qu'il tourne le dos à Watson, Sherlock Holmes le « voit » observer la canne de Mortimer. Il donne ainsi à son ami et au lecteur l'idée qu'il possède un pouvoir extralucide avant d'apporter une explication rationnelle. Il procède toujours de cette façon, ménageant ses effets, créant la surprise. Il garde le secret de ses découvertes et les dévoile au dernier moment au grand jour, à l'étonnement de ses interlocuteurs et du lecteur. Les premières pages du roman révèlent également la faculté d'observation du personnage. Délaissant les évidences apportées par Watson, il découvre sur la canne de Mortimer des traces de dents, celles d'un chien entre fox-terrier et dogue. Il montre enfin dans cette scène ses capacités exceptionnelles de déduction, laissant son ami honteux de ses erreurs. Ainsi, le « médecin, grave, entre deux âges » de Watson, est remplacé par « un garçon de trente ans, aimable, modeste, distrait ». La suite du récit assure qu'il a vu juste. Holmes n'est cependant pas seulement un penseur, c'est aussi un homme d'action qui apparaît un peu plus loin, au chapitre IV : « Aussitôt Holmes abandonna son attitude rêveuse et se réveilla homme d'action. » Loin d'être un détective en chambre, il fait des filatures, traque le coupable dans la nuit et peut au besoin se servir d'une arme.

L'intelligence brillante et la réussite du personnage vont cependant de pair avec quelques défauts qui font de lui un personnage original. Il est imbu de lui-même, ironique envers son ami, plutôt miso-

Thèmes et prolongements

gyne et très froid. Il est capable d'enfumer une pièce avec son tabac et se drogue à la cocaïne dans certains récits (ce n'était pas illégal à l'époque, mais vivement désapprouvé).

Watson

Watson est d'abord le narrateur de l'histoire : il fait le récit des enquêtes de Sherlock Holmes dans les romans et les nouvelles de Conan Doyle. Ce mode narratif est une nécessité dans un récit à énigme pour lequel un narrateur omniscient est impensable. En effet, dans ce genre de policier, la découverte des événements se fait de façon fragmentée, en désordre, à la manière d'un puzzle qu'il faut reconstituer. Watson rapporte simplement les démarches de Sherlock Holmes ainsi que les siennes, de façon objective et dans l'ordre de l'enquête. La narration de l'histoire du crime dans l'ordre chronologique revient à Holmes dans le dernier chapitre, Watson lui laissant la parole pour une reconstitution complète.

Watson joue également un rôle dans l'histoire, un rôle secondaire, bien sûr, dont l'investit Sherlock Holmes. Il doit protéger sir Henry menacé de mort. C'est une tâche difficile dans laquelle il a pensé faillir lorsque le cadavre de Selden portant les vêtements du baronnet est trouvé dans la lande. Il mène aussi l'enquête de son côté, interrogeant les voisins du manoir de Baskerville. Il parvient à écarter des suspects : Barrimore et Selden, et à découvrir la piste de Laura Lyons. Watson est donc un personnage sans génie certes, qui sert de faire-valoir à Sherlock Holmes, mais il est courageux, dévoué, droit et incarne les vertus britanniques des contemporains de Conan Doyle.

Le lecteur trouve sa place entre le détective et son ami : moins intelligent que Holmes, il est souvent plus habile que Watson pour dénouer les fils de l'intrigue.

Thèmes et prolongements

✣ Des espaces inquiétants : Londres, le manoir de Baskerville et la lande

> Les lieux ne sont ni anodins ni innocents dans un roman policier. Ils renforcent le suspense, le mystère, font naître le frisson. Ils peuvent être habités, comme Londres, ou désertiques, comme la lande du Devonshire, fermés, comme un hôtel, ou bien ouverts, sinistres ou accueillants, leur rôle est essentiel pour créer un décor réaliste et une atmosphère.

Londres

Londres est le cadre des cinq premiers chapitres du *Chien des Baskerville*, ainsi que du dernier. La ville ne joue pas un rôle essentiel, l'histoire se déroulant surtout dans des lieux clos, chez Holmes et à l'hôtel de sir Henry. Elle est cependant présentée de manière réaliste, avec la gare de Waterloo, ses rues aux noms bien connus, les fiacres qui la parcourent. C'est un lieu populeux, à la fois rassurant, car l'accueil y est chaleureux, et inquiétant, car un criminel peut se cacher, s'enfuir et garder l'incognito. Les personnages qui sont attachés à la ville sont des gens rationnels, à l'intelligence concrète, comme Holmes, Watson et le jeune Cartwright au visage éveillé. Pourtant, la ville n'est pas exempte de mystères. Sir Henry est en effet pris en filature par un barbu inconnu et il égare de façon incongrue une chaussure. Le décor londonien ancre donc l'histoire dans le réel tout en introduisant le mystère.

Le manoir de Baskerville

Le manoir est le lieu lugubre et inquiétant par excellence. Sir Charles est mort dans une allée, assassiné par un chien énorme. Une sombre légende, mettant en scène des personnages sinistres, pèse également sur l'endroit. À l'arrivée de sir Henry et de Watson, le manoir a quelque chose de fantomatique avec ses piliers rongés par les intempéries et marqués de mousse, et son pavillon en ruine. Cependant, une partie du château a été rénovée et certaines pièces sont accueillantes. Le matin, quand la lumière se déverse dans les salles à

Thèmes et prolongements

travers les hautes fenêtres, les deux hommes ont oublié la mauvaise impression de la veille. L'endroit se révèle donc ambivalent. Des événements angoissants s'y déroulent en effet. Barrimore parcourt les couloirs dans la nuit et il fait des signaux mystérieux vers la lande avec une bougie. Sa femme ne cesse de pleurer dans l'obscurité et essaie de cacher ses larmes pendant la journée. Mais tout cela n'est tout compte fait qu'une fausse piste : les Barrimore sont fidèles aux Baskerville. Le manoir est ainsi donné comme un leurre au lecteur. Le lieu apparemment terrifiant, mystérieux, sinistre est un refuge sûr que sir Henry ne doit quitter que sous la protection de Watson.

La lande

La lande apparaît dans le soir tombant aux voyageurs comme un lieu inhospitalier s'ouvrant au milieu d'une région accueillante. Watson note au moment où il apprend l'existence du forçat évadé : « Il ne manquait plus que cela pour compléter la lugubre impression produite par cette vaste solitude, cette bise glacée et le ciel qui s'assombrissait davantage à chaque instant. » Stapleton voit l'endroit d'une façon très différente : « Quel endroit merveilleux que la lande ! [...] On ne se lasse jamais du spectacle qu'elle offre à l'œil de l'observateur. Vous ne pouvez imaginer quels secrets étonnants cache cette solitude ! » Les deux personnages, malgré leurs points de vue opposés, relèvent l'aspect sauvage et mystérieux du paysage. La lande est en effet le lieu de tous les dangers. Le bourbier de Grimpen en particulier engloutit les poneys sauvages. Des gémissements, des plaintes lugubres s'y font entendre. Stapleton aime ce paysage parce qu'il en connaît les mystères et sait déjouer ses pièges. C'est un lieu, enfin, peuplé d'êtres ambigus, des originaux, voire des hors-la-loi. Stapleton se révèle un meurtrier habile et sans scrupule, Frankland a la manie des procès dépourvus de sens. Selden est quant à lui un assassin dangereux. La lande est donc un lieu à double face : un lieu de mort (celles de Hugo et Charles Baskerville, de Selden), et un refuge (pour Selden et pour Sherlock Holmes), le lieu où la loi est bafouée par des assassins (Stapleton et Selden), et où elle est défendue et rétablie (Sherlock Holmes et, dans une certaine mesure, Frankland).

Thèmes et prolongements

❖ La fortune de Sherlock Holmes

> Sherlock Holmes a depuis bien longtemps dépassé son créateur. Mondialement connu, le personnage jouit d'un succès qui ne se dément pas depuis plus d'un siècle. Ses aventures sont portées à l'écran, des écrivains inventent de nouvelles histoires et beaucoup croient à l'existence réelle du personnage.

Sherlock Holmes est toujours vivant

Du temps de Conan Doyle, beaucoup de lecteurs croient à l'existence réelle du héros. La présence de Watson, qui rapporte fidèlement ses aventures, a contribué à renforcer cette conviction. Aujourd'hui, plus que jamais, Sherlock Holmes est considéré comme ayant vraiment existé. Des lettres arrivent quotidiennement du monde entier au 221b Baker Street pour lui soumettre des énigmes criminelles. À Londres, The Sherlock Holmes Public House and Restaurant, Northumberland Street, est décoré d'objets symboliques du personnage, et au premier étage le living-room du détective a été reconstitué en suivant les indications précises du narrateur. De nombreux clubs et des sociétés célèbrent le culte du détective. La Société Sherlock Holmes de France précise dans ses statuts que « pour être admis, chaque candidat devra se déclarer convaincu de l'existence réelle de Sherlock Holmes ». C'est un jeu, bien sûr, mais assez significatif.

Une image fabriquée par la scène et le cinéma

Tout le monde connaît la silhouette de Sherlock Holmes, sa casquette à double visière, sa pipe recourbée, sa robe de chambre ou son manteau de voyage, et sa réplique « Élémentaire, mon cher Watson ! » Or on ne trouve rien de cela dans les livres de Conan Doyle. L'image mythique du héros est créée de toutes pièces. La casquette vient de l'illustrateur du *Strand* qui fait porter symboliquement au fin limier celle d'un chasseur. L'acteur américain et

Thèmes et prolongements

auteur dramatique William Gillette, qui a écrit avec Conan Doyle une pièce intitulée *Sherlock Holmes*, a ajouté à la panoplie du personnage la robe de chambre et la pipe recourbée avec laquelle il est plus facile de prononcer les répliques. Le cinéma a traité Holmes et son associé Watson de toutes les façons possibles. Le film *Le Chien des Baskerville* de Terence Fisher (1959), avec Peter Cushing (Holmes) et Christopher Lee (Baskerville), est fidèle au roman. Mais dans *Élémentaire, mon cher... Lock Holmes*, Holmes (Michael Caine) est un débile manipulé par un Watson génial (Ben Kingsley). Dans le genre parodique, un des plus réussis est le film de Billy Wilder, *La Vie privée de Sherlock Holmes*. Le personnage a même franchi le rideau de fer avec une série soviétique en cinq épisodes. Mis en scène dans des films, séries télé, pièces de théâtre, comédies musicales, ainsi que dans un ballet, Sherlock Holmes, héros de toutes sortes de spectacles, n'a pas fini d'étonner ses fidèles.

Une remarquable descendance romanesque

De nombreux écrivains s'essaient à poursuivre les aventures de Sherlock Holmes. Le fils de Conan Doyle et son biographe, John Dickson Carr, commencent dès 1954 avec *Les Exploits de Sherlock Holmes*. Ils exploitent en particulier ce qu'on a appelé les *untold stories* (les histoires non racontées) auxquelles Watson fait allusion. Dans *Le Chien des Baskerville*, au début du dernier chapitre, le narrateur parle ainsi de deux enquêtes importantes menées par Holmes : l'une met en scène un certain colonel Upwood dont la conduite s'est révélée abominable, l'autre s'intéresse à Mme de Montpensier accusée à tort d'avoir assassiné sa belle-fille. Les continuateurs s'appuient sur ces microrécits pour imaginer toute une enquête. Aujourd'hui, des dizaines de romans et des centaines de nouvelles prennent le détective pour héros. Maurice Leblanc oppose le héros anglais — qu'il appelle Herlock Sholmès — à Arsène Lupin dans *Herlock Sholmès arrive trop tard*. Dans les années 1960, une tendance consiste à mêler le héros à des personnes réelles de son époque : Jack l'Éventreur, Freud, Einstein, Karl Marx, Sarah Bernhardt.

Textes et images

✢ Entre chien et loup

Canis lupus, telle est la dénomination scientifique donnée par Linné au loup. Il lui attribue une place dans la famille des canidés à laquelle appartient le chien. Des auteurs chrétiens ont expliqué la différence entre les deux espèces en faisant du chien la créature de Dieu et du loup celle du diable. Les deux animaux sont plus proches qu'on ne le pense.

Documents :

❶ « Le Loup et le Chien ». Extrait des *Fables* de Jean de La Fontaine, livre I, fable V (1668).

❷ « Le Petit Chaperon rouge ». Extrait des *Contes* de Charles Perrault (1697).

❸ Extrait du *Livre de la jungle* de Rudyard Kipling, chapitre 1, « Les frères de Mowgli » (1894). Traduction de Dominique Trouvé.

❹ *Le Petit Chaperon rouge*, gravure de Gustave Doré (XIXe siècle).

❺ Dessin représentant la Louve du Capitole.

❻ *Le Loup et le Chien*, gravure de Grandville (XIXe siècle).

❶ Un Loup n'avait que les os et la peau ;
Tant les Chiens faisaient bonne garde.
Ce Loup rencontre un Dogue aussi puissant que beau,
Gras, poli[1], qui s'était fourvoyé par mégarde.
L'attaquer, le mettre en quartier,
Sire Loup l'eût fait volontiers.
Mais il fallait livrer bataille ;
Et le Mâtin[2] était de taille
À se défendre hardiment.
Le Loup donc l'aborde humblement,
Entre en propos, et lui fait compliment

---

1. **Poli :** le poil brillant.
2. **Mâtin :** gros chien de garde.

Textes et images

Sur son embonpoint qu'il admire.
« Il ne tiendra qu'à vous, beau Sire,
D'être aussi gras que moi, lui repartit le Chien.
Quittez les bois, vous ferez bien :
Vos pareils y sont misérables,
Cancres, hères[1], et pauvres diables,
Dont la condition est de mourir de faim.
Car quoi ? Rien d'assuré ; point de franche lippée[2] ;
Tout à la pointe de l'épée.
Suivez-moi ; vous aurez un bien meilleur destin. »
Le Loup reprit : « Que me faudra-t-il faire ?
— Presque rien, dit le Chien ; donner la chasse aux gens
Portant bâtons, et mendiants ;
Flatter ceux du logis, à son Maître complaire ;
Moyennant quoi votre salaire
Sera force reliefs[3] de toutes les façons :
Os de poulets, os de pigeons ;
Sans parler de mainte caresse. »
Le Loup déjà se forge une félicité[4]
Qui le fait pleurer de tendresse.
Chemin faisant il vit le cou du Chien pelé :
« Qu'est-ce là ? lui dit-il. — Rien. — Quoi ? Rien ? — Peu de chose.
— Mais encor ? — Le collier dont je suis attaché
De ce que vous voyez est peut-être la cause.
— Attaché ? dit le Loup ; vous ne courez donc pas
Où vous voulez ? — Pas toujours, mais qu'importe ?
— Il importe si bien, que de tous vos repas
Je ne veux en aucune sorte,
Et ne voudrais pas même à ce prix un trésor. »
Cela dit, maître Loup s'enfuit, et court encor.

---

1. **Cancres, hères :** pauvres.
2. **Franche lippée :** bon repas.
3. **Reliefs :** restes.
4. **Félicité :** bonheur.

Pour approfondir

Textes et images

② Il était une fois une petite fille de village, la plus jolie qu'on eût su voir ; sa mère en était folle, et sa grand-mère plus folle encore. Cette bonne femme lui fit faire un petit chaperon rouge, qui lui seyait si bien, que partout on l'appelait le petit chaperon rouge.

Un jour sa mère, ayant cuit et fait des galettes, lui dit : « Va voir comme se porte ta mère-grand, car on m'a dit qu'elle était malade, porte-lui une galette et ce petit pot de beurre. » Le petit chaperon rouge partit aussitôt pour aller chez sa mère-grand, qui demeurait dans un autre village. En passant dans le bois elle rencontra compère loup, qui eut bien envie de la manger ; mais il n'osa, à cause de quelques bûcherons qui étaient dans la forêt. Il lui demanda où elle allait ; la pauvre enfant, qui ne savait pas qu'il est dangereux de s'arrêter à écouter un loup, lui dit : « Je vais voir ma mère-grand, et lui porter une galette avec un petit pot de beurre que ma mère lui envoie. — Demeure-t-elle bien loin ? lui dit le loup. — Oh ! oui, dit le petit chaperon rouge, c'est par-delà le moulin que vous voyez tout là-bas, là-bas, à la première maison du village. — Eh bien, dit le loup, je veux l'aller voir aussi ; je m'y en vais par ce chemin ici, et toi par ce chemin-là, et nous verrons qui plus tôt y sera. » Le loup se mit à courir de toute sa force par le chemin qui était le plus court, et la petite fille s'en alla par le chemin le plus long, s'amusant à cueillir des noisettes, à courir après des papillons, et à faire des bouquets des petites fleurs qu'elle rencontrait. Le loup ne fut pas longtemps à arriver à la maison de la mère-grand ; il heurte : toc, toc. « Qui est là ? — C'est votre fille le petit chaperon rouge (dit le loup, en contrefaisant sa voix) qui vous apporte une galette et un petit pot de beurre que ma mère vous envoie. »

③ — Quelque chose grimpe la colline, dit mère louve, l'oreille aux aguets. Tiens-toi sur tes gardes.

Un léger bruissement de branches se fit entendre dans le fourré. Père loup se ramassa sur ses hanches, prêt à bondir. Alors, si vous aviez été là, vous auriez vu la chose la plus étonnante du monde : le loup arrêté en plein saut. Il bondit avant de voir sur quoi il sautait, puis il essaya de s'arrêter. Il en résulta un bond de quatre ou cinq pieds, droit dans les airs, et une retombée sur le sol presque sur place.

Textes et images

—Un homme, grogna-t-il. Un petit d'homme. Regarde !

Devant lui, se soutenant à une branche basse, se tenait un bébé brun tout nu qui marchait tout juste, le plus tendre et potelé petit atome qui vînt jamais de nuit dans l'antre d'un loup. Il leva les yeux, regarda père loup en face et se mit à rire.

— Est-ce que c'est un petit d'homme ? dit mère louve. Je n'en ai jamais vu. Apporte-le ici.

Un loup habitué à porter ses petits peut, s'il le faut, prendre un œuf dans sa gueule sans le briser, et, bien que les mâchoires de père loup se fussent refermées sur le dos de l'enfant, pas une dent ne lui égratigna la peau quand il le déposa au milieu de ses petits.

— Comme il est fragile ! Et nu ! Et intrépide ! dit doucement mère louve.

Le bébé se fraya un chemin au milieu des louveteaux pour s'installer tout contre la chaude fourrure.

— Ah ! Ah ! Il prend son repas avec les autres. Ainsi, c'est un petit d'homme. Un loup s'est-il jamais vanté d'avoir un petit d'homme parmi ses enfants ?

— J'ai entendu parler ici et là d'une chose pareille, mais jamais dans mon clan, ni de mon temps, dit père loup. Il n'a presque pas de poil, je pourrais le tuer d'un coup de patte. Mais, vois, il me regarde et il n'a pas peur.

Pour approfondir

Textes et images

❹

❺
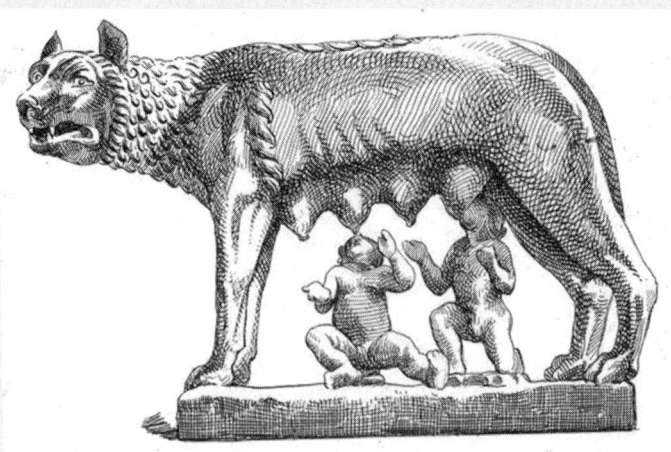

Textes et images

Textes et images

❖ Étude des textes

Savoir lire

1. Montrez que le chien propose au loup une vie de rêve (texte 1). Pourquoi le loup la refuse-t-il ? Que représente le loup dans cette fable ?
2. Que désire le loup (texte 2) ? Montrez qu'il se révèle habile.
3. Pourquoi le bébé est-il vite adopté (texte 3) ?

Savoir faire

1. Imaginez une suite du texte de Kipling. Rédigez-la en une vingtaine de lignes.
2. Cherchez d'autres fables de La Fontaine qui mettent en scène des loups. Expliquez le rôle de cet animal. Trouvez des images qui illustrent ces fables.
3. Faites des recherches sur le loup. Trouvez des représentations de l'animal qui insistent sur sa sauvagerie et d'autres qui le montrent sous un aspect plus innocent.

❖ Étude des images

Savoir analyser

1. Quel texte pouvez-vous rapprocher du document 5 ? Justifiez votre réponse.
2. La petite fille du document 4 semble-t-elle effrayée ? Le loup vous paraît-il dangereux ? justifiez vos réponses.
3. Quelles classes sociales représentent le loup et le chien dans l'illustration de Grandville (document 6) ? Que peut signifier le collier du personnage de droite ?

Savoir faire

1. Imaginez une première de couverture pour *Le Chien des Baskerville*.
2. Cherchez sur Internet d'autres illustrations pour *Le Chien des Baskerville*. Pensez aux couvertures de différentes éditions du livre, aux affiches de films.
3. Racontez l'histoire des jumeaux Romulus et Remus, illustrée par le document 5.

Textes et images

❖ L'enquêteur

L'enquêteur, qu'il soit un amateur, un détective privé ou un professionnel, est le personnage central du roman policier. Les méthodes diffèrent : on trouve des intellectuels et des hommes de terrain, des intuitifs et des intelligences logiques, mais ils ont tous le même objectif, découvrir le coupable, le traquer et en délivrer la société.

Documents :

❶ Extait de *Zadig*, de Voltaire, chapitre 3, « Le chien et le cheval » (1747).

❷ Extrait de *Double Assassinat dans la rue Morgue*, d'Edgar Allan Poe (1841). Traduit de l'anglais par Charles Baudelaire.

❸ Extrait du *Parfum de la dame en noir* de Gaston Leroux (1908).

❹ Photographie du *Chien des Baskerville*, film de Sidney Lanfield (1939).

❺ Photographie du *Faucon maltais*, film de John Huston (1941). Avec Humphrey Bogart en détective privé.

❻ Photographie de *Sherlock Holmes*, film muet de Viggo Larsen (1909).

❶ *La reine a perdu sa chienne et le roi, son cheval. Zadig est accusé de les avoir volés parce qu'il a su décrire les animaux sans les avoir vus à ceux qui les cherchaient. La chienne et le cheval sont retrouvés. Mais Zadig doit payer une amende pour avoir menti : les juges sont persuadés qu'il avait vu les animaux. Il explique qu'il a pu les identifier grâce à leurs traces.*

Voici ce qui m'est arrivé. Je me promenais vers le petit bois où j'ai rencontré depuis le vénérable eunuque et le très illustre grand veneur. J'ai vu sur le sable les traces d'un animal, et j'ai jugé aisément que c'étaient celles d'un petit chien. Des sillons légers et longs, imprimés sur de petites éminences de sable entre les traces de pattes, m'ont fait connaître que c'était une chienne dont les mamelles étaient pendantes, et qu'ainsi elle avait fait des petits il y a peu de jours. D'autres traces en un sens différent, qui paraissaient toujours avoir rasé la surface du sable à côté des pattes de devant,

Pour approfondir

Textes et images

m'ont appris qu'elle avait les oreilles très longues ; et, comme j'ai remarqué que le sable était toujours moins creusé par une patte que par les trois autres, j'ai compris que la chienne de notre auguste reine était un peu boiteuse, si je l'ose dire.

À l'égard du cheval du roi des rois, vous saurez que, me promenant dans les routes de ce bois, j'ai aperçu les marques des fers d'un cheval ; elles étaient toutes à égales distances. Voilà, ai-je dit, un cheval qui a un galop parfait. La poussière des arbres, dans une route étroite qui n'a que sept pieds de large, était un peu enlevée à droite et à gauche, à trois pieds et demi du milieu de la route. Ce cheval, ai-je dit, a une queue de trois pieds et demi, qui, par ses mouvements de droite et de gauche, a balayé cette poussière. J'ai vu sous les arbres, qui formaient un berceau de cinq pieds de haut, les feuilles des branches nouvellement tombées ; et j'ai connu que ce cheval y avait touché, et qu'ainsi il avait cinq pieds de haut. Quant à son mors, il doit être d'or à vingt-trois carats : car il en a frotté les bossettes contre une pierre que j'ai reconnu être une pierre de touche, et dont j'ai fait l'essai. J'ai jugé enfin, par les marques que ses fers ont laissées sur des cailloux d'une autre espèce, qu'il était ferré d'argent à onze deniers de fin.

❷ *Le narrateur fait la rencontre à Paris de C. Auguste Dupin, un jeune gentleman ruiné. C'est un homme très cultivé et plein d'imagination. Ses facultés extraordinaires lui permettront de résoudre l'énigme du double assassinat de la rue Morgue après l'échec de l'enquête policière.*

Mon ami avait une bizarrerie d'humeur — car comment définir cela ? —, c'était d'aimer la nuit pour l'amour de la nuit ; la nuit était sa passion ; et je tombai moi-même tranquillement dans cette bizarrerie, comme dans toutes les autres qui lui étaient propres, me laissant aller au courant de toutes ses étranges originalités avec un parfait abandon. La noire divinité ne pouvait pas toujours demeurer avec nous ; mais nous en faisions la contrefaçon[1]. Au premier point du jour nous fermions les lourds volets de notre masure[2], nous allumions une couple de bougies[3] fortement parfumées, qui

---

1. **Nous en faisions la contrefaçon :** nous créions une nuit artificielle.
2. **Masure :** petite maison misérable.
3. **Une couple de bougies :** deux bougies.

ne jetaient que des rayons très faibles et très pâles. Au sein de cette débile[1] clarté, nous livrions chacun notre âme à ses rêves, nous lisions, nous écrivions, ou nous causions, jusqu'à ce que la pendule nous avertisse du retour de la véritable obscurité. Alors, nous nous échappions à travers les rues, bras dessus bras dessous, continuant la conversation du jour, rôdant au hasard jusqu'à une heure très avancée, et cherchant à travers les lumières désordonnées et les ténèbres de la populeuse[2] cité ces innombrables excitations spirituelles que l'étude paisible ne peut pas donner.

Dans ces circonstances, je ne pouvais m'empêcher de remarquer et d'admirer, — quoique la riche idéalité dont il était doué eût dû m'y préparer, — une aptitude analytique particulière chez Dupin. Il semblait prendre un délice âcre[3] à l'exercer, — peut-être même à l'étaler, — et avouait sans façon tout le plaisir qu'il en tirait. Il me disait à moi, avec un petit rire tout épanoui, que bien des hommes avaient pour lui une fenêtre à l'endroit du cœur, et d'habitude il accompagnait une pareille assertion de preuves immédiates et des plus surprenantes, tirées d'une connaissance profonde de ma propre personne.

❸ Rouletabille s'était enfui du collège comme un voleur ! Il n'est point besoin de chercher d'autre expression puisqu'il était bien accusé de vol ! Voici toute l'affaire : étant âgé de neuf ans, — il était déjà d'une intelligence extraordinairement précoce et porté à la résolution des problèmes les plus bizarres, les plus difficiles. D'une force de logique surprenante, quasi incomparable à cause de sa simplicité et de l'unité sommaire de son raisonnement, il étonnait son professeur de mathématiques par son mode *philosophique* de travail. Il n'avait jamais pu apprendre sa table de multiplication et comptait sur ses doigts. Il faisait faire ordinairement ses opérations par ses camarades, comme on donne une vulgaire besogne à accomplir à un domestique... Mais, auparavant, il leur avait indiqué la marche du problème. Ignorant encore les principes de l'algèbre classique, il avait inventé pour son usage personnel une algèbre, faite de signes

---

1. **Débile :** faible.
2. **Populeuse :** peuplée.
3. **Âcre :** amer.

Textes et images

bizarres rappelant l'écriture cunéiforme, à l'aide de laquelle il marquait toutes les étapes de son raisonnement mathématique, et il était arrivé ainsi à inscrire des formules générales qu'il était le seul à comprendre. Son professeur le comparait avec orgueil à Pascal trouvant tout seul, en géométrie, les premières propositions d'Euclide. Il appliquait à la vie quotidienne cette admirable faculté de raisonner. Et cela, matériellement et moralement, c'est-à-dire, par exemple, qu'un acte ayant été commis, farce d'écolier, scandale, dénonciation ou rapportage, par un inconnu parmi dix personnages qu'il connaissait, il dégageait presque fatalement cet inconnu d'après les données morales qu'on lui avait fournies ou que ses observations personnelles lui avaient procurées. Ceci pour le moral, et pour le matériel, rien ne lui semblait plus simple que de retrouver un objet caché ou perdu… ou dérobé… C'est là surtout qu'il déployait une invention merveilleuse, comme si la nature, dans son incroyable équilibre, après avoir créé un père qui était le mauvais génie du vol, avait voulu en faire naître un fils qui eût été le bon génie des volés.

Textes et images

Pour approfondir

Textes et images

❖ Étude des textes

Savoir lire

1. Dans les textes 1 et 2, les enquêteurs ont des capacités qu'il est possible de rapprocher. Quelles sont-elles ? À quoi leur servent-elles ?
2. Quelles qualités propres à un bon enquêteur présente le jeune garçon du texte 3 ? Quels peuvent être ses défauts ?
3. En quoi peut-on dire que Dupin est un original ?

Savoir faire

1. Rédigez la réponse du juge à Zadig. Vous direz s'il doit ou non payer l'amende à laquelle il était condamné.
2. Imaginez une histoire au cours de laquelle Rouletabille découvre l'auteur d'un vol dans son école en utilisant une méthode bien à lui.

Textes et images

3. Cherchez d'autres portraits d'enquêteurs dans des romans policiers.

❖ Étude des images

Savoir analyser
1. Retrouvez les principales caractéristiques de Sherlock Holmes dans le document 4.
2. De quel texte pouvez-vous rapprocher le document 4 ? Pour quelle raison ?
3. Quelle image de l'enquêteur présentent les documents 5 et 6 ? Sur quelle qualité propre à un bon enquêteur chacun d'eux insiste-t-il ?

Savoir Faire
1. Il existe de nombreuses BD policières. Faites une recherche au CDI. Observez l'image de l'enquêteur. Dressez pour vos camarades le portrait d'un personnage de votre choix.
2. Imaginez une histoire qui pourrait être illustrée par le document 6. Utilisez les vignettes pour raconter certains épisodes.
3. Dessinez un enquêteur avec toute sa panoplie traditionnelle.

Vers le brevet

Sujet 1 : texte 3, p. 241, Gaston Leroux, *Le Parfum de la dame en noir*.

Questions

I — Un portrait

1. Retrouvez comment est construit ce portrait. Vous distinguerez deux parties. Quelle phrase fait la transition entre les deux ? La seconde partie se partage elle-même en deux. Relevez le passage qui sert là de transition.
2. Quel est le temps des verbes le plus souvent utilisé dans cet extrait ? Expliquez pourquoi.
3. Le narrateur est-il intérieur ou extérieur à l'histoire ? Justifiez votre réponse. Quel est l'intérêt de cette position ?
4. Quel est le point de vue adopté dans ce portrait ? Justifiez votre réponse. Quel est l'intérêt de ce choix ?
5. Qu'attend le lecteur après les deux premières phrases de cet extrait ? Son attente est-elle satisfaite ? Quel est selon vous le rôle de ce portrait ?

II — Un personnage génial

1. Expliquez l'expression « une intelligence extraordinairement précoce ». Quelle est la figure de style utilisée ? Donnez un autre exemple de cette même figure de style.
2. Dans quel domaine s'exprime l'intelligence de l'enfant ? Justifiez votre réponse en citant le champ lexical qui convient.
3. Dans ce domaine, quel est son point fort ? Quelle est sa faiblesse ? Comment compense-t-il cette faiblesse ?
4. Comment se révèle le caractère génial de l'enfant ? À qui est-il comparé ? pour quelle raison ?
5. Faites une analyse de la phrase : « Ignorant encore les principes de l'algèbre classique… qu'il était le seul à comprendre. » Délimitez les différentes propositions. Indiquez si elles sont coordonnées, juxtaposées ou subordonnées.

6. Quel est le sens de l'adjectif « vulgaire » ? Trouvez deux verbes sur la même racine et donnez leur sens.

III — Un voleur ou un enquêteur ?

1. L'expression « comme un voleur » peut avoir deux sens. Quels sont-ils ? Que veut signifier la seconde phrase du texte ?
2. Qu'est-ce qui, dans les deux premières phrases, pourrait jeter un doute sur la réalité d'un vol commis par l'enfant ?
3. À partir de « Et cela, matériellement et moralement », quelles sont les qualités propres à un enquêteur, et dont l'enfant fait preuve ?
4. Relevez dans la dernière phrase du texte une figure de l'antithèse. Quel élément nouveau apprend le lecteur ? Quelle image le narrateur veut-il donner de Rouletabille ?
5. Donnez la nature et la fonction du groupe de mots « une invention merveilleuse ».

Réécriture

Réécrivez le passage : « Ignorant encore les principes de l'algèbre classique [...] à comprendre. »

Réécrivez le passage en remplaçant « il » (Rouletabille) par un pluriel. Vous effectuerez toutes les modifications qui s'imposent. Les fautes de copie seront sanctionnées.

Rédaction

Écrivez une suite au texte de Gaston Leroux. Vous vous appuierez en particulier sur la première et la dernière phrase de l'extrait.

– Vous devez apporter une explication satisfaisante à l'énigme soulevée par le texte : Rouletabille est accusé de vol. Pourtant, il est « le bon génie des volés ».

– Vous devrez respecter le système d'énonciation du texte de référence.

– Vous vous efforcerez d'imiter le style de l'auteur et en particulier le niveau de langue.

Il sera tenu compte de la correction de la langue et de la présentation.

Petite méthode pour la rédaction

- Pour écrire la suite d'un texte, il faut respecter les données du texte de référence et imaginer de nouveaux faits propres à susciter l'intérêt du lecteur.
- Il faut observer : le genre du texte (théâtre, poésie, roman...), le sous-genre (roman réaliste, policier...) ; le cadre spatio-temporel ; le caractère des personnages ; la position du narrateur ; le point de vue (interne, externe, omniscient) ; le niveau de langue ; le registre (comique, pathétique, tragique...) ; la longueur des phrases, la ponctuation.
- L'intérêt du lecteur est éveillé par l'originalité d'une suite bien pensée et par un style travaillé.

Sujet 2 : Conan Doyle, *Le Chien des Baskerville*, chapitre XIV, p. 192-193. De « Il s'élevait du sein de cette mer de brume » à « qui lui donnait la chasse ».

Questions

I — Le récit

1. Définissez les deux parties du texte et justifiez votre réponse. Donnez un titre explicite à chacune des parties.
2. Qui raconte l'histoire ? Justifiez votre réponse. Pour qui est mis le pronom « nous » dans ce passage ?
3. Relevez un verbe de perception, un verbe de sentiment et un verbe d'action qui se rapportent au narrateur. Quel est le rôle de ces verbes dans le texte ?
4. À quels temps sont les verbes des deux premières phrases de l'extrait ? Justifiez leur emploi.

5. Dans la première phrase de l'extrait, relevez le sujet du verbe « s'élevait ». Faites une remarque sur la place de ce sujet et justifiez-la.

II — Les quatre hommes

1. Le narrateur dit de Sherlock Holmes : « Il était pâle, mais exultant. » Quelle est la nature du mot « mais » ? Justifiez son emploi. Expliquez le sens du mot « exultant ».
2. Comment se manifeste la peur devant le monstre pour chacun des personnages présents ? Appuyez-vous sur le texte pour justifier votre réponse. Quelle est la conséquence catastrophique de cette peur pour l'action ?
3. Expliquez le sens du mot « terreur ». Trouvez deux mots de la même famille, puis quatre mots qui appartiennent au même champ lexical.
4. Délimitez les propositions dans la phrase : « Ma main inerte se noua sur la crosse de mon revolver ; je sentis mon cerveau se paralyser devant l'effrayante apparition qui venait de surgir des profondeurs du brouillard. » Dites si elles sont coordonnées, juxtaposées ou subordonnées.
5. Donnez la nature et la fonction du mot « hideusement ».

III — Le monstre de l'enfer

1. Comment se manifeste tout d'abord l'animal ? Expliquez pourquoi. Pour quelle raison le narrateur présente-t-il les réactions des hommes avant de décrire l'animal ?
2. Le narrateur parle de l'apparition du chien en disant : « rien de plus sauvage, de plus terrifiant, de plus diabolique ». Quelle figure de style reconnaissez-vous dans cette expression ? Quel effet cette figure cherche-t-elle à produire ?
3. En quoi l'animal ressemble-t-il à un animal réel ? En quoi est-il extraordinaire ? Justifiez votre réponse en vous appuyant précisément sur le texte. Expliquez pourquoi le narrateur parle d'une bête « diabolique ».
4. Montrez que trois couleurs dominent dans cet extrait : le noir, la couleur feu et le blanc. Retrouvez les termes qui appartiennent à chacune de ces couleurs.

Vers le brevet

Réécriture

Réécrivez le passage : « C'était un chien ! un énorme chien noir [...] et de ses crocs vacillaient des flammes. » Vous remplacerez « un chien » par « deux chiens » et vous mettrez ce passage au présent. Vous effectuerez toutes les modifications qui s'imposent. Les fautes de copie seront sanctionnées.

Rédaction

Vous rentrez chez vous à la nuit tombée en passant par un endroit désert. Vous avez l'impression désagréable d'être suivi. Vous racontez à un ami ce qui vous est arrivé. Vous évoquerez précisément vos sentiments.
- Vous respecterez la situation d'énonciation.
- Utilisez un lexique riche pour exprimer vos sentiments.
- Il sera tenu compte de l'intérêt et de l'originalité de votre récit. La langue sera soutenue ou courante, jamais familière.
- Il sera tenu compte de la correction de la langue et de la présentation.

Petite méthode pour la rédaction

- Lire attentivement le sujet et souligner les termes clefs.
- Faire au brouillon la liste des contraintes imposées par le sujet : la forme du discours (récit, description...), la situation de communication, le registre, le niveau de langue (soutenu, courant), le thème (la peur). Tenir compte des contraintes supplémentaires qu'on peut vous donner (expression des sentiments).
- Utiliser le texte de référence pour en tirer des idées, du vocabulaire.
- Envisager les différentes étapes du récit.
- Rédiger avec soin.
- Se relire et vérifier la syntaxe et l'orthographe.

❖ Autres sujets d'entraînement

Sujet 1 : Conan Doyle, *Le Chien des Baskerville*, chapitre I. Du début à « quand il m'arrivait de l'appliquer » (p. 20-21).

1. Qu'apprend le lecteur sur le moment et le lieu où se déroule l'histoire ? Quelle remarque pouvez-vous faire à ce sujet ?
2. Qu'est-ce que le lecteur apprend sur les méthodes d'investigation de Sherlock Holmes ?
3. Que pensez-vous de la dernière réplique de Sherlock Holmes : « En vérité, Watson […] Je suis votre obligé » ? Justifiez votre réponse.
4. Comment Watson considère-t-il Holmes ? Appuyez-vous sur la fin de l'extrait pour répondre à la question.
5. Pourquoi peut-on dire que ce début introduit un roman à énigme ?

Sujet 2 : Conan Doyle, *Le Chien des Baskerville*, chapitre XIV. De « Une seule fois, nous acquîmes la preuve » à la fin (p. 199-200).

1. Pourquoi Holmes, après avoir retrouvé la bottine, dit : « Cela vaut bien un bain de boue » ?
2. Qu'est devenu Stapleton selon le narrateur ? Peut-on en être sûr ?
3. Quel a été pour Stapleton l'intérêt d'enduire le chien de phosphore ?
4. Imaginez la fin de l'histoire de Stapleton de son propre point de vue. Vous êtes libre d'inventer, dans la mesure où votre récit est cohérent avec le dénouement du roman.

Vers le brevet

Outils de lecture

Allégorie : figure qui met en relation des mots désignant des réalités concrètes (personnages, objets...) pour représenter une idée abstraite.

Anaphore : répétition d'un mot ou d'un groupe de mots en début de phrase, de vers, ou à la même place dans une phrase (avant ou après une virgule, par exemple).

Antithèse : figure de style qui établit une opposition entre deux idées.

Auteur : personne réelle qui écrit un texte.

Champ lexical : ensemble de mots qui se rapportent à une même idée.

Comparaison : figure de style qui met en relation un terme (le comparé) avec un autre terme (le comparant). Ces deux termes appartenant à deux champs de la réalité différents, ils sont rapprochés parce qu'ils comportent des points communs. Le rapprochement est opéré explicitement par un outil de comparaison.

Connecteur logique : terme ou expression qui permet de relier logiquement deux idées.

Description subjective : description dans laquelle le narrateur se révèle dans sa subjectivité. Il laisse des traces de son affectivité, de son appréciation personnelle méliorative ou dépréciative, de sa volonté.

Discours rapporté : propos rapportés par des personnages. On distingue le discours direct qui reproduit exactement les paroles, le discours indirect qui insère les paroles dans un discours, le discours indirect libre qui est un mélange des deux premiers et le discours narrativisé qui résume paroles.

Explicite : ce qui est dit de manière claire.

Forme du discours : toute production écrite et orale est discours. On distingue quatre formes du discours : narratif, descriptif, argumentatif, explicatif.

Hyperbole : ensemble de procédés d'exagération. Il s'agit d'augmenter ou de diminuer excessivement la réalité qu'on veut exprimer.

Implicite : ce qui est dit de manière indirecte. C'est l'inverse de l'explicite.

Outils de lecture

Incipit : début d'un récit.

Ironie : écart entre ce qui est dit et ce qui est à comprendre. L'ironie est une des armes de la raillerie.

Métaphore : comparaison sans outil de comparaison pour rapprocher le comparé du comparant. La métaphore filée poursuit la comparaison en développant dans la suite de la phrase ou du texte le thème du comparant.

Narrateur : celui qui prend en charge le récit et qui n'existe qu'à l'intérieur de celui-ci. Le narrateur peut être extérieur à l'histoire. Elle sera racontée alors à la troisième personne. Il peut être intérieur à l'histoire lorsqu'un personnage prend en charge le récit.

Niveau de langue : caractère de la langue utilisée dans un texte ; on distingue trois niveaux : soutenu, courant et familier.

Point de vue : manière dont la narrateur donne à voir au lecteur les événements qu'il rapporte. Le point de vue est interne quand la vision est subjective, limitée à un seul personnage. Le point de vue est externe quand la vision est objective, comme celle d'un témoin qui observe les événements de l'extérieur ou comme celle d'une caméra (le lecteur n'a pas accès aux pensées des personnages). Le point de vue omniscient est celui du narrateur qui sait tout des personnages (histoire, pensées, sentiments) et des événements (passé, futur).

Registre : tonalité générale d'un texte. On distingue par exemple les registres pathétique, tragique, comique, ironique...

Situation d'énonciation : elle signale qui est le locuteur (celui qui parle, désigné par les marques de la première personne), qui est le destinataire du discours (désigné par les marques de la seconde personne), quel est le moment et quel est le lieu de l'énonciation (exprimés par des compléments de temps et de lieu).

Bibliographie et filmographie

Romans de Conan Doyle

Une étude en rouge, 1887
> ▶ Dans une maison vide près de Londres, un homme est trouvé mort, sans aucune blessure. Des taches de sang maculent la pièce et une inscription indique qu'il s'agit d'une vengeance. Holmes dénoue les fils de cette sanglante aventure et Watson découvre un maître.

Le Signe des quatre, 1890
> ▶ C'est la deuxième aventure de Sherlock Holmes. Son intrigue s'appuie sur l'Inde coloniale. On découvre un fabuleux trésor volé, un pacte entre des bagnards et la future épouse du Dr Watson.

La Vallée de la peur, 1915
> ▶ Sherlock Holmes apprend la mort d'un certain Douglas, de Birlstone Manor House, sauvagement assassiné. Derrière ce crime se trouve son ennemi personnel, le professeur Moriarty, personnage génial et machiavélique.

Le Monde perdu, 1912
> ▶ À Londres, à la fin du XIXe siècle, le professeur Challenger évoque devant une assemblée de scientifiques stupéfaits l'existence d'une région d'Amazonie où subsistent des animaux préhistoriques. Une expédition s'organise.

Nouvelles de Conan Doyle

Le Problème final, 1893
> ▶ Dans ce récit, Holmes affronte son plus terrible adversaire, le professeur Moriarty.

La Maison vide, 1903
> ▶ Cette nouvelle fait réapparaître Sherlock Holmes et raconte le véritable dénouement de l'affrontement entre le détective et son ennemi. On apprend comment Holmes a réussi à échapper à Moriarty et comment il retrouve son fidèle ami Watson.

Son dernier coup d'archet, 1917
> ▶ En 1917 un espion allemand basé en Angleterre rassemble des informations importantes pour la défense britannique. Au moment où il doit récupérer les codes d'un autre agent, celui-ci le chloroforme. Il s'agit en réalité de Sherlock Holmes.

Bibliographie et filmographie

Ouvrage sur *Le Chien des Baskerville*
***L'Affaire du chien des Baskerville*, Pierre Bayard**
> ▶ L'auteur est professeur de littérature à l'université de Paris-VIII et psychanalyste. Par une analyse précise de l'ouvrage de Conan Doyle, il remet en question le résultat de l'enquête de Holmes et désigne un nouveau coupable.

Sherlock Holmes au cinéma
***Le Chien des Baskerville (1959). Film anglais de Terence Fisher. Avec Peter Cushing*, André Morell et Christopher Lee.**

Le Chien des Baskerville (1978). Film anglais de Paul Morrisey. Avec Peter Cook et Dudley Moore.

***La Vie privée de Sherlock Holmes (1970). Film anglo-américain de Billy Wilder. Avec Robert Stephens*, Colin Blakely, Christopher Lee et Geneviève Page.**
> ▶ Une jeune femme arrive au domicile de Holmes. Elle vient d'échapper à la mort. Elle n'a sur elle que l'adresse du détective. Lorsqu'elle retrouve la mémoire, elle demande à Holmes d'enquêter sur la disparition de son mari.

Sherlock Holmes (2010). Film de Guy Ritchie. Avec Jude Law en Watson et Robert Downey Jr en Holmes.
> ▶ Un film fidèle à l'esprit des personnages et des aventures de Conan Doyle.

Romans policiers
***Dix Petits Nègres*, Agatha Christie**
> ▶ Femme de lettres britanique (1890-1976), Agatha Christie est l'auteur de nombreux romans policiers. Son nom est associé au détective professionnel Hercule Poirot et à miss Marple, détective amateur. On la surnomme « la reine du crime ».

***La Nuit du renard*, Mary Higgins Clark**
> ▶ Cette écrivaine américaine est spécialisée dans les romans policiers. *La Nuit du renard* a reçu le grand prix de la littérature policière en 1980. Il raconte l'histoire de l'enlèvement d'une jeune femme et d'un enfant par un tueur en série.

***L'Aiguille creuse*, Maurice Leblanc**
> ▶ Écrivain français (1864-1941), Maurice Leblanc est l'auteur de nombreux romans policiers et d'aventures. Il a créé le personnage d'Arsène Lupin, gentleman cambrioleur.

Crédits photographiques

Couverture	**Dessin Alain Boyer**
236 (haut)	Ph. Coll. Archives Larbor
236 (bas)	Dessin - Archives Larousse
237	Ph. © Archives Larbor
242	Ph. Coll. National Film Archive - Archives Larbor
243	Prod. : Warner Bros. Ph. Coll. Archives Larbor
244	Ph. Coll. Archives Larousse

Photocomposition : JOUVE Saran
Impression : Rotolito Lombarda (Italie)
Dépôt légal : Août 2011 - 304770
N° Projet : 11011479 – Août 2011